幼馴染みの美容師
イルマ
ロセッティ商会員
マルチェラ

ロセッティ商会員
メッツェナ
ロセッティ商会 副商会長
イヴァーノ
服飾魔導工房 工房長
ルチア
転生者の女性魔導具師
ダリヤ
魔物討伐部隊の美形騎士
ヴォルフレード

「きれいだ……」
紅蓮の魔剣
OFF

魔導具師ダリヤはうつむかない
～今日から自由な職人ライフ～

甘岸久弥
Amagishi Hisaya

9

CONTENTS

鶏団子と太白ネギのスープ

「もう少しかかると思います」

「わかった」

金色の目で真剣に鍋を見つめる青年を向かいに、銀色の錫器《すずき》へ東酒《あずまざけ》をそっと注《そそ》ぐ。

白く濁りのあるそれは、甘そうな匂いを流しているが、中辛のきりりとした味だ。

最初にこれを飲んだとき、前世、父が好んでいた日本酒と似ている、そう思った。

こうしてたまに前世と今世を比較してしまう自分は、転生者である。

今世の名はダリヤ・ロセッティ。

前世の名前は思い出せない。日本という名の国に生まれ育ち、家電関連の会社に入った。

物づくりをしたいという思いからだったが、そこに手が届かぬうちに人生を終えてしまった。

そのせいか、今世は魔導具師の父の元に生まれ、自らも魔導具師となった。

魔導具師とは、己の魔力、火や水などの魔石、あるいは魔物を素材とし、その魔力で機能する道具を作る職人だ。

ダリヤは、魔石を使用した給湯器や冷蔵庫・冷凍庫、スライム粉を魔法によって付与した防水布など、生活に根ざした魔導具を主に作っている。

今、自宅の緑の塔で、目の前にある前世のコタツに近い温熱座卓、そして、その上で鍋をぐつぐつと煮込んでいる小型魔導コンロも、自分が魔法を付与して作った魔導具だ。

「先にチーズを削るよ」

慣れた手つきでナイフを持つ青年は、ヴォルフレード・スカルファロット。

ここオルディネ王国の王城騎士団魔物討伐部隊員、そして伯爵家の四男である。

赤髪緑目と色は鮮やかなのに地味な造形のダリヤに対し、黒髪金目の人目を引く美青年だ。

引き締まった長身、黒檀《こくたん》の髪にくすみ一つない白い肌、完璧なバランスだと思える顔立ち、何よりその切れ長の黄金の目は、一度見たら忘れられない美しさである。

美しい絵画さえ、彼と並べば色褪《いろあ》せる――そう喩《たと》えられるほどだ。

それ故、大変にもてるのだが、女性たちの度を越したアプローチと誤解と嫉妬の積み重ねで、ヴォルフは恋愛が鬼門と化している。

もっとも、これに関してはダリヤも似たようなものだ。前世ではまるでご縁がなく、今世では父の決めた婚約者はいたが結婚直前で破局。生まれ変わる前も後も、自分に恋愛運はないらしい。

そんな自分達は、二度会った偶然から親しい友人となり、仕事仲間ともなった。

「ありがとうございます。ヴォルフは器用ですね」

オレンジ色の丸く平たいチーズを、彼は銀のナイフですするすると削る。このチーズはなかなかに硬いのだが、削り節のように薄くすると、小皿に何枚ものせてくれた。

削りたてのチーズは香りといい、塩気といい、いい酒の肴《さかな》である。ちょっと行儀は悪いが、端がくるりと丸まったそれを指でつまんで食べるのだ。

ヴォルフは小皿二枚分のチーズを削ると、持ってきた白ワインをテーブルに載せる。グラスをそろえていると、白い湯気にいい香りが混じってきた。

「そろそろ煮えたかと思いますので、蓋《ふた》を取ってもらえますか？」

「わかった」

ヴォルフは真剣な表情で鍋の蓋に手をかける。慎重に開けられた鍋の蓋から、白い湯気と共に、茹《ゆ》であがった鶏の香りがぶわりと立ち上った。

白い湯気の元、鍋の出汁《だし》の中、くつくつと煮えているのは、大きめの鶏団子と太いネギのぶつ切りだ。

今日、近所の食料品店で勧められ、太く白いネギを箱買いしてしまった。太白《ふとじろ》ネギと呼ばれるそれは、大変にみずみずしくおいしそうだった。

一口では食べ切れぬであろう鶏団子には、鶏肉の他、おろした生姜《しょうが》と、塩、細かく刻んだ太白ネギの青い部分を入れてある。味付けは塩だけだが、鶏と生姜の主張が強いので、十分だったようだ。

大きく湯気を吸い込んだヴォルフが、うるりと金の目を揺らめかせる。

「匂いだけでおいしい……」

「匂いで満足しないでください」

まだ一口も食べていないではないか。ダリヤは深皿に鶏団子と太白ネギをたっぷり盛り、ヴォルフの前に置く。自分の深皿にも盛りつけると、すぐ乾杯した。

「幸運と健康を願って、あといい匂いの鍋に乾杯！」

「幸運と健康を願って、乾杯」

ヴォルフはよほど鶏団子の匂いがお気に召したらしい。ワインは一口だけで、すぐ深皿へスプーンを進める。

ダリヤはそれを見つつ、白ワインのグラスを傾けた。中辛のそれはクセがなく、喉の通りがとてもいい。喉を熱くする酒の感覚の後、少し甘さを感じるワインの香りが戻る。

それが消えぬうちに削りチーズを口にすると、少し強めの塩気としっかりした味わいが堪能できた。この組み合わせはクセになりそうだ。

ワインと削りチーズを交互に味わっている向かいでは、丁寧な咀嚼《そしゃく》が続いていた。

どうやらヴォルフは鶏団子の味もお気に召したらしい。すでに皿は半分ほど空いている。

視線に気づいたか、彼は肉団子をはふはふと飲み込むと、ダリヤを見た。

「これ、匂いよりおいしい……」

「おいしいならよかったです」

なぜそこまで匂いに固執するのか、ちょっとおかしくなってしまう。

「いい匂いは味の一部だと思う。でも、これは匂いより味がいいね。鶏と生姜と太白ネギの組み合わせは、こう、なんていうか、いい三角関係だと思う」

ちょっと不穏な褒め言葉を頂いた。恋愛に関しては良い三角関係はないと思うが、味に関してはありらしい。

「鶏団子は太白ネギが最高の組み合わせなんだね」

「辛い細ネギも合いますよ」

「え？　そうなの？」

「これより小さく丸めた鶏団子の中に、辛い細ネギをたっぷり入れるんです。鍋にしてもいいですし、茹でたてに醤油《しょうゆ》やレモン汁をつけて食べるのもいいですよ」

「辛い細ネギ……市場にないだろうか？」

「ないと思います。やるとしたら来年の夏ですね。その頃は太白ネギがないでしょうし」

「わかった。来年食べ比べるために、氷の魔石を箱に敷き詰めて、太白ネギを冷凍しておこう！」

「ヴォルフ、食べ物には旬《しゅん》というものがあります……」

それからしばらく食事をしつつ、食い意地の張った会話を続けた。


食事を終えると、白ワインを赤に換えて話を続ける。話題はヴォルフの屋敷のこととなった。

「この前、庭師が別邸の花壇を掘り返して、球根を植えてたんだ。春に植えるものだとばかり思っていたから、ちょっと驚いたよ」

「寒い冬を越さないと咲かない花とかでしょうか？」

球根によっては、ある程度寒いところで冬を越さないと、翌年、花を咲かせぬこともある。それを思い出しながら尋《たず》ねると、ヴォルフはうなずいた。

「ああ、そう言ってた。花の種類を増やしていいか聞かれたから、任せた。今までは母の好きだった白い花が多かったんだけど、それだけじゃ寂しいから、赤い花なんかも植えたいんだって」

「来年は庭が華やかになりそうですね」

「ああ。咲いたら一緒に見られるね」

別邸は、ロセッティ商会で住所を借りているのと、スカルファロット家の魔導具制作工房があるので、ダリヤも出入りさせてもらっている。どんな花が咲くのかちょっと楽しみになった。

「でも、俺は庭の解説はできないんだよね。貴族は庭も嗜《たしな》みの一つって言われるけど、俺は花の見分けがあまりつかなくて――ラナンキュラスっていう花もずっとバラだと思ってたし、遠征で蓮《はす》と睡蓮《すいれん》も間違えたし」

「それは似ているので仕方がないかと。父には、どちらの葉も丸いけれど、蓮の葉には切れ込みがなく、睡蓮の葉には切れ込みがあると教わりましたが」

「それなら俺も見分けられそうだ。ランドルフに蓮と睡蓮の違いを聞いたら、レンコンが採れるのが蓮だと……」

間違いではないが、それは確認方法としてはどうかと思う。

「そういえば、アルテア様の夏の客室には睡蓮があったかも」

「夏の客室、ですか？」

「ああ、アルテア様の屋敷では、季節ごとに通される客室が違ったりするんだ。窓から見える庭が一番きれいな部屋を選ぶらしいんだけど、あまり覚えてなくて説明できない……」

さすが、前公爵夫人である。貴族の家では庭を整えるのも客へのおもてなしの一つだと本にあったが、納得できた。なお、そのおもてなしがほぼ意味をなさない者がいるのも理解した。

「庭に興味がある人なら、違いが楽しめるのかもしれませんね」

「貴族では、『庭を観賞し合う会』なんていうのもあるって。でも、俺はきれいな庭園めぐりをしても飽きそうだな。これをかけて、市場を回っている方が楽しいよ」

言いながら、胸ポケットを指で軽く撫《な》でる。そこに入っているのは妖精結晶の眼鏡。

ヴォルフの目立つ金の目を平凡な緑の目に変えて見せるそれは、ダリヤの作った魔導具だ。彼が自由に街歩きをするのに便利な変装道具である。

今年の夏以降、ヴォルフはその眼鏡をかけて市場を歩くのがお気に入りだ。その結果、買い込んだ食料品と酒類は、ここ緑の塔で消費されている。

飲み終えたグラスを天板に置くと、コツンと小さな音が響いた。ダリヤはつい眉を寄せる。

「どうかした、ダリヤ？」

「昨日、叙爵向けの礼儀作法の授業を受けたんですが、グラスの底で音を立てないようにとの注意を受けまして。礼儀作法がまだまだだなと」

「叙爵のパーティのときはテーブルクロスがあるから、そう音は立たないんじゃないかな。それに、ダリヤはもう礼儀作法は十分できていると思う」

ヴォルフのフォローはありがたいが、残念ながら不足しまくっていた。

昨日の礼儀作法の授業中、先生に笑顔で注意されること二十七回。メモ帳が黒くなった。次からは大判のノートを持っていくと心に誓っている。

「いえ、部屋に入って最初に、『お招きありがとうございます』と言ったら、その時点で注意されました」

「え？　俺は普通に言ってるけど」

「庶民の商人や男爵の場合、貴族の方には、『お招きにあずかり、ありがとうございます』、と言うのが正しいそうです。あと、話の内容によって、『わかりました』ではなく、『かしこまりました』とか、『承りました』とか、そういうのがたくさんありました」

「知らなかった……もしかすると、俺の方がまずいかもしれない。家が侯爵になるのに敬語が全然で。本で学び直し、いや、兄上に相談した方がいいか……」

ヴォルフは片手でグラスを持ったまま、顎《あご》に拳《こぶし》を当てて考え始めた。

以前、そのうちスカルファロット家を出て市井《しせい》に下るつもりだと言っていた彼だが、最近は言わなくなった。ダリヤからもそれを尋ねることはない。

家族と長く疎遠だったヴォルフは、ようやく関係が改善した。このまま伯爵家、間もなく侯爵家となる家にいた方が安泰だろう。

今後も互いの付き合いが変わらぬことを祈りたいが——これぱかりはわからない。

「ダリヤ」

少し考え込んでいたところに名を呼ばれ、慌てて顔を上げる。

ヴォルフは自分の空《から》のグラスにワインを注ぐべく、瓶を持って待ち構えていた。

「来年の夏は、市場に辛い細ネギを探しに行こう」

「ええ、そうしましょう」

注がれるワインと共に、また一つ、二人の約束が増えた。

魔導書と魔物討伐部隊のローブ

「オルランド商会から会長へお届け物です。念のため、開封だけは俺の方でさせてもらいました」

商業ギルドのロセッティ商会部屋、副会長のイヴァーノが白い布包みをテーブルの上に置いた。

午後の日差しに照らされたそれに、ダリヤはおおよその見当がつく。

そっと布を外すと、大きめの革箱と書類の束があった。書類の一枚目は手紙でもあった。

手紙の最後にある署名は、トビアス・オルランド。自分の兄弟子であり、元婚約者だ。

カルロの書いた魔導書をすべて書き写したことと共に、口頭で教わった中でダリヤにも伝えておきたいこと、気づいたこと、危ないと思われるものへの注意書きを紙にメモし、ページの間にはさんだこと――それが見覚えのある角ばった文字で、丁寧に記されていた。

革箱の中には、薄紙に包まれた革の魔導書が入っていた。

緑の塔、父の部屋に遺《のこ》されていた魔導書は、トビアス宛てのものだった。自分には受け取る資格がないと言っていた彼だが、兄弟子として受け取ってもらった。

トビアスは書き写した後、写しの魔導書をこうして自分に送ってきた。

魔導書の表紙中央にある明るい緑の石、おそらくはペリドットだろう。濁《にご》りのないそれに、父カルロの目の色が重なる。そして、砂色の魔導書は、父の髪と本当によく似た色だった。

この色と組み合わせの選択は、ちょっとずるいのではないだろうか――じわりと目頭が熱くなるのを堪《こら》え、ページをめくって確認する。

まだ作ったことのない魔導具、見たことすらない魔導具の数々に、つい読みふけりそうになった。

だが、ここは商業ギルドである。今日これからの予定もあるのだ。

ダリヤは振り切るように魔導書を閉じると、その場で指に針を刺し、緑の石に垂らす。こうして紅血設定《こうけつ》をしたことで、自分以外は開けぬ魔導書となった。

指先にじくじくする痛みを感じつつも、不思議なほどに安堵《あんど》した。

書類の束に関しては、自分宛てのメッセージである一枚目を外し、残りをイヴァーノに渡す。

「こちらの書類を写して、必要があれば使ってください」

「わかりました、会長。しかし、よくこれをオルランド商会が渡してくれましたね……」

イヴァーノは書類をじっと見つめている。

書類の二枚目から続くのは、各種の希少素材を入手できる商会と、おおよその価格をリストにしたもの、そして、それぞれの加工業者の連絡先リストだ。

魔導具師としてだけではない、魔導具を取り扱う商会としても貴重な情報である。

これさえあれば、オルランド商会を通さずとも仕入れができる。

「ええ。素材探しもそうですが、私では加工に魔力が足りなかったり、必要な魔力に種類があったりするので。何かあったとき、加工業者さんに相談できるのは助かります」

「オルランド商会は、うちの『下請け』の意識がきっちり入ったようですね」

「イヴァーノ、それは――」

同じ立場である商会に対して、その言い方はどうなのか、ダリヤとしてはどうにも馴染《なじ》まない感じがある。だが、彼は自分が言い切る前に、二度目の確認をしてきた。

「会長、オルランド商会に対して、本当にもう思うところはないんですよね？」

彼が自分の心配をしてくれるのはわかる。だが、婚約破棄に関して引きずるところはない。それに、自分達がこうして商会を運営する以上、大切な取引先の一つだ。

「ありません。他の商会と同じようにお取引してください。あとはお任せします。うちの商売はイヴァーノの担当ですから」

「じゃあ、俺のしたいようにやっていいってことですか？」

頼れる副会長、その紺藍の目が、自分を確かめるように見た。

それが少し冷えて見えたのは、窓からの冬の光で、青さが増したせいだろう。

「ええと、『よいお取引、よい商売をお願いします』」

「……わかりました、会長」

ふと思い出し、商人の定型の挨拶をした自分に、イヴァーノはいつもの声で笑った。


話を終えた後、ダリヤが向かうのは王城の魔物討伐部隊棟だ。

ヴォルフの同僚であるランドルフの大盾に使用している衝撃吸収材の経過観察と確認のためである。

王城に行くまでにスライム関係の報告を兼ねたいとのことで、スカルファロット家の馬車でヨナスが迎えに来てくれた。

イヴァーノは服飾ギルドで打ち合わせがあるとのことで、馬場で別れる。彼が乗り込むのはロセッティ商会の馬車だ。その馬車を引くのは『イーリス』と名付けた八本脚馬《スレイプニル》、ちょうど商会員のメーナにリンゴをもらい、ご機嫌そうだった。

ダリヤはスカルファロット家の馬車に乗り込むと、ヨナスの向かい、マルチェラの隣になる形で座る。

ヨナスはいつもの従者の服ではなく、糊《のり》の利いた白いシャツと濃灰の三つ揃《ぞろ》えだった。

少しだけ右袖が太めに見えるのは、魔付きでウロコがあるためだろう。認識阻害の腕輪でウロコは隠せても、服の袖まで変えて見せるのは難しそうだ。

「ブルースライムに氷魔法を付与したものですが、昨日の段階でまだ冷えているそうです。追加の経過に関しても、イデアリーナ様からの報告書が上がってきております」

先日、スカルファロット家の魔導具開発部門で、集まったヴォルフの兄であるグイードや、各ギルド長などの協力を得て、スライム粉に魔法を付与する実験を行った。

スライム関連魔導具として、実用化できそうなものが数種見つかったが、まだ観察中のものもある。その一つがブルースライムに氷魔法を付与した物体だ。

渡された報告書では、いまだそれなりの低温を保持しているとあった。これだけの時間、保《も》つのであれば保冷剤としてかなり優秀かもしれない。ざっと目を通すと、ヨナスに向き直る。

「これぐらいの温度であれば、凍傷の心配は少ないですし、保冷剤として使えそうですね」

「はい。ただ、直《じか》で長く持ち続けていると、手荒れや肌荒れが起こる可能性があります」

報告書の記載を見落としていたらしい。ダリヤは慌てて確認し直そうとする。

「すみません、その部分を見落としていたようで……」

「いえ、報告書にはございません。イデアリーナ様とお会いしたときに、手と頬《ほお》が少々赤くなっておられ……ブルースライムの溶解によるものか、軽い凍傷か、接触時間が長いせいかの判断がつきませんでした」

言葉を選びつつ説明する彼に、大変に納得した。

スライム養殖場の研究主任であり、スライム研究に情熱を傾けるイデアリーナ――ダリヤがイデアと呼んでいる彼女は、ブルースライムに氷魔法を付与した観察対象にくっついていたのだろう。

冷たいブルースライムに頰ずりする彼女を想像したが、まったく違和感がなかった。

その場でスカルファロット家の魔導師が治療して事なきを得たそうだが、以後は一日一回、イデアの状態チェックを他の職員達に頼んだという。とても安心した。

そんなやりとりをしていると、馬車は王城へ着いた。

もう何度も通っているのだが、巨大な石門をくぐり、中に入るのはやはり緊張する。

長く続く高い城壁、白い石造りの建物群、中央奥にある巨大な城。城にある三本の塔は、『不戦不落の証《あかし》』とも言われる。

オルディネ王国は建国後二百年以上、一度の戦争もなく、反乱もない。その平和は本当にありがたい。

馬車の停《と》まり場に着くと、ヨナスが先に降り、次にマルチェラが続こうとする。

立ち上がるために濃緑のワンピースの裾を少し持ち上げたとき、ヨナスが扉から顔をのぞかせた。

「お静かに――マルチェラ、私がいいと言うまでここを開けるな」

「はい」

低くささやかれた声に、マルチェラが扉を閉め、鍵をかけた。そして、両手の黒革の手袋を直しつつ、扉の前に立つ。何があったのかわからないが、ここは王城である。ヨナスの指示に従うしかない。

「ヨナス、久しぶりだな」

酔い止めとして、指一本に満たぬほど薄く窓を開けていた、そこから聞き覚えのない声が入ってきた。

靴の音が近づき、馬車の真横で止まった。ダリヤは思わず息を潜《ひそ》める。

「ご無沙汰しております、グッドウィン様」

どうやら、相手はヨナスの親戚らしい。『グッドウィン』の姓を持つ貴族は多いと聞いている。王城の馬場で偶然、親戚と会うこともあるだろう。

「先週、子が生まれた。二人目の男児だ」

「おめでとうございます。遅ればせながら、お祝いの品をお贈り致したく」

「気を使わなくていい。ただ、これを機にお前には神殿で魔付きを解き、家に戻ってもらいたい。もちろん、うちの商会でそれなりの役はつけるし、できる限りの良縁を探す」

「お断り申し上げます。私はグイード様に仕えておりますので」

実家の者らしいが、家族と会話をしているとは思えぬほど、ヨナスの声は平坦《へいたん》だった。

「ヨナスがスカルファロット家の武具開発部門の長《おさ》となったのは聞いている。だが、実家と同じ生業《なりわい》に一言もなく就いたことは、親族一同、黙認できることではない」

「理解致しました。私への処罰は？」

「処罰などするつもりはない。ただ、スカルファロット家の武具開発部門とうちの商会につなぎをつけるか、それなりの情報を回すか、でなければ、我が家から完全に離籍するか選ばせろという話が親族会であり――」

「では、離籍致します」

「ヨナス！」

即答した彼の名を、相手が激しい声で呼ぶ。その声の大きさに、馬が軽くいなないた。

「スカルファロット家に仕えているとはいえ、お前はグッドウィン子爵家の一員なのだぞ。離籍した後、そのグイード様に何かあれば、魔付きのお前がそのままスカルファロット家にいられるのか？　もし不興をかえば、お前の後ろ盾は誰もいなくなる」

「グイード様に万が一のあるときは、私が先に消えておりましょう。主《あるじ》に不要と言われればそれまでのこと。グッドウィン様にご心配頂くことはございません」

相手の必死の説得を、ヨナスは淡々と切り返す。

会話は一時途切れ、深いため息が落とされた。

「『グッドウィン様』、か。お前は私を、まだそう呼ぶのか……」

「『生涯、私を兄と呼ぶな』と、そうおっしゃったのは、グッドウィン様ではありませんか」

丁寧な言葉なのに、冷えた刃《やいば》が見えた気がする。

そしてようやく、話の相手がヨナスの兄であると知った。

「今さらの謝罪では遅いのだろうな……」

「謝罪を頂くことなどございません。私がグッドウィン家にふさわしくなかっただけの話です」

そこへ新しく馬車が入ってきたのであろう、蹄《ひづめ》の音が響く。

どちらかが、重さのない咳《せき》をした。

「わかった。養子先が決まったら教えてくれ。もし考え直すか、何かあれば私に相談を——いや、私ではなく、家の者にでもかまわない。できる限りのことはする」

「わかりました。お心遣いありがとうございます」

別れの挨拶《あいさつ》はなく、一つの足音が遠ざかる。ヨナスの気配はそのままだった。

息を潜めてしばらく待つと、扉をコツコツと叩《たた》く音がした。

「マルチェラ、もういい。ここを開けろ」

かけられた言葉に、固まっていたマルチェラがようやく動く。

鍵を外し、扉を開くと、表情の変わらぬヨナスがいた。

「この先の通路に人がいるかを確認してきてくれ。誰かいればそのまま戻れ」

「わかりました」

マルチェラはヨナスの指示に従い、馬車の外へと出ていった。

ヨナスは入れ代わりに馬車へ入ると、ダリヤを見て目を細めた。

「……そのお顔ですと、聞こえておりましたか。盗聴防止の距離を誤ったようです。お耳汚しを失礼致しました」

「すみません！　盗み聞きするような形になってしまって」

「いえ、私のミスです。どうぞお忘れください」

ヨナス個人のことだ、自分が聞くべきことではない。そうは思うものの、人形のように表情《かお》を固めた彼が心配になり、つい尋ねてしまう。

「あの、大丈夫ですか、ヨナス先生？」

ヨナスはぴたりと動きを止めると、錆《さび》色の目でじっとダリヤを見つめた。

「気になりますか、私のことが？」

不意に、見事な作り笑顔が自分に向いた。だが、その目の底には昏《くら》い光が揺らいでいて――その揺らぎに、以前、辛《つら》い過去を話してくれたヴォルフを思い出した。

「心配はします、ヨナス先生は大事な仕事仲間ですから」

「それは――ありがとうございます」

作り笑顔が溶けるように消えた。ヨナスは座席に座り直すと、再びダリヤに視線を向ける。

「以前もお話ししたように、私は実家と疎遠なのです。あの方の母君は第一夫人、私の母は第二夫人。それに加えて、あちらは伯爵家からの降嫁、私の母は砂漠の国から父に献上された踊り子ですから」

「ええと、お見合いのようなものでしょうか？」

「いえ、そのままの言葉です。外交で行った父が宴《うたげ》で三度『美しい』と言ってしまったので――あぁ、一夜に三度美しいと言うのは、砂漠の国、イシュラナでは『求婚』の意味です」

なんとも驚きの習慣があったものである。オルディネの男性貴族は女性を褒《ほ》めるのを礼儀としているところがあるので、行き違いが生まれたのだろうか。

「それが縁でお母様が嫁がれることに……」

「ええ、イシュラナの貴族が母を買い上げ、絨毯《じゅうたん》にくるんで贈られました」

「え？」

「母は奴隷となったのです。イシュラナでは国の認めた奴隷制度がありますので」

「……そうだったのですか」

淡々と告げるヨナスに対し、なんと言っていいのかわからない。

ここオルディネでは、奴隷は犯罪奴隷だけであり、働く場所に隔離されるため、見ることはない。

「父は他国から贈られた母を返せず、第二夫人としました。その時点で奴隷契約は解消しておりますが、周りには認められぬことだったのでしょう。母は馴染めず、離縁されて国に帰りました。私は長く実家に戻っておりませんでしたが、今回、スカルファロット家の武具開発部門の長として名が上がったので、駒《こま》の一つとして使えれば使いたい、そんなところでしょう。それならば完全に離籍した方がグイード様にご迷惑がかからないかと」

「すみません、お話ししたくないことを伺ってしまったようで……」

「いえ、大丈夫です。本当に話したくないことは口にしませんので」

言い終えたヨナスが、眉間に軽く皺《しわ》を寄せた。

どうしたのかと声をかけるにかけられず、ダリヤは両の手のひらを少し上げて戻す。そんな自分を見て、彼はあきらめたように告げた。

「少々面倒になります。早めに貴族籍へ養子に出ないと、王城の一部に入れなくなりますので」

「そういった場所があるんですか？」

「はい。伯爵以上の打ち合わせで使用される場があります。そこへは従者や護衛でも、貴族籍か神官職などの特別職でないと入れません。魔付きを養子に迎えたいという家は少ないので、グイード様にお願いしても少し時間がかかるかと」

養子について当たり前のように言うヨナスに、ふと疑問がわいた。

「あの、養子というのは、貴族の方ではよくあることなのですか？」

「はい、庶民の方々よりは多いと聞いています」

「例えばですが、庶民が、伯爵家に養子にいくということも多いのでしょうか？」

「……はい、それなりにございます。優秀な庶民を守るため、あるいは仕事の関係で一族に加える形です。養子も婚姻もありますが——そのお話は、ヴォルフ様からですね？」

どうやらヨナスもすでに知っていたらしい。

彼はグイードの従者で護衛だ。同席していたのかもしれない。

「はい。冗談だとわかっていますが、ヴォルフが兄になるという話で笑ってしまって……」

「ヴォルフ様が兄……なるほど。もしそうなると、グイード様も『グイードお兄様』になりますね」

「絶対無理ですっ！　あ、いえ、グイード様が嫌いとかではなく、その、とても上の方というか、畏《おそ》れ多いというか……」

思わぬヨナスの言葉に、必死に弁明する。ヴォルフのときは笑って済んだが、冗談でもグイードを兄と呼べる気はしない。

気がつけば、ヨナスが拳《こぶし》を口に当て、肩を震わせて耐えている。

もう素直に声を出して笑って頂きたい。

「確認して参りました。今はどなたもおられません」

ヨナスの肩の震えが止まる頃、マルチェラが戻ってきた。

「では、参りましょう」

馬車を降りる際、ヨナスがエスコートの手を差し出してきた。

ダリヤは素直にそれに従い、馬車を降りる。

本日はイエロースライムから派生した衝撃吸収材、それを付けた防具を確認する予定だ。ランドルフの使い込んだ大盾がどうなっているか、とても気になる。

ダリヤの背後、ヨナスは馬車の扉を閉める音に、己のつぶやきを消させていた。

「俺の生徒には、教育が足らんようだな……」

ダリヤはヨナスとマルチェラと共に、魔物討伐部隊棟の会議室へ移動した。

そこではすでに、魔物討伐部隊長のグラートやランドルフの他、盾の管理を担当する騎士もそろっていた。型通りの挨拶をしてすぐ、ランドルフの大盾を確認する。

『それなりに試した』とのことで、分厚い鉄板とも言える大盾には、あちこち深い傷がついていた。どんな訓練をしたのか謎である。

だが、裏面の衝撃吸収材に破損やへたりはなかった。一週間程度では、衝撃吸収材そのものの劣化もないようだ。実用化に一歩近づいたのがうれしくなった。

「ランドルフ様、衝撃吸収材の厚みはもう一段追加した方がよろしいですか？」

「いや、これで十分だ。ただ、この手袋をつけて持つと、咄嗟《とっさ》に離すときに引っかかる感じがある」

「手袋の方も以前より厚みがありますので。持ち手のゆとりを多めに取り、把手《とって》の形状変更を致しましょう。あとこちら、左下部分が少々曲がっているようですが？」

ダリヤには見てもわからぬが、ヨナスにも他の隊員達にもわかるらしい。実際に大盾に触れ、確かめつつうなずいている。

「ランドルフの跳ね上げが、だいぶ派手になったからな」

「左側を対象に当てて攻撃することが多いからだろう。以前よりかなり力を入れられるので、負荷が増えたのだと思う」

「全体的に歪《ゆが》みが出ておりますね。本体も強化致しましょう。ランドルフ様、今より少し重くなってもかまいませんか？」

「攻撃力も考えて、今の四分の一程度、重量を増やして頂きたい。できれば下側の厚みも追加して頂きたい」

「ランドルフ、他の隊員ではその重さは取り回しが難しい。ヨナス、手間だがそこは二サイズで制作してくれ」

「わかりました。ただ、できましたらお一人ごとに重さと厚さを合わせた方がよろしいかと――」

ランドルフや他の者から聞き取りをしながら、大盾の改良方法を検討する。

今回は、ヨナスでないと理解も対応もできない内容だ。

ダリヤには武具のことはわからないので、話を聞き、ひたすらメモを取ることとなった。


一通りの確認を終えると、ダリヤ達はグラートの執務室に招かれた。

納品関係か契約書類への署名だろうか、そう考えていると、ヨナスと共にソファーを勧められた。

「本日、二人に渡すものがある」

グラートがそう言うと、副隊長であるグリゼルダとヴォルフが執務室に入ってきた。それぞれ、大きく平たい銀色の箱を持っている。

ローテーブルに置かれたのは、かなり大きな銀の魔封箱だった。

「こちらがロセッティ、こちらがヨナスだな。開けてみてくれ」

ヨナスが先に箱を開けたのに続き、そっと蓋《ふた》を取る。

中に見えるのは艶《つや》やかな黒い布。ところどころに細く銀の線が見えた。

指を伸ばせば、見えぬ薄布を何枚も重ねたような強い魔力を感じる。微風布《アウラテーロ》よりもはるかに強い付与魔法がありそうだ。見方によっては、かなり高度な魔導具である。

横のヨナスが息を呑《の》んだのがわかった。

驚きの中、ダリヤにはヴォルフが、ヨナスには副隊長が、それぞれ布を広げて肩に掛けてくれる。

二人の身を包んだのは、黒に銀の縁取りがついたローブだった。

「二人ともよく似合っている。魔物討伐部隊《うち》には騎士服しかないのでな、『相談役』用に新しく誂《あつら》えた。下に着るものとの兼ね合いもあるので、オーバーローブとした」

「あ、ありがとうございます……」

「……ありがとうございます」

どうしても声が上ずる。ヨナスの礼の言葉も一拍遅れた。

このローブは、魔物討伐部隊としての制服のようなものだろうか。

魔物討伐部隊が身につける騎士服も、黒に銀の縁取りがついている。だが、この黒いローブの縁《ふち》の銀は、光の当たり方によって、それが赤く光る。銀とも銅とも違う、なんとも不思議な色合いだ。

自分が縁取りを確認しているのに気づいたらしいグリゼルダが、笑顔で教えてくれた。

「縁の部分は、『銀赤《ぎんしゃく》』です。お二人とも、よくお似合いですよ」

「『銀赤《ぎんしゃく》』とは、あの、サラマンダーがいたという銀の鉱脈のものでしょうか？」

「さすがダリヤ先生、ご存じでしたか」

ご存じも何も、一度は手にしてみたいと思っていた希少金属である。

サラマンダーは、トカゲに似た姿をした妖精だ。燃えさかる炎すらも平気で、火山や温泉の近く

の、熱い場所を好む。

銀赤《ぎんしゃく》は、銀の鉱脈付近に、たまたまサラマンダーが長く棲《す》むとできると言われている。

銀に強い火魔法が入ったものであり、耐熱・温度管理に優れた特性がある。銀赤《ぎんしゃく》となる確率は低く、まだ錬金術師でさえ同じものは作れない――高等学院の授業でそう習ったが、実物はなかなか見ない。そして、お高い素材である。

「宝物庫で長く眠っていたそうでな。王城の魔導師がせっかくだからと出してくれた。それにこれぐらい使わんと、付与するのに布が保《も》たんそうだ」

「貴重な品を、もったいないことです……」

「何を言う？　我が隊の相談役だぞ。これぐらいしかしてやれぬのが歯がゆいほどだ」

グラートはそう言うと、箱に残っていた数枚の羊皮紙を手にした。

「魔法陣は王城の魔導具師と魔導師が最新のものを組み込んだ。魔法陣の説明だが……字が小さすぎるな、各自で読んでくれ」

苦笑しつつ渡された説明書には、魔法陣の解説がびっしり、数枚にわたって書かれていた。

ローブの裏、縫われている五つの小さな魔法陣には、火・土・水・風の魔法耐性上げ、そして非常時の軽い防御の効果があるという。

つまりは五重付与――魔導具として、身震いするほどにものすごい。

「相談役のローブは、式典に出るときはできるだけ、あとはどこででも、ご希望のときにお召しになってください。王城でも便利かと思います。それを身につけているときに他の者から言われたことは、『魔物討伐部隊に対して言ったこと』と同じになります。何かあればご遠慮なくお伝えください。こちらですべて処理します」

グリゼルダの声にどこか硬質なものを感じた。

これをまとう場合は、魔物討伐部隊の相談役、そして隊の一員として、背筋を正さなければいけなそうだ。

「王城内で着ていれば男爵と同格の扱いだ。まあ、こちらは『つなぎ』にしかならなかったが」

つなぎとはなんだろう？　尋ねようとしたとき、グラートがにっこりと笑いかけてきた。

「ダリヤ・ロセッティ殿、ヨナス・グッドウィン殿、男爵の叙爵、心よりお祝い申し上げる」

「はっ？」

「はい？」

聞き間違えたかと、ヨナスと声をそろえて聞き返してしまった。

「ああ、通達がまだ手元にいっていなかったか。昨日、正式に決まった。来年の春だ」

「……身に余る栄誉、感謝申し上げます」

「か、感謝申し上げます……」

なんとかヨナスと共に言葉を返す。

「おめでとうございます、ダリヤ先生、ヨナス先生！」

「おめでとうございます、ダリヤ、ヨナス先生！」

口々に祝われ、くらりとくる。

待ってほしい、心の準備が追いつかない。

男爵位の選定に一年ほどかかると聞いていた。決まるにしても来年に告げられるのだろうと思っていた。それがなぜこんなに前倒しになるのだ？

内で慌《あわ》てまくっていると、隣のヨナスの気配が揺れた。

「グラート様、失礼ながら――ダリヤ先生は重々わかりますが、私は相談役とは名ばかり。隊への貢献は足りておらぬかと」

「ヨナス先生、武具開発の貢献は十分に重い。疾風《しっぷう》の魔弓も、大盾も、武具の改良も、喉から手が出るほど欲しかったものばかりだ。足りていないと思うなら、ぜひ今後の安定供給と開発の続行を頼む」

「もちろん、そちらは全力を尽くさせて頂きます。ただ――私は『魔付き』です。これを解除するつもりはございません。このまま役を頂いては、隊の皆様にご迷惑がかかるかと思います」

「問題ない。お前は主《あるじ》を守るための魔付きだ。それに、魔付きは以前、隊にもいたぞ。夜目が利いて便利だと引退までそのままにしていた。大体、『魔剣』持ちの私が隊を率いているのだぞ。うちの隊員にはやたらと魔剣に憧《あこが》れる者もいるぐらいだしな」

指摘されなくても自分のこととわかっているらしい。ヴォルフが明るく笑っている。

「ヨナス先生、引退騎士の皆様も推しておられますのでご安心ください。『スカルファロット武具工房長であるヨナス先生に爵位を』という、推薦状がございます」

「私に、推薦状ですか？」

初めて聞いたのだろう。聞き返したその声は、珍しく少し高い。

「爵位がないと王城の予算会議に出られんからな。ベルニージ様が最初で十三通ほどある。大先輩方をないがしろにすると大変なことになるのでな、あきらめてくれ」

「……大変ありがたいことです。全力を尽くさせて頂きます」

ヨナスの丁寧な一礼に、ダリヤは素直に感心した。

以前、魔物討伐部隊の相談役にと請われたとき、自分はだいぶ慌てたものだ。プレゼンの後に言葉の途中で噛《か》んだほどである。

それに比べ、このヨナスの落ち着いていること。先ほどわずかに声は乱れたものの、今はもういつもの無表情である。その冷静さが切実にうらやましい。

「これは独り言だが――大先輩方が戻ってきたおかげで、騎士団上層部の多くが授業参観の日の子供のように胃を痛めている。私も含めてな」

「それに関しては、ダリヤ先生と二人でお詫《わ》び申し上げます」

「す、すみません……」

ヨナスに感心していたら、自分にも火の粉が飛んできた。

騎士達の復活はよかったと思えることではあるのだが、先輩が職場に戻ってくるのはやはり落ち着かないものだろう。授業参観の子供の喩《たと》えが本当にしっくりくる。

「二人とも、ここは笑うところだぞ」

神妙な顔をしていると、グラートにそう言われた。

周囲がどっと笑ったが、ダリヤとヨナスだけは微妙な笑いとなった。

「王城でも医療関係者と魔導具師による義手と義足の開発が始まった。辞めていった騎士達も、戻ってくるかもしれん」

「すばらしいことです。スライムの次は、緑馬《グリーンホース》を増やさなくてはいけなくなりそうですね」

「では、次は緑馬《グリーンホース》に泣かれるわけですか」

「空蝙蝠《スカイバット》にも泣かれそうですね」

皆、笑って話しているが、どうにも冗談に聞こえない。

いろいろと開発しておいて何だが、材料となる魔物達に少々哀れさと申し訳なさを感じる。

魔物の墓というのはないのだが、真面目にお祈りとお供えを考えるべきかもしれない——そう思いつつ顔を上げると、グラートが赤い目を自分に向けたところだった。

「なに、魔物を泣かせてこその、『我々』、魔物討伐部隊だ」


ローブの礼を再度述べて退室すると、王城から塔まで、スカルファロット家の馬車で送ってもらうことになった。

帰り際の廊下で、ヴォルフに『後でお祝いに行っていい？』と、こっそり告げられる。

ダリヤは声を出さず、ただうなずいて答えた。

その後は、馬車の中、ヨナスやマルチェラと話をしているうちに緑の塔に着いた。

「ダリヤ先生、私にこちらを運ばせて頂き、少々確認のお時間を頂きたいのですが、よろしいでしょうか？」

「はい、お願いします、ヨナス先生」

「マルチェラ、ここで待て」

いつもであればマルチェラが荷物を運んでくれるが、今日は魔物討伐部隊の相談役用ローブの入った魔封箱がある。中身が中身だけに気を使ってくれているのだろう、そう思って了承した。

箱の中身については話をしてきたので、マルチェラも納得したようだ。一礼して、馬車の中にとどまった。

「失礼致します」

ダリヤの後ろ、塔の一階に入ったヨナスは、作業机の上にそっと魔封箱を置いた。そして、入り口に戻ると、ドアを半分開けたままにし、身につけていた長剣を立てかける形で置く。

なぜそんなことをするのかと尋ねかけたとき、彼は少しだけ口角を上げた。

「独身のご令嬢と部屋で二人きりはどうかと思いますので、ドアは半開きとさせてください。寒くて申し訳ありませんが」

「いえ！　その、お気遣いをありがとうございます」

そういったことを一切考えていなかった自分を恥じる。

ヴォルフがよく出入りしているせいもあり、ヨナスのこともまったく意識していなかった。

少しばかり慌てていると、ヨナスが自分の前で右手を左肩に当てた。

突然に騎士の敬意表現を向けられ、ダリヤは目を見開く。

「ダリヤ先生、いえ、ダリヤ・ロセッティ様――心から感謝申し上げます」

「は？」

意味がわからず、間抜けな声を出してしまった。

だが、錆色の目は揺らぎなく、ただまっすぐに自分を見つめている。

「私一人での男爵叙爵はありえませんでした。功績はすべてあなたからお譲《ゆず》り頂いたものです。お渡しできるものは少々の金銭、この身の牙とウロコぐらいしかございません。剣はグイード様に捧《ささ》げておりますため、騎士の心をお渡しすることもできません。ですが、もしお望みのものがあれば、グイード様に願ってみますので――」

「何もいりません、ヨナス先生」

ヨナスの言いたいこともわからなくはない。

武具部門の始まりは、ダリヤとヴォルフが作った『疾風の魔剣』から派生した、『疾風の魔弓』だ。衝撃吸収材も自分が開発を始めたものではある。

だが、元をたどれば、考えなしに開発と制作を進めた自分を守ってもらってのことだ。

それに今となっては、ヨナスにもグイードにも魔導具開発を共にしてもらっている。

どの魔導具も自分一人の功績などでは絶対にない。

「私の方が守って頂いて、お世話になっています。武具制作は共同でしているお仕事ですし、魔物討伐部隊の同じ相談役で、仕事仲間ですから。報酬もグイード様から頂いていますし、これ以上何もいりません」

「しかし、爵位というのはそう軽いものではございませんので……」

「あの、私ではなく、ベルニージ様と推薦してくださった皆さんにお礼をするべきではないでしょうか？」

迷い顔のヨナスに、ダリヤは思わず提案した。

困ったときのベルニージというわけではないのだが、まっ先に浮かんだのは彼だった。

「そちらはグイード様と相談致します。しかし、やはりダリヤ先生には何かお返しをさせて頂きたいのです。グイード様の護衛の私が、王城の部屋によっては入れず、役に立たぬということはなくなりますので――」

ああ、そうか、ダリヤはすとんと納得した。

ヨナスが欲しいのは、男爵位より、グイードの護衛がどこでもできる立場なのだろう。

ヴォルフの隣にいてもおかしくないよう爵位を望んだ自分と、ある意味同じだ。

「ダリヤ先生、国からの支給金をお受け取り頂けませんか？　お好みの素材の購入費の上乗せになさってください」

「支給金を横流ししてはだめです、ヨナス先生。本当に何も……あ、では、『貸し』とさせてください」

不意に、父カルロがしていたという『貸し』を思い出し、ダリヤは笑顔で言ってみた。

ヨナスは怪訝《けげん》そうに聞き返してくる。

「『貸し』、ですか？」

「はい。お願いしたいことができたときにご相談させて頂きたいので」

「わかりました。その際はご遠慮なくお申し付けください。女性への『借り』は高くつくと伺《うかが》っておりますので、覚悟しておきます」

深くうなずき、少しばかり険しい表情《かお》となったヨナスに、落ち着かぬものを感じる。無理難題をふっかけたり、高額なものを願ったりなどということはないので、そう構えないで頂きたい。

しかし、貴族女性への『借り』はそんなに大変なものなのだろうか？

「あの、ご無理を申し上げるつもりはありませんので……」

「いえ、ご遠慮なくどうぞ。女性への『借り』が高くつくことについては、グイード様より伺っておりますので」

経験上、この先の話を聞くべきではないかもしれぬ。藪《やぶ》から大蛇を出されてはたまらない。

そう思って相槌《あいづち》を打たずにいたが、彼はあっさり言葉を続けた。

「先日、グイード様が仕事で遅くなり、お嬢様に本の読み聞かせができなかったことがありまして。お嬢様に『貸し』として、次の休日に二冊読むよう、一筆書かされておりました」

つい笑いがこぼれてしまった。なんともかわいい取り立てだ。

「お父様であるグイード様が、大好きなのですね」

「ええ。グイード様もお嬢様のことは目に入れても痛くないようですので。『倍請求、かつ書面として書き残し、それを自室に隠すのも忘れない、完璧な娘だ』、そう大層褒めておられました」

「そうですか」

整った表情でいることの多いグイードだが、娘の前ではきっと優しい父の顔をするのだろう。そう思えて、なんだかとても安堵した。


ヨナスは目の前のダリヤが、グイードの娘の話に優しい目をして微笑《ほほえ》んでいるのを眺めた。

もしかしたら、カルロという父親のことを思い出しているのかもしれない。

家からの離籍と養子の件を心底面倒に思っていたら、直後に男爵位が転がり込んできた。

グイードから一言も聞いていないということは、彼は噛んでいない。

おそらくベルニージが裏で手を回していたのだろう。それならば、対価はマルチェラ関連で済む。

だが、目の前にいる赤髪の魔導具師に関しては、御礼《おんれい》の申し出から全力で逃げられるという理解しづらい状態に陥っている。

貴族女性であればドレスに宝石、家に関する便宜《べんぎ》まで、なにかしら希望されるのが当たり前だ。

本人が言わずとも、家が代わって希望してくることも少なくない。

御礼の提案をいろいろとしてみたものの、どれも受けてはもらえず、最後には『借り』にされてしまった。しかも、借りたままにさせる気が丸わかりだ。納得も理解もできぬ。

「ダリヤ先生が相手では、『借り』のままで終わってしまいそうです」

「いえ、これからもお世話になりますので。それに、ヨナス先生と叙爵も一緒なので安心できますし、それで十分です」

「……光栄です」

思わず答えが一拍遅れる。

この女は無欲を通り越している上、大変に危うい——ヨナスはその認識を上書きした。『叙爵のときも一緒』、それを受け取り間違えれば、叙爵の際のパートナーを頼んでいるように聞こえる。

家族がなく、独身女性であるダリヤが叙爵に伴うパートナーはそれなりに重い意味を持つ。

相手が高位貴族で既婚者であれば、『後見人』か『応援者』とみなされるからだ。

パートナー役が独身であれば私的に大変親しい、もしくはいずれ共に生きる者であるという意味にとられやすい。婚約者か恋人と思われるのが一般的だ。

普通に考えれば、ダリヤの『貴族後見人』であるグイードがパートナー役ということになる。

だが、今回は同日にグイードも当主交代と共にスカルファロット伯爵から侯爵への陞爵《しょうしゃく》である。

両者がパートナーを組むのは難しい。

かといって、自分がダリヤのパートナー役をした日には、黒髪の生徒の深い深い落ち込みが懸念《けねん》される。

まあ、自分は叙爵後にすぐグイードの護衛に戻るつもりなので、それなりの『応援者』を頼むのが一番だろう。

こういったことにうといダリヤ、そして、いろいろと教育的指導が必要そうな生徒を思い出し、一つ提案をしてみた。

「では、男爵会に行くときは共に参りましょう。せっかくの機会です、私に叙爵のドレスを贈らせて頂けませんか？」

「男爵会に行く際はどうぞよろしくお願いします。ドレスについては、お気持ちだけありがたく頂戴します。かなり前からルチアが作っているので」

一瞬、ドレスの贈り主がヴォルフかと思ったが、残念ながら違った。

青空花《ネモフィラ》を思わせる、底抜けに明るいお嬢さんがドレスを作っているらしい。材料費は服飾ギルド長であるフォルト持ちだろう。服飾ギルドもダリヤを引き込むのに懸命である。

「どのようなドレスか楽しみですね。先にルチア嬢に伺っても？」

「かまいませんが、教えてくれるかどうかはわかりません。私にもまだ詳しく教えてくれないので……」

「美しい女性に似合いのドレスになりそうですね」

「なるべく地味なデザインにしてほしいと伝えてはいるんですが……叙爵では、皆さん、どんなものをお召しになるのでしょうか？」

「女性はドレスであることが多いようですが、種類が豊富ですので、男性より自由だと伺っています。騎士の女性はやはり騎士服だそうですが」

「そうなのですね。男性は何を着るか決まっているのでしょうか？」

「いえ、規定はございません。ただ多いのは、騎士服か正装で、上着の裾が長めの黒の三つ揃えです。私は騎士服に今日頂いたローブを羽織ろうかと」

「なるほど……あ、ドレスが派手すぎたら、ローブを羽織ればいいのかも……」

ルチアが聞いたら全力で文句を言われそうな、小さなつぶやきが落ちる。

女性で爵位授与という栄誉なのだ、貴族女性ならば、いかに目立つかを考える方が普通だろうに、この者は完全に逆である。

話を続けようとしたとき、半分開けたドアから冷たい風が吹き込んできた。

そろそろ戻らねばと気づき、ヨナスは姿勢を整えて挨拶をする。

「ダリヤ先生、今回は本当にありがとうございました。『借り』は別としても、私でお役に立てることがあれば、些事《さじ》でも遠慮なくおっしゃってください」

「あ……それでは、ちょっとお願いしたいことが……」

どこか情けなく、へにゃりと笑った女。

どんな願いがあるのかと構えれば、壁際の棚の下段、ごそごそと潜るように動く。

予測のつかぬことに困惑していると、机の上にどんとガラスの大瓶が置かれた。

その底、大きめのブルースライムがふるりふるりと震えている。品質判定をすれば一級、なかなか色艶のいい個体だとわかってしまうあたり、自分もだいぶ慣れてきた。

「先日、イデアさんから観察用にお借りしたんですが、今朝から蓋が開かなくて――今日の分の栄養水をあげたいんです」

困りきった表情《かお》で言う赤髪の女に、なんとか声を整える。

「……どうぞ、私めにお任せください」

ヨナスは全力で笑いを噛み殺し、大瓶の蓋を開けた。

◆
◆
◆

「ダリヤ、男爵決定、おめでとう！」

「ありがとうございます、ヴォルフ」

夕刻、約束通りヴォルフが塔にやってきた。

入ってくるなり渡されたのは、かわいらしい花束だ。中央のピンクから外側の白へグラデーションになったバラは、とてもよい香りがしていた。

お礼を言って受け取ると、ヴォルフはまた馬車へと戻っていった。

何をしに行ったのかを確かめる間もなく、彼は黒い酒瓶と三段の平たい木箱を持ってきた。

「これ、お祝いのお酒と肴《さかな》」

黒い酒瓶はワイン瓶よりも小さく、中身がわからない。だが、金色のラベルは東ノ国《あずまのくに》の流麗な文字で『喜び』とある。お祝い向けのお酒なのかもしれない。

二人そろって二階に上がり、夕食とすることにした。

温熱座卓の上に置かれた三段の木箱は、前世の重箱と似ている。艶やかな木目の蓋を開けると、色とりどりの料理が入っていた。

一段目は鴨《かも》肉のソテーとエビの香草焼き、からりと揚げられた赤身と白身の魚のフライ。

二段目は色とりどりの野菜を入れたテリーヌ、そして、凝った飾り切りの野菜と食べられる花のサラダ。

三段目はたくさんのミニカップケーキ。花に蝶《ちょう》、子猫に子犬と、カップケーキの上の砂糖細工が見事で、このまま飾っておきたいほどだ。

「すごいですね……」

「ヨナス先生が家の者に知らせてくれて、料理の準備を。それと、兄からこの酒を持っていくように言われて……俺は何もしていなくて、すまない」

言わなければ知らぬままになったはずのこと、それを残念そうに語るヴォルフに、ダリヤは首を横に振る。

「ヴォルフのおうちから頂いたんだから一緒です。それにお祝いに持ってきてくれたんですから、ヴォルフのおかげです。きれいなお花も頂きましたし、とてもうれしいです」

そこでふと台所の深鍋を思い出す。本日用意していたのは、野菜がごろごろ入った庶民向けのシチューだ。一応、牛肉を使ってはいるのだが、入れたのはお手頃価格の首部分《ネック》で、ちょっと硬い。

今日のヴォルフは鍛錬もあると聞いていたので、脂もしっかり、味も濃いめだ。高級で繊細な味わいであろうこちらの料理と、合うかどうか疑わしい。

「ダリヤ、どうかした？」

「野菜のシチューを作っていたのですが、こちらと合うか考えていました。その、シチューのお肉が硬めで庶民味なので……」

「わがままを言わせてもらえるなら、俺はそのシチューの方がいい」

ヴォルフがきっぱり言い切った。

朝晩は冷える季節である。塔まで馬で移動してきた彼には、温かいシチューの方がいいのだろう。

「よかったです。じゃあ、シチューも出しますね」

台所に向かおうとしたとき、門のベルが鳴った。

窓から下を見ると、門の前、黒に独特な灰銀の飾りがある馬車が停《と》まっている。手紙か、贈り物か、どちらにしても送り主の予想がついた。

「お届け物だと思うので行ってきます」

「俺も行くよ。重い物だといけないし、一応」

「そうして頂けると助かります。できれば後で、お礼状の文面を考えるのも手伝ってほしいです」

「ダリヤ、送り主がもうわかるの？」

「……あの馬車、きっとジルド様です」

「ジルド様……」

黄金の目を細め、眉間に薄く皺を寄せるヴォルフに思う。

きっと、今の自分も同じような顔をしているに違いない。

届けに来た者に礼を告げ、荷物を受け取って二階に戻る。

予想通り、馬車は王城の財務部長である、ジルドの家のものだった。予想外だったのは、手紙に書かれた名が、ジルドとグラートの連名だったことである。

手紙には叙爵への祝いの言葉と共に、魔物討伐部隊、そして王城への貢献に関する感謝が綴《つづ》られていた。

共に贈られたのは赤と白の花々を組み合わせた豪華なブーケと、それにちょうどよさそうな水晶の花瓶。他の箱二つには、それぞれ紅茶の葉とドライフルーツの砂糖がけが入っていた。

礼状の返信とお返しには後で悩むとして、二つの名が並ぶ便箋を、ダリヤは感慨深く見つめる。

「グラート様とジルド様、本当に仲直りされたんですね」

「ああ、隊長室に行くと、一緒にお茶を飲んでいるときがあるよ」

「よかったです」

魔物討伐部隊員であったジルドの弟は、遠征帰りに落馬して亡くなった。遠征中、食事がよく取れず、栄養不良と貧血が原因だったという。

その遠征に共に行っていたのがグラートだ。ジルドから弟を頼むと言われていたにもかかわらず、自分が守れなかったからだと悔いていた。

それから長く断たれていた関係は、しっかり修復されたらしい。本当によかった。

それと共に思うのは、やはり遠征中の食事の大切さだ。

移動も戦いも体力を使うのだ。栄養は偏りなくしっかり摂《と》ってほしいところだ。そう思いつつ、ヴォルフの差し入れとシチューを居間の温熱座卓の上に並べた。

二人とも空腹だったので、そこからは食事をしながらの会話となった。

ヴォルフは主にシチューを食べ、ダリヤは差し入れを中心に食べる。

一通り食べ終えると、先ほど気にかかったことを尋ねてみた。

「ヴォルフ、遠征中の食生活で気になることはありませんか？　貧血になりやすいとか、こういったものが足りないとか……」

「貧血は肉類が増えたからないけど、野菜不足はあるかな……でも、最近は遠征用コンロがあるから、スープの干し野菜を少し増やしたりしているし。冬はリンゴや梨なんかを持っていけるから、馬と一緒に食べているよ」

「遠征中、口の中が荒れたりしません？」

「よくある。それと『通じ』が……いや、ごめん、忘れて！」

「いえ、健康管理では大事なことだと思いますので！」

あわあわしつつも懸命にフォローする。

真面目な話、やはり野菜が足りないせいだろう。だから口内炎や便秘にもなりやすいのだ。

ヴォルフの話に、ちょうどいいものが冷蔵庫にあるのを思い出した。

ダリヤはすぐに立ち上がり、それを取ってくる。

「ええと、口の荒れなどに、これが効くかもしれません」

冷蔵庫からとってきたのは、緑の液体。

庶民女性の美容法の一つ、『緑の野菜ジュース』である。前世で言うなら『青汁』に近い。

青汁の代表格、ケールは残念ながら見ないが、小松菜などの緑の野菜は今世もそれなりにある。

小松菜やレタスの緑の部分など、青物中心のジュースだ。余分にあれば人参《にんじん》やトマトを入れたり、飲みやすいようにリンゴや蜂蜜を入れたりすることもある。

「時間をおいてしまったので、色がよくないんですけど……」

朝、多めに作って冷蔵しておいたため、濁りのある暗い緑色だ。

グラスにでろりと注いだそれに、ヴォルフが大変懐疑的な目を向けている。

「ダリヤ……この緑の物体は、グリーンスライムを液状化したもの？」

「違います、『緑の野菜ジュース』です。野菜を刻んだものです」

なぜグリーンスライムを飲まねばならないのだ。八本脚馬《スレイプニル》なら喜ぶかもしれないが、自分達では味以前に口が火傷《やけど》をするだろう。

「野菜を、刻んだもの……」

グラスを見つめ、いまだ納得できない表情《かお》をしたヴォルフがいる。

緑の野菜ジュースを作るのは『食材刻み器』という名の魔導具である。

前世のミキサーやチョッパーと似た仕組みで、大きなコップやバケツのような容器の底か側面で、三枚から八枚の刃を風の魔石で回すものだ。大きさと刃によって、いろいろなものを細かく切ったり砕いたりができる。

『食材刻み器』は、父、カルロが作った魔導具だ。元々は友人の屋台向けに、野菜と肉を粗く刻むものだったそうだ。

友達を助けるために作ったのかと感心した自分に、『ツケがあってな』と答えた父は、正直者と言うべきかどうか――そんなことまで思い出してしまった。

ちなみに、いろいろなサイズと刃の形状があるが、すべての名称は『食材刻み器』、その後の改良型は、食材刻み器の中型・小型・極小型と大きさで登録されている。

父は『わかりやすさを最優先にした。けして考えるのが面倒だったわけではない』そうも言っていた。自分の名付けのセンスは、きっと父譲りに違いない。

「よかったら、試してみてください」

「……うん」

ヴォルフの表情が、疑いから苦悩に変わっている。

ここは彼の不安を取り除くために、自分が先に飲むべきだろう。

ダリヤはグラスを取ると、一息に飲んだ。少し青臭さはあるが、リンゴのおかげでそう強くはない。よく冷えているのもあり、それなりにおいしい。

飲み終えて向かいを見れば、ヴォルフが両手でしっかりとグラスを持ち、こくこくと飲み始めていた。幸い途中で止まることはなく、そのまますべてを飲みきる。

「苦くないね。後味に少し緑っぽさがあるけど、これなら普通に飲める。俺はもっとすごい味を想像してたよ」

「苦くてすごい味というと……ピーマンをジュースにした感じとか？」

「……ピーマンはおいしく食べられるようになったよ、君のおかげで」

少しすねた声と、ちょっとだけ尖《とが》らせた口が子供のようだ。

出会ってしばらくの頃、ヴォルフはピーマンが苦手だった。『ピーマンに嫌われている』と主張していたのを思い出し、笑ってしまいそうになる。ダリヤは堪えつつ話題を変えた。

「この『緑の野菜ジュース』を一食分ずつ冷凍したら、遠征で飲めるのではないかと。ボウル半分の青野菜でグラス一つですから、野菜不足の解消になると思います」

「なるほど、これならいけそうだ！　箱に入れて氷の魔石を一つ入れておけば数日は保つし。魔石の交換を定期的にすれば大丈夫だね。遠征用コンロのおかげで、野草やキノコの炒めものなんかもできるようになったんだけど、冬は採取が減るんだ。これがあると体調がよくなるかもしれない」

「じゃあ、次に王城に行くときにレシピを持っていきますね」

「ありがとう、ダリヤ」

今冬、魔物討伐部隊の野菜不足が少し解消されるかもしれない。

魔導具からは離れた内容だが、遠征中の体調が少しでも整えばうれしいことだ。


「さて、食事も済んだし、改めて乾杯だね」

食後、ヴォルフが開けたのは、持参の黒い酒瓶だ。

グラスに注がれたのは、透明な東酒《あずまざけ》。魔導ランプに透かすと、酒がところどころきらりきらりと光る。

「きれいですね……」

「東ノ国から入ってきたばかりの酒なんだって。本物の金粉で、向こうの国では結婚式に出されることが多いと、兄が」

「お祝いのお酒なんですね」

「ぴったりだね。じゃあ、ダリヤの男爵決定に乾杯！」

「ええと、爵位に恥じぬようがんばります、乾杯！」

グラスをカツンと合わせると、細かい金色が生きているように酒の中を泳いだ。それが止まらぬうちにそっと口に運ぶ。

室温と同じぐらいの東酒《あずまざけ》は、癖のない素直な味だった。香りも穏やかで、すっきりとした味わいは濁りなく、そのまま喉に落ちる。

一口飲み終えて息を吐くと、ふわりとした甘い香りを感じた。

記憶をたどって浮かぶのは、白い梅の花。なんとも不思議な組み合わせだ。

「何の酒なんだろう？　飲んだ後、花の香りがある……」

「梅みたいですね、どうやって作っているのかわかりませんが」

金色の輝きと共に、甘やかで不思議な酒をしばらく味わった。

「ダリヤ、明日の予定を聞いても？　俺は休みが入ったから」

「午前中はイルマのところへ、ルチア達と出産のお祝いの品を聞きに行きます。午後はオズヴァルド先生のところで授業です。午前中、一緒に行きます？」

「ああ、俺もマルチェラにお祝いをしたいから。午後は――マルチェラが護衛？」

「いえ、マルチェラさんはイルマを神殿に連れていく日なので。イヴァーノも納品があるので、一人です。でも、オズヴァルド先生のところは、隣の部屋にエルメリンダ様がいらっしゃいますし、授業もラウル、いえ、ラウルエーレがいることが多いので」

オズヴァルドが既婚の貴族であり、自分が独身女性なので、隣室に人を置くなどの配慮をしてもらっている。今日のヨナスといい、貴族はなかなかややこしい。

「ラウルエーレ、さん？」

聞き慣れぬ名前のせいか、ヴォルフがオウム返しに問いかけてきた。

「オズヴァルド先生の上の息子さんです。時々、授業を一緒に受けているので。高等学院に入ったばかりだそうですが、とても腕がいいんです」

「そうなんだ。ダリヤから見たら、弟弟子《おとうとでし》？」

「いえ、私はオズヴァルド先生の弟子ではなく、生徒だと言われていますので。それに、ラウルは私のことを『ダリヤ先輩』呼びなので……魔力も同じぐらいですし、後輩に負けないようにがんばってます」

ラウルは魔力が高いうえ、魔法を付与する際の勘がいい。魔法制御はまだ粗削りだが、父であるオズヴァルドのような繊細さが身につけば、すばらしい魔導具師になりそうだ。

追い越されないよう、気合いを入れてがんばらなくてはいけない相手である。そんなことを考えていると、ヴォルフがグラスに酒を注《つ》ぎ足してくれた。

「来年の春には『ロセッティ女男爵』、だね。ダリヤはお父さんに追いついたわけだ」

「爵位は隊のおかげで頂いたものなので……それに、魔導具師の腕はまだまだ遠いです。でも、魔物討伐部隊の相談役として、恥じないようにがんばりますね」

「ダリヤは今でも十二分にがんばっているよ。このままだと『ロセッティ子爵』になるかもしれないぐらい」

「ありえないですよ。でも、男爵位が頂けたら、ちょっとだけヴォルフに近づけますね」

それでもヴォルフは今度は侯爵家の一員になってしまうのだから、実際の距離は変わらないかもしれないが——正直、より遠くならなかっただけでもほっとしている。

「兄が侯爵になるだけで、俺自身は変わりがないよ。でも、ダリヤの叙爵が早くてよかった。これで俺もマルチェラ達に対してと同じように普通に喋《しゃべ》ってもらえる」

それは以前、彼と交わした約束だ。

ダリヤが爵位をとったら、ヴォルフに対し、マルチェラ達と話すように砕けた口調で話すこと――それを待ち望んでいたように言われると、ちょっと気恥ずかしい。

「あの……口調のこと、ずっと気にしてたんですか？」

「いや、それほど深く気にしていないけど。どうもマルチェラ達より俺はダリヤから遠い気がして、こう、残念というか……」

「ヴォルフの方が近いじゃないですか、会っている頻度だってずっと多いわけですし――」

なぜ友人に対して、距離が近い遠いを語り合わねばならないのか。

なんだか頬が少々熱い。金粉入りの東酒《あずまざけ》は、案外度数が高いのかもしれない。

「そうだ、叙爵決定のお祝いをしよう！　お互い忙しくて先延ばしになっていたけど、魔物の食べられるレストランを予約するよ」

ヴォルフの提案にほっとした。魔物を素材ではなく食材にというのも、ちょっと興味がある。

「ありがとうございます。楽しみにしていますね」

「よかった。あとは記念になるような贈り物をしたいんだけど、何か欲しいものはない？」

「ええと……じゃあ、あまり高くない長剣を買ってきてください」

「長剣？　短剣じゃなく？」

「父の魔導書の写しが届いたんです。その中で試したいものがありまして。久しぶりに、魔剣を作ってみませんか？　私の魔力では、攻撃力はなく、魔剣っぽく見えるだけになりそうですが」

強い魔力は入れられないので、あくまで見た目と雰囲気だけになると断っておく。

それでも、とてもきらきらとした対《つい》の黄金が、自分に向いた。

「もちろん！　俺ちょっと今すぐ付与用のいい剣買いに行きたいんだけど惜しくも営業時間外」

言葉に句読点がなくなっているヴォルフが、大変面白い。

温熱座卓の向かいなので気づかれないと思っているようだが、上掛けの下、じたばたしている手が丸わかりだ。

今からこれでは、制作当日どうしているのかが謎である。

もっとも、そんな彼を見ながら、ダリヤも浮き立つ気持ちを抑えられないのだが。

「最近はグイード様にご迷惑をかけることが続きましたので、今回は塔の中だけで、内緒の方がいいですよね」

「そうだね。二人だけの秘密だね」

悪戯《いたずら》を約束し合う子供のように、二人、ちょっぴり悪い笑みを浮かべ合った。

同日、すでに各事情により胃薬を飲んでいる者達がいたが、この二人の頭には浮かばぬ話である。

⬢ • • • ⬢

「離籍か――ヨナスを手放してくれるならありがたい限りだ」

「申し訳ありません、この忙しい時期に」

スカルファロット家の屋敷、その執務室で、グイードが書類にサインを綴っている。

机の上に残る書類はあとわずか。とはいえ、窓の外はすでに青白い月が見えていた。

「いや、ヨナスの兄君は気遣ってくださったのだろう。今度、王城へ納品に来たときに言っておくよ。私に何かあっても、ヨナス本人が辞めない限りスカルファロット家の騎士として勤めてもらう、必要なら書面に残すとね」

「お手数をおかけします。いずれ離籍の話は出るとは思っておりましたが、家に戻らぬ上に魔付きですから」

「ヨナスでも自分のことは見えなくなるのだね。兄君がお前のことを手放したいと思っていたなら、とっくの昔に書類一枚で離籍を命じているさ。今日、馬場で待ったりはしないよ」

「兄が、私を待っていたと？」

予想外のことに、ヨナスはつい低い声で聞き返してしまった。

「ああ。王城でヨナスが私の元を離れてから二時間、馬場でずっと待機していたそうだ」

「……時間のもったいないことです」

ヨナスは渡された書類のサインへ向け、ドライヤーを弱くかける。インクが乾いたのを確かめると、机上の革箱に移した。

グイードは新しい書類を手に、視線を上げずに話しだす。

「どう思うかは任せるとして、兄君がヨナスを気にかけているのは確かだ。グッドウィンの『親族会』はいろいろとつながりが広い。後ろの『どなたか』のお望みだろうね」

「私にそれほど利用価値はありません。離籍した場合、護衛できぬ場が一時的に増えますので、グイード様狙いの可能性があるかと」

「どうかな。王城で護衛できぬ場には、他の高位貴族もいる。私を狙いたいなら、移動時か、他家に出向いたときを狙う方がまだ確率が高い」

狙われる対象が自分だというのに、グイードの声に緊張はない。

危険に慣れたとは言いたくないが、襲撃もあった。ここ数年、年に一、二度は自分が胆《きも》を冷やす程度に危ういのだ。もう少し危機感を持ってほしいところである。

「では、『離籍した庶民が武具部門の長《おさ》となっているのはおかしい』と意見し、工房長としてお勧めの者を紹介してくる線は？」

「魔物討伐部隊元副隊長が名を置き、引退した騎士達が推しまくる武具部門の長に文句をつける――破滅願望があるとしか思えない」

「確かに、ベルニージ様とダリヤ先生のおかげで、来年には男爵予定、相談役のローブも頂きましたが……」

「ベルニージ様は私達を驚かせたかったのかな。グラート様とジルド様にもローブのことは内緒にされたから、案外グルかもしれない。まだまだ私もヨナスも、びっくり箱に喜ぶ子供扱いだね」

不満げに言うグイードに、少しだけ安心する。彼も本当に知らなかったらしい。

しかし、こうなってくると糸を引いている先がますますわからない。

グイードがその青い目を細めた。

「離籍の件で私が思い当たる狙いは三つだ。一つはスカルファロット家とのつながりだ。ヨナスを養子にした家とは密になるからね。ただ、養子先はヨナスが選べるわけだから、これだけを目的にというのは難しい。確実に自分が養子にできると踏んでいないと、分の悪い賭けになる」

「私にそんな養子先はありません。声もかけられておりません」

「二つめはロセッティ殿だ。うちにヨナスの養子縁組を持ちかける代わりに、ロセッティ商会とのつなぎを願ってくることがありえる。まあ、そのときは『一艘《いっそう》の船』の皆さんに相談しよう」

だが、高位貴族といえど、ダリヤ一人のために各ギルドとの関係を悪くしたくはないだろう。いざとなれば、魔物討伐部隊長のグラート、そしてロセッティ商会の保証人である財務部長のジルドも出てくるだろう。

情報をそれなりに持つ貴族なら、自家の安全を考えて、そもそも口をはさむまい。

「さて、三つめは、ヨナスだ」

「私ですか？」

意外な言葉につい聞き返す。一番ありえぬ話である。

「魔付きを養子にして損はともかく、何の得が？　魔付きを解けば外部魔力なし、見目もこの通り砂漠の民の血が強く、一族に加えるのはマイナスかと」

「無駄な謙遜《けんそん》はやめるべきだ。本気を出したお前より強い者は、王城でも数えるほどだ。見目もそれなりにいい。イシュラナとの交易は密になっているし、あちらの貴族との婚姻も増えている。それに――」

書類から目を外し、グイードが自分に顔を向ける。魔導ランプに照らされたその顔が、ひどく陰を帯びて見えた。

「私ならこう考える。ヨナスを手に入れれば、母君の夫殿とつながりを作れるのではないか、と」

「まさか。あの方と私は関係がありません」

「だが、ヨナスに何かあれば『彼』は出てくるんじゃないかな？」

「……否定は致しませんが」

砂漠の国に帰った母、その現在の夫。彼は大商会の商会長である。

とはいえ、自分の父ではない。彼が自分を気にかけるのは、あくまで母のためだ。

「そろそろ二年に一回の来国だね。街道にいきなり魔物が出るといけない。商隊からうちへの納品物を守るために、警護の傭兵《ようへい》を回しておこう」

「お気遣いをありがとうございます」

彼がオルディネ王国に来るときには、毎回グイードに面会を求める。珍しい砂漠の品を贈答品に、『ヨナスをよろしくお願いします』と言うのが定番だ。

もっとも、スカルファロット家とは仕事の取引があるので、彼の仕事にとってもマイナスになってはいないだろうが。

「別にヨナスのためではないよ。スライム加工には、王蛇《キングスネーク》の抜け殻が欠かせないだろう？　今後は大量に必要になるから、購入契約を結び直しておかないと。ああ、返礼の蒸留酒を見繕《みつくろ》っておいてくれ」

「ありがとうございます」

一昨年は確か、長く寝かせた蒸留酒に舌鼓を打ち、帰国の際に同じものを購入していた。

今年は同じ酒と、より琥珀《こはく》の濃いものをそろえてもいいかもしれない。

「ところで、ヨナスは叙爵の付き添いに、アテはあるかい？」

「私は叙勲後にグイード様の護衛を優先致します。叙勲は同日ですので」

「ヨナスも晴れ舞台だ。護衛ではなく、男爵として参加しなさい。私は代替わりの挨拶も兼ねているから、父上と一緒だ。父上に護衛を頼むさ」

「それはどうかと思いますが……」

代替わりする前伯爵で己の父を護衛役にしてどうするのか。

あと、確かに本人達の安全性は完璧だろうが、この親子は似すぎている。

「私と父がそろえば、襲撃されても部屋ごと氷漬けにすれば済む話だ。一人も逃がしはしないよ」

「お二人とも加減に問題があるかと。咄嗟《とっさ》の際に周囲の方を巻き込む恐れはございませんか？」

「……何もないといいね」

書類に目を戻した彼が、しれっと答える。

父であるスカルファロット家当主のレナート、息子のグイードは、そろって手加減が下手である。

二人とも襲撃者と一緒に護衛まで凍らせたことが複数回あるので、自分は火の魔石を携帯するのが常となった。神殿送りになった騎士も、自分含め何人かいる。

「ヨナスの養子の件はアウグスト――スカルラッティ家に頼もうか」

「それはなりません、グイード様。スカルラッティ様は冒険者ギルドの副ギルド長です。魔付きを養子にするのはご迷惑になります」

「冒険者に魔付きはそれなりの数いるじゃないか。それにヨナスに関してなら、アウグストは気にしないと思うが」

「アウグスト様個人ではそうでも、数年前に魔付きの冒険者が暴走で亡くなってから、原則として解除が推奨されています。個人の判断に任されておりますが、副ギルド長であるアウグスト様が認める形になってはまずいかと。冒険者に示しがつきません」

「そうか。他は——うちの派閥に近くても、さすがに名前が同じグッドウィン子爵には頼めないね。あとはジオーネ子爵、タリーニ子爵……やめておこう。男爵であれば候補は多いが、養子先に何か希望はないかい？」

「ございません。今と同じくお仕えできるなら、どこでも」

そう答えたとき、グイードの目がひどく悪戯っぽい光をたたえた。

「ヨナス、いっそ、うちの子になるかい？」

「勘弁しろ」

敬語が消し飛んだ。まったく、間もなく侯爵となる男が何を言い出すのか。

「お前を『兄』と呼ぶなど、考えただけで寒気がする」

「確かに、ヨナスに『お兄様』と呼ばれても、『父上』と呼ばれても、笑ってしまうな」

「絶対にごめんだ！」

断固として言い返すと、友はけらけらと笑いだす。

貴族らしくないその声は学生時代に戻ったように、久しぶりの軽い響きだった。

「まあ、これは冗談として。この際だ、婿入りはどうだね？」

「面倒だ。そもそもウロコ持ちを伴侶に持ちたいという者はいない。怖がられるか、気持ち悪がられるか——二度も逃げられるのはごめんだ」

吐いた本音の後、耳によみがえるのは、このウロコのある腕を見たときの悲鳴。

その後、『魔付きのままでいる』と伝えた自分に、後ずさりながら別れを告げた女。

所詮《しょせん》、家同士の関係であてがわれた婚約者。正式な婚約式前、本決まりでないうちに壊れただけ助かった。そうとしか思わぬのに、グイードの方がひどく傷ついた表情《かお》をして、自分を見ていた。

「ああいった女性ばかりではないよ。現に、先日実験でご一緒した女性達は、ヨナスに対して忌避《きひ》は一切なかったじゃないか」

「あの方々は――例外中の例外だ」

ダリヤにルチアにイデアリーナ。三人ともヨナスのことなど視界にない。目に入っているのは己の仕事ばかりだ。そういう面では、自分と似ていると言えなくもないが。

グイードは顎《あご》に指を当て、何事か考え始めている。

このままだとさらに見合いの話を出されそうなので、彼のかわいい弟について切り出した。

「ヴォルフ様がダリヤ先生に、スカルファロット家への養子の話をしたようだ」

「養子？　婚姻ではなくかい？」

「婚姻の言葉をほのめかしたが、ダリヤ先生は動じなかった。おそらく聞いておられない」

署名していたペンを止め、友はひどく渋い顔をする。

「この際、ロセッティ殿の叙爵のパートナーをヴォルフにさせ、互いの色で服を誂《あつら》えてしまおうか。あの二人なら、うちで準備すると言えば通りそうだ。あとは流れと勢いで――」

「無駄な期待をするな。それに、ドレスはすでにルチア殿が作っているそうだ。あと、ダリヤ先生に『叙爵も一緒なので安心できます』と俺が言われたぞ」

「ヨナス、真面目に聞きたいのだが……」

「何度も言わせるな、範囲外だ」

言葉の途中をへし折って答える。困った顔を作ってからかうのをやめろと言いたくなったが、今はそれよりも言いたいことがある。

「俺よりダリヤ先生を気にしろ。あの方は素《す》で危うい。誘導すれば言質《げんち》取り放題だ。どこぞの高位貴族に魔導具を理由に呼ばれた日には、そのまま見合い成立にされかねん」

言い切ると、友は深く長いため息をこぼした。

「はぁ……私がロセッティ殿の貴族後見人でつくづくよかったよ。他家から誘いがあれば相談するよう、イヴァーノに言っておこう。侯爵以上とやり合うのは、彼には荷が重いだろうからね」

「そうか？　そのうち平気な顔でやりそうな気がするが。俺はあの男が庶民ながら、ここまで渡り合っていることが恐ろしいぞ」

「ヨナスに怖がられるのか。本人に教えたいくらいの褒め言葉だね」

楽しげに笑んだ主《あるじ》に、ヨナスは眉を寄せる。

「冗談ではない。あの男は各ギルド長と密な上、グラート様やジルド様とも親しい。最近では、ベルニージ様経由で依頼された義手と義足の送り先に、『お手入れセット』を配っている」

義手と義足の『お手入れセット』の中身は、汚れ落としに艶出し、拭き布、磨き布、小型ドライヤーのセットである。携帯もできるそれに、差出人であるロセッティ商会の名はない。

『便利なのでご一緒にどうぞ』、イヴァーノにそう渡されたベルニージが、無償で配っているだけだ。

「あれには感心したよ。小型ドライヤーと磨き布に『商会紋』があったね。あれを見れば、名前を出さずとも、相手側からつなぎを取りに来るだろう。誰に恩をきせることもなく手元に招く、いい方法じゃないか。それに、先日はグラート様にも私にも、効き目が一段上の胃薬をくれたよ。牛より熊が効くとは初めて知った。あの胃薬の入手先は冒険者ギルドのようだが、アウグストではなかった。イヴァーノに教えてくださったのは『どなた』だろうね？」

その誰かが、もうたどれない——それほどに、あの男の手は長くなりつつあるということで。

営業用の明るい笑顔を浮かべ、グイードの揺さぶりにも屈しない。

底の見えぬ紺藍の目を思い出すほどに、ヨナスは彼に警戒心がわく。

「本当に、どこまで腕を伸ばすかわからんぞ。大体、お前もあの男が怖いから、折々に上下を教え込んでいるのだろうが」

「私は臆病者だからね。犬に噛まれる前に、餌を与え、丈夫な鎖を付けるくらいはするさ」

「……本人には教えたくない褒め言葉だな」

「教えるつもりもないだろう？　止めはしないよ。イヴァーノは、このまま進めばいい」

口元をゆるく吊《っ》り上げ、グイードは本日最後の書類に署名を綴った。

「それなりに怖くなってもらわないと、二人の番犬にはできないからね」

お祝いの品決め

「これ、お昼にどうぞ」

「ありがとう、ダリヤ」

礼を言ったのはイルマだが、おかずのみっちり入ったバスケットを受け取ったのはマルチェラだ。

「ありがとう！　ダリヤちゃん」

続けて言われたお礼に、ダリヤは笑んで答えた。

ここはマルチェラとイルマの家である。台所兼居間には、ダリヤとヴォルフ、そしてイヴァーノとルチア、メーナがそろっていた。

女性はテーブルまわりの椅子に、男性は丸椅子を並べて座っている。これだけの人数がそろうと、部屋が狭く感じられた。

窓からの日差しの下、一人掛けのソファーに座るイルマのお腹は、とても大きい。今月生まれてもおかしくないのではと思えるほどだ。

自分の心配を込めた視線に気づいたらしい。彼女が赤茶の目を細めて笑いかけてきた。

「最近よく、『もうすぐ？』ってご近所さんに聞かれるんだけど、まだ七ヶ月よ」

「イルマ、動くのが大変じゃない？」

「重いからちょっとね。でも、あたしも子供達もこんなに元気なのに、双子だから九ヶ月になったら神殿に移らなきゃいけなくて。その準備の方が大変かも」

双子以上の出産は母子共に負担が大きいとされ、出産前から神殿に入ることが推奨されている。

安全のためにはいい方法だと思うのだが、イルマはちょっと不満らしい。

「仕方ないわよ、イルマ、双子なんだから。それに神殿ならなにかと安心じゃない。マルチェラさんは、いつから付き添うの？」

「いや、俺は仕事が……」

ルチアの質問に、マルチェラが返事を濁《にご》しかける。すると、イヴァーノがいい笑顔で口を開いた。

「イルマさんが神殿に行く日から午後はお休み、予定日前日から生まれて二週間まではお休み、その後も三週間は午後お休み——こんなとこですかね。スカルファロット家にお話は通していますし、仕事の代理は立てますので。いいですか、会長？」

「ええ、もちろんです」

ダリヤは大きくうなずいた。

「いや、今もとても世話になっているのに、そんなに長く休みをもらうわけには——」

「子育ては一人でも大変なのに、双子ですよ。旦那が面倒見なくてどうするんですか？　俺、娘のときは二人とも二週間ずつ休みを取りましたよ。ああ、休み中も給与は引かれませんので安心してください」

マルチェラは遠慮しているが、イルマの産後と双子の世話を考えたら、夫の協力は絶対に必要だ。

オルディネでは自宅出産が多く、次が医院、気がかりなことがあれば神殿である。

出産費用は国が全額補助するので、そこは負担が少ない。ただ、入院施設は多くないので、産後は家族や手伝い人を呼んで、自分の家や実家、親戚の家などで過ごすことが多い。

イルマの実家もマルチェラの実家も手伝いには来てくれるだろうが、初産で双子、初めての子育てなのだ。自分の護衛よりも、そちらを優先してもらいたい。

「とてもありがたいけれど、ダリヤの護衛は？　別の人がするならその分の費用もあるし、友達だからっておんぶに抱っこっていうのは心苦しいわ」

「護衛は代理を立てられますよ。それにイルマさん、奥さんが心配で気もそぞろの護衛なんて役に立ちません。あと、ちゃんと休んでもらわないと、次に商会で誰かが子持ちになるときに休めないじゃないですか。双子だから少し長めにとってありますけど、商会員全員、無理せず休む形を作っておかないといけないので」

「うちで一番無理しそうなのはイヴァーノです」

説明していた彼に思わず言うと、芥子《からし》色の頭をかきながら苦笑された。

「わかってます、会長。最近は残業をなるべくしないようにしてます。外注に出せるものは出してますから」

イヴァーノが連日残業をしていると知ったとき、ダリヤはすぐに止めた。

外部を利用するか、人を雇うか、業務を縮小するか――そう提案したところ、彼は外部を利用することを選んだ。

だが、イヴァーノは仕事時間外で、貴族との付き合いも増えている。

ヴォルフの兄のグイードや、冒険者ギルドの副ギルド長であるアウグストなどともよくお茶を共にしているようだ。服飾ギルド長のフォルトにいたっては友人付き合いとなり、家に泊めることもあるという。

先日、王城財務部長であるジルドの屋敷に食事に行くと聞いたときには、その場で聞き返してしまった。なお、『会長も一緒にどうですか？』という誘いは、全力で遠慮した。

自分は部下の社交力についていけぬ上司である。

「じゃ、ヌヴォラーリ夫妻の『お祝いの品決め』を始めましょう！」

一番若いメーナがペンを片手に、大きめの紙をテーブルに広げる。そこには、産後に必要なもの一覧がメモされていた。

親しい者達は、そこからお祝いの品を選び、出産祝いとして贈るのだ。無駄のないなかなかいい風習だと思う。

「ベビーベッド二つは、俺の実家で準備した」

「寝具はあたしの実家でそろえたわ」

すでにあるものをチェックした後、年の若い順に贈りたいものを提案していく形だ。負担のかからぬ範囲で行うのがルールである。

「じゃあ、僕は赤ちゃん用石鹸《せっけん》、離乳食の食器一式で」

「メーナさん、ありがとう。メーナさんが結婚したらお祝いで返すわね」

「僕は自由恋愛派なんで、残念ながら予定がありません。なので、イルマさんが仕事復帰したら、二、三回、割引で髪切ってもらえますかね？」

「メーナさんなら無料で切るわよ。あら、前髪がだいぶ長いわね、なんなら今から切って……」

「ダメだ、イルマ。今週からハサミは持たない約束だろ」

マルチェラが強い声で止めるのを、皆、納得した笑顔で眺めてしまう。それに気がついた彼は視線を壁に向け、浅く咳《せき》をした。

そこで手を挙げたのはルチアだ。露草《つゆくさ》色の目がきらきら輝いている。

「あたしはベビー服とおむつに追加で、おんぶ紐《ひも》と抱っこ紐と、産後のイルマの服一式を！」

「ありがとう、ルチア。でも、もう十分よ。ベビー服だけで二十枚ももらってるし、おむつもあんなにたくさんもらって――」

「じゃあ、あとは生まれて性別がわかったら追加するわ。今度は幼児服のデザイン画も見てほしいの！　男女とも、服飾ギルドの皆でいっぱい描いたから！」

イルマとマルチェラの子は、大変な衣装持ちになりそうだ。

ルチアに幼児服のモデルにされる可能性も日々高くなってきているが、黙っておくことにする。

「ありがとう。ああ、ルチアちゃんが結婚するときは早めに言ってくれ。お返しに積み立てが要りそうだ」

マルチェラの言葉に笑みつつ、ダリヤも贈り物を提案する。

「私は乳母車を。雨除《よ》け付きの双子用乳母車があるそうだから、それでいい？」

「ありがとう、ダリヤちゃん。助かる」

「ありがとう、ダリヤ」

先にお店でカタログを見ていてよかった。

最初は通常の乳母車を二台と考えたが、一人で赤ちゃん二人を連れて移動しなければいけないことがあるかもしれない。そのための双子用乳母車である。

乳母車の雨除け付きについては、イヴァーノの勧めだ。急な雨や強い日差しを遮《さえぎ》る他、赤ちゃんが眠ってしまったときにもいいらしい。

ちなみに、雨除けとして付いているのは自分が開発した防水布だ。ちょっとうれしくなった。

「この紙にはないんだけど、俺からは幼児の魔法暴発防止の魔導具。兄が『小さい頃から魔力が出ることもあるから、早めにあった方がいい』って。マルチェラに似るかもしれないし」

「そういえば、土魔法があると、ハイハイするあたりから砂を出すことがあるって聞いたっけ……」

ヴォルフの提案に、マルチェラが神妙な顔でうなずいている。

幼児のうちは魔力制御は難しい。そのための魔法暴発防止の魔導具は、庶民にはそう縁がないものだが、マルチェラの実母は花街で働き、父はおそらくは貴族だという。

マルチェラも魔力は高め、彼とイルマの子供も、それなりに魔力があるとわかっている。もしもに備え、対策魔導具があるに越したことはない。

「家にいくつか余っているそうだから、俺から贈らせて」

「ありがたいが、それ、かなり高くないか？」

「そうでもないよ。それに使い回しが利くそうだし」

「いや、ヴォルフ、ちょっと先はまだ考えてなくて……」

「そうじゃないよ、マルチェラ。他でも使えるという意味で……」

肩を近づけ、何かごにょごにょと語り合い始めた二名は放置する。

イヴァーノが右手を挙げた。

「じゃ、俺の番ですね！　沐浴《もくよく》用の大盥《おおだらい》と赤ちゃん身繕《みづくろ》い用品一式、保湿油を贈らせてください。うちの娘のときに使ってよかった、お勧め品があります」

「ありがとうございます、イヴァーノさん」

イルマのお礼を受けつつ、彼は紺藍の目を別の紙に走らせる。

「あと、同じくこの紙にないんですが、名書きのご縁で、ベルニージ・ドラーツィ様と奥様のメルセラ様から、『山羊《やぎ》の乳のお届けサービス』一年分の目録が来てます。もちろん赤ちゃん二名分で」

「『山羊の乳のお届けサービス』？」

「山羊から搾《しぼ》ったお乳をすぐ飲める状態で、瓶に入れて一日一回、届けてくれるサービスよ。服飾ギルドでも利用してる人がいるわ。双子だもの、あれば安心よね」

ルチアがそう説明してくれた。

オルディネでは、山羊の乳は店でも売っている。でも、自宅に届けてもらえるならそれに越したことはないだろう。粉ミルクのない今世、なかなか便利なサービスだ。

さすがベルニージ、いつもながら気遣いが細やかだ――そう感心していると、マルチェラが少しばかり青くなっていた。

「イヴァーノさん、それって届ける料金もいるし、二人分一年って、かなり高いものでは？　俺達はベルニージ様へ、一体何をお返しすれば……」

「山羊はベルニージ様のお家の所有で、ちょうど今、周りに赤ちゃんも幼児もいないので、余っているそうです。それと返礼品は一切いらないそうなので、マルチェラが手紙を書いてください。相手は名書きもして頂く方です。お礼と共にいろいろと、近況とか、子供の状況とか、とにかく長く！」

「くっ、俺、悪筆だってのに……！」

「手伝うわ、マルチェラ……」

マルチェラが悲鳴に似た声をあげ、頭を両手でかきむしっている。

イルマは笑んでフォローの言葉を述べているが、視線がかなり遠い。

しかし、大切な子供達のためである。覚悟を決めてがんばってほしい。

「山羊のお乳をすぐ使わないときは、冷蔵庫か冷凍庫で保管しておくといいそうです。赤ん坊は飲むときと飲まないときで、結構差がありますからね」

イヴァーノの言葉に、ダリヤは塔にある冷蔵庫を思い出した。以前、試作に成功した一台が、ちょうど空いている。

「イルマ、試作の冷凍庫付き冷蔵庫があるから、もらってくれないかしら？　少し大きいのだけれど、山羊のお乳とか離乳食を入れておくのにいいと思うの」

「ありがとう、遠慮なく頂くわ、と言いたいところだけれど、大事に使わせてもらって、ダリヤのときにちゃんと返すわよ」

イルマに当然のように言われ、なんとも落ち着かなくなる。

「私にその予定はないわよ」

「そのときに作ればいいよ」

ヴォルフと同時に返事をしてしまい、息を呑《の》んだ。

思わず固まってしまったが、彼も身じろぎ一つしない。

タイミングが合いすぎたのが悪かったのか、場が静まり返ってしまった。

誰か、早く次の話を振ってほしい。

「――会長、魔導具師ですもんね！　いつでも作れるんですし、次は新型を開発してもいいじゃないですか」

対人スキルの高いメーナ、その明るい声が耳にしみる。

いっそ次の給与時には、前世でいう『ボーナス』を出したいくらいだ。

「そうですね！　次の冷蔵庫はもうちょっと軽量化したいですし、容量も上げたいので」

「重量と容量は大きいね。遠征に冷蔵庫を持っていけたら最高なんだけど……」

ヴォルフと二人、仕事の話になりかけたとき、イルマが小さくうなり、顔をしかめた。

「イルマ？」

「イルマ、大丈夫!?」

マルチェラと共に思わず立ち上がりかけると、彼女はゆるく首を横に振る。

「大丈夫よ。うちの子がちょっと元気に遊びだしただけ」

イルマは紅茶色の髪を揺らし、ゆっくり姿勢を変える。

ゆるめの服の上からでも、お腹が動いているのがわかった。確かにとても元気そうだ。

「マルチェラ似で、腕白《わんぱく》な男の子ですかね？」

「わからないわよ、イヴァーノさん。跳ねっ返りの女の子かも！」

「どちらでも、きっと丈夫で元気いっぱいの子だと思うよ」

ルチアとヴォルフの言葉に対し、マルチェラが少しだけ首を傾《かし》げる。

「そこは大人しくて物静かな子になるという可能性は――ないな」

「自分で言ってへし折らないでくださいよ、マルチェラさん！」

「メーナさん、仕方ないわよ。どっちに似ても、きっとないもの」

「ルチアさん、容赦ないですね……」

皆が笑い合って言葉を交わす中、ダリヤはイルマと目が合う。

友は自分に向かって幸せそうに笑い、そっとつぶやいた。

「無事に生まれてきてくれるなら、それだけでいいわ」

黒犬と子狐と名呼び

冬だというのに緑の濃い芝生、花の数は少ないがよく整えられた庭が窓から見える。

貴族街にあるオズヴァルドの屋敷、その作業場手前の部屋で、ダリヤはヴォルフと共にソファーに腰を下ろしていた。

イルマは動くのも大変そうなので、マルチェラは午後休み、今後に必要なものをそろえる日とした。マルチェラは渋っていたが、イヴァーノが今度残業を頼むからと言いくるめていた。

イルマのお祝い品を決めた後、イヴァーノとメーナは商会へ戻り、ダリヤはオズヴァルドの屋敷にヴォルフと共にやってきた。

ローテーブルをはさんだ向かい、オズヴァルド、息子のラウル、第三夫人であるエルメリンダが座っている。

テーブルの上、白い陶器に銀の飾りのついたカップからは、紅茶のよい香りが漂っていた。

「ヴォルフレード様、当家の長男のラウルエーレです」

「はじめまして、スカルファロット様。ラウルエーレ・ゾーラと申します。父がお世話になっております」

「ご挨拶《あいさつ》をありがとうございます。ヴォルフレード・スカルファロットです。こちらこそゾーラ商

「会長にはお世話になっております」

オズヴァルドの紹介の後、初めて会う二人が、少し硬い笑顔で挨拶を交わす。

ヴォルフは部屋に入るなり妖精結晶の眼鏡を外していたので、金と銀の目が見つめ合う形になった。

向かい合う黒髪金目の青年と、銀髪銀目の少年。なんとも画《え》になる美しさである。

二人の会話を、ダリヤはオズヴァルド夫妻と共に見守る形となった。

「スカルファロット様は、魔物討伐部隊でも大変お強い赤　鎧《スカーレットアーマー》の方だと——ダリヤ先輩とのお話の一つにお伺《うかが》いしております」

「ラ、ラウル」

いきなり何を言い出すのか。確かに素材の話から魔物討伐部隊や赤　鎧《スカーレットアーマー》の話、ゾーラ商会とスカルファロット家に付き合いがあることから、ヴォルフの話も話題になったことはある。

だが、ここで面と向かって本人に言われるとは思わなかった。

「それは光栄です。私もダリヤからあなたについて、まだ学生でありながら、とても有能な魔導具師と伺っています。まだ高等学院に入られたばかりなのに、すばらしいですね」

待つのだ、ヴォルフ。いい笑顔で褒《ほ》めているつもりだろうが、まだ学生、まだ高等学院と言い重ねるのは、子供扱いともとれてしまうではないか。

やはりそれが気にかかったのか、ラウルの銀の目が少しだけ細くなった。

「スカルファロット様……ダリヤ先輩のお名前をそのままお呼びになっているということは、お二人はご婚約なさっていらっしゃるのですか？」

「いえ！　ヴォルフは友人です！」

思わず声が大きくなる。そして咄嗟《とっさ》にヴォルフを呼び捨てにしてしまった。

彼はちらりと金の目を自分に向けると、再びラウルに向き直る。

「私はダリヤと対等な友人関係であると、会って間もなくから公証人を立てておりますので」

「そうですか、親しいご友人なのですね」

ラウルがにっこりと笑んでうなずく。素直に理解してくれたようでほっとした。

「私も最初にお会いしたとき、先輩に『ダリヤ』と呼ぶお許しを頂きました。でも、魔導具師の先輩であり、お独りの美しい淑女にはどうかと思いまして――」

「……そうですか」

ラウルのリップサービスは父であるオズヴァルド譲りだ。そういった貴族教育もきちんと受けているのだろう。魔導具師仲間といえども、年上の自分への呼び捨てが馴染《なじ》まないにちがいない。

一方のヴォルフは笑顔のまま、紅茶に珍しく砂糖を三つも入れていた。

昼食は中央区のお店でランチセットを選んだのだが、少し足りなかったのかもしれない。

微妙に静かになった部屋に、ダリヤは話の切れ目だと判断する。そして、膝に置いていたバッグの中から、小さな魔封箱を取り出した。

「オズヴァルド先生、先日はご教授とご協力をありがとうございました。それで、こちらのウロコはお使いになられるでしょうか？」

蓋《ふた》を開けた中にあるのは、ヨナスのくれた赤いウロコだ。本人とグイードの許可をとって持ってきた。

以前、イルマの魔力過多症に対処する腕輪を作るため、オズヴァルドに指輪を壊させてしまった。

その赤い指輪は、炎性定着魔法の補助の役目を担っていた。

同じものを作るには、炎龍《ファイヤードラゴン》のウロコか、火山魚《ボルケーノフィッシュ》のウロコが必要になるという。

魔付きであるヨナスのウロコは、見た目は炎龍《ファイヤードラゴン》とほぼ同じである。だが、魔力的に指輪に使用できるかどうかが、ダリヤにはわからない。

「拝見させて頂きましょう」

魔封箱ごと渡すと、オズヴァルドは銀縁の眼鏡を少しだけ押し上げる。

白い手袋をつけると、ウロコを一枚つまみ上げ、その裏表を確かめるように見つめた。

「ほどよい魔力が入っていますから、指輪に加工するにはちょうどいいですね。この大きさであればまだ子供でしょうか……いえ、魔力に波はないですから成龍に近い……」

言葉はそこで止まる。眼鏡をずらしたオズヴァルドの表情《かお》が、一気に険しくなった。

「この炎龍《ファイヤードラゴン》のウロコは、落ちたものを拾ったわけではありませんね。根元に血の線があります」

拭き取りはしたが、ウロコの内側に薄く朱線が残っている。ヨナスの血である。

彼が手ずから腕のウロコを引き抜いてくれたのだ。自然に剥《は》がれ落ちたものとは違うのだろう。

「あの、それは――」

「ダリヤ、こちらの入手先は尋ねません。ラウルもこれについて口外を禁じます。ただ、一つだけ覚えておきなさい。『魔付き』は一歩間違うと危険なことがあります」

「『魔付き』……？」

ラウルが目を丸くしてダリヤを見る。その隣、エルメリンダがはっきりとわかるほど眉を寄せた。

「『魔付き』の魔力を利用するといったこともありますから、制御をできれば問題ないのでは？」

すぐに聞き返したのはヴォルフだった。彼はヨナスに剣の稽古をつけてもらっていると聞いている。戦っているときも、ヨナスはきちんと魔力を使いこなしているのだろう。

自分から見ても、ウロコのある腕や食べ物の好みなどの制限はあるが、ヨナスの魔力はよく制御されているように感じる。

「知っているのと、万が一のときに制御しきれるかどうかは別です、スカルファロット様」

硬い声で告げたのはエルメリンダだ。その萌葱《もえぎ》の目は、オズヴァルドの持つ赤いウロコをじっと見つめている。

「その方であれば制御しきれると思います」

言い切ったヴォルフに対し、エルメリンダは口を開きかけ、それでも言葉を発さなかった。

「ヴォルフレード様がそうおっしゃるのであれば、そうなのでしょう。こちらはありがたく使わせて頂きます。さて——時間となりましたので、始めましょうか」

何事もなかったかのようにオズヴァルドが立ち上がり、授業開始を宣言する。

彼に続き、ダリヤとラウルは隣の作業場へと向かった。


部屋に残るヴォルフは、新しい紅茶を受け取り、熱さを我慢しつつ飲んだ。

前の一杯、勢い任せに入れた砂糖は失敗だった、そう思いつつ、ようやく口内の甘さを中和する。

ようやく一息つくと、向かいに座るエルメリンダを見る。その視線が、さきほど魔封箱を置いていた場所で止まっていた。それが気になり、つい声をかける。

「ゾーラ夫人、そのウロコをお持ちの方は本当に問題ありません。制御はきちんとなさっています」

「なぜそう言い切れるのですか、スカルファロット様？」

思わぬほど低い声が返ってきた。こちらを見つめる目は昏《くら》く、そしてどこか哀《かな》しげだった。

「私がその方を知っているからです」

「……私もよく知っていたつもりでした。それが間違いでしたが」

「ゾーラ夫人？」

「冒険者をしていた頃、魔付きの仲間が暴走しました。魔物との戦いで負けそうになって暴走した結果、魔物は倒せましたが、周囲にいた者も炎に呑《の》まれました。他の者は火傷《やけど》で済みましたが、本人は亡くなりました。上級冒険者でもそういったことがあります。どうか、その危うさは心にお留めおきください」

「……わかりました。ご忠告をありがとうございます」

願いに似た声を受け、思わず礼を述べていた。

エルメリンダは表情《かお》を整え直すと、紅茶のカップに手を伸ばす。その手のひら、不似合いな剣ダコが見えた。

「ゾーラ夫人は上級冒険者とのことですが、今も鍛錬をなさっていらっしゃるのですか？」

「ずいぶん時間の空いた、元冒険者ですが。家で少々の鍛錬はしておりますが、出番の少ない護衛役です」

「家で鍛錬というと、ゾーラ夫人——その、奥様方は皆、武術に覚えが？」

エルメリンダの鍛錬相手とは、オズヴァルドの妻達なのかと尋ねかけて言い迷う。この場で第一夫人、第二夫人呼びをしていいものか、あるいはその名前を口にしていいものか、判断がつかない。

「いえ、ゾーラ家で武器を持つのは私だけです。ああ、『ゾーラ夫人』とお呼び頂くと家の者が迷いますので、よろしければ、『エルメリンダ』とお呼びくださいませ、スカルファロット様。この名呼びに他意は一切ございませんので、ご安心のほどを」

貴族の名呼びの願いは、相手との距離を縮めたい、あるいは親密さを知らしめるときに使われることが多い。

前もって他意はないと言い切ってくれた彼女に、ヴォルフは気を使われたことを悟った。

「そうさせて頂きます、エルメリンダ様、私のことも『ヴォルフレード』とお呼びください。家もこちらの魔導具のお世話になっておりますので」

「ありがとうございます、光栄ですわ、ヴォルフレード様」

エルメリンダが完全に営業用の笑顔と声を自分に返す。ぬくみも媚《こ》びもないそれに、妙に安心した。

「ところで、ヴォルフレード様は剣がお得意だとか。授業の待ち時間も長いですから、よろしければ打ち合いをお願いできませんか？　屋敷の者ではなかなか力も入れられませんので」

「打ち合い、ですか……」

答えあぐね、視線はつい、ダリヤ達のいる作業場に向く。

オズヴァルドが何かを説明し、それに質問をしているらしいダリヤの声、そして、ラウルエーレの明るい笑い声が続いた。

盗聴防止の魔導具のせいで内容はわからないが、なかなか楽しい授業のようだ。

「旦那様のお許しならば得ています。たまには護衛の腕を磨かせてほしいと言ったら、『ヴォルフレード様に、もし受けて頂けるなら』、とのことでしたので」

自分が作業場を見ていたのを、オズヴァルドの許しがあるかどうかの迷いと判断したらしい。

涼しい表情《かお》で言う黒髪の女性に、なんとも迷う。

元とはいえ上級冒険者、それなりに強いのだろう。しかし、上品な黒いドレスをまとうこの者との手合わせは、どうも想像しづらい。

「ご不安です？　庭で、部屋が見える位置ならばよろしいでしょうか？」

なぜ不安かと尋ねられているのかがわからない。自分は別にダリヤを見張っているわけではないし、おかしな心配もしていない。

少しだけ苛立《いらだ》ち、思わずエルメリンダに遠慮のない視線を投げてしまった。

だが、眼鏡をかけぬ自分を見返す萌葱《もえぎ》の目に、焦がれの色は一欠片《ひとかけら》もなく――楽しげな笑みの底にある何かに、うずりと背中が熱くなった。

この熱には覚えがある。魔物討伐部隊での訓練時、強い先輩と最初に手合わせをする前、ランドルフとの打ち合いで互いに本気になりかけたとき、マルチェラとの組み手が盛り上がり始めたとき――強者を前にして血が沸き立つ、どうしようもない熱さ。

おそらくは相手も同じだとわかるのが、さらに厄介である。

エルメリンダ・ゾーラという者は、案外、自分に近い種類らしい。

「一戦お願い致します、エルメリンダ様」

作業場の窓が見える庭、ヴォルフは模造剣を手にしていた。借りた黒革の戦闘靴と胸当ては、艶《つや》やかで傷一つない。

エルメリンダからは護衛騎士向けの備品だと言われたが、自分のために商会の倉庫から新品一式を持ってきたのではないかと気にかかった。

手合わせの願いを受けた後、彼女が支度《したく》に出たので気長に待つつもりが、紅茶を飲み終えぬうちに戻ってこられた。

長い黒髪は一つ束ねに、白いシャツに赤革の胸当て、そして、黒のズボンと戦闘靴。

それが似合いすぎる彼女についい母を思い出してしまい、内で苦笑する。自分と年齢の近いエルメリンダに対し、失礼だろう。

そろって裏手の庭に出ると、開けた場所があった。少し離れたところにある花壇に花はない。それでも、足元は緑の短い芝に覆われていた。

ヴォルフは従僕が運んできた数種類の模造剣から、長めのものを選んだ。

エルメリンダの方は、短めの模造剣二本を受け取っていた。どうやら双剣使いらしい。

二本とも細く軽いものではなく、重く厚みのある短剣だ。あれを取り回せるということは、それなりに肩が強いか、身体強化にかなり秀でているかのどちらかだろう。それなりにいい打ち合いができそうだ。

「身体強化魔法はありで、肩より上の攻撃と突きはなしの打ち合いでよろしいでしょうか？」

「はい、かまいません」

騎士団の基礎練習とほぼ同じだ。頭と喉は大怪我《けが》をしやすいので、模造剣でも避けることが多い。

もっとも、兜《かぶと》や鎧《よろい》をつけての魔物討伐部隊の訓練は、怪我に慣れてしまうほど激しいのだが。

ふと思い返せば、ダリヤにはまだ、あの訓練を見せたことがない。できれば今後も見せたくはないのが本音だ。余計な心配はかけたくない。

「では、胸をお借り致します、ヴォルフレード様」

「こちらこそ、ご教授のほど、エルメリンダ様」

言い終えて一礼し、構えを取り合う。

一拍の後、エルメリンダの短剣が思いがけぬ速さで自分の剣を打った。体は勝手に追撃の剣を避け、右手の長剣を下から上へ斬り上げる。

それを顔色一つ変えず片手の短剣で打ち返した彼女に、元上級冒険者であることを実感した。

以前、マルチェラと組み手をして、その強さに驚いた。だから、エルメリンダとの戦いも油断はしないつもりだった。

だが、そういったレベルではないらしい。手のひらに少しだけ残る痺《しび》れに、ヴォルフは薄く笑う。

片手で一度打たれただけでこれである。油断などした日には、地に倒れ伏すのは自分だろう。

ヴォルフは防御を意識しつつ、身体強化をかけて踏み込んだ。

そのまま間合いを縮めたり取られたりしながら、探り合うように剣を交わす。

腕の骨にまでじんとくる打撃はランドルフ並み、切り返しの速さはドリノ並み。

打ち込む強さを一段上げても、エルメリンダは余裕でついてくる。それどころか、さらに一段上げられた。

双方の剣が、面白いほどにカツカツと高い音で鳴き始めた。まるで真剣と錯覚するかのような響きはなかなかに心地よく――気がつけば、二人そろって口角が上がっている。

「ヴォルフレード様、打ち合いではなく、本当に『一戦』、お願いしても？」

「ええ、もちろんです」

うなずいて答えると、エルメリンダは口内が見えるほど、大きく笑った。

商会長夫人とは思えぬ迫力のある笑いだが、こちらの方が元々の彼女なのだろう。じつに似合う。

「参ります！」

今までより硬い声――ぞくりとした感覚に剣を構え直すと、黒髪の女はすでに自分の間合いにいた。助走もなく一飛びでこの距離は、さすがにあせる。

「つ！」

斜線となった刃《やいば》を避けたとき、エルメリンダに重なったのは、黒髪黒目の、己の母。

己の剣は一度も届いたことはなく、ただ後ろを追うだけの存在だった。

遠いあの日、母の背を見送った自分が次に見たのは、地面に伏した二つ身。

守られるだけ守られて、何一つ返せぬまま、自分は母を見殺しにした。

「ヴォルフレード様、失礼ですが、対人戦は不得手ですか？」

続く剣をはじき返してにじり下がると、エルメリンダに尋ねられた。

悪気はないのだろう。とても不思議そうな顔である。

彼女のせいではないのに、思い出がさらに昏《くら》く濁《にご》る。己の喉の奥、ぐるると小さく獣が鳴いた気がした。

「……そうですね、隊では魔物を仕留めるのが役目ですから」

声を平坦《へいたん》に、表情《かお》を整え、右手の剣を握り直す。

赤　鎧《スカーレットアーマー》の役目は先陣での攪乱《かくらん》、逃走時の囮《おとり》などだ。鍛錬は人間相手でも、敵として想定するのは魔物である。

このところはヨナスに対人戦を教わってはいるが、戦い慣れた者からすれば不得手——弱いと思われても仕方がない。

「いっそ、私を魔物と思って頂ければいいのですが」

残念そうに言うエルメリンダに、母の言葉を思い出した。『私を魔物と思って来なさい、ヴォルフ』、と。当時の自分は魔物を知らず、ただ懸命に打ち込んでいただけだった。

目の前で短剣を構えるのは、母と同じ黒髪の持ち主。重ねるのが失礼なのは承知だが、この者に少々胸を貸してもらおう。

あの頃、まったく届かなかった母に、少しは近づけたと思いたい。

「失礼ながらそうさせて頂きましょう。エルメリンダ様、どうぞ魔法をお使いください。手加減ももう結構です」

「では遠慮なく。ヴォルフレード様も、どうぞ『いい子』はおやめくださいませ」

内を見透かされたかと錯覚するような言葉に、つい笑ってしまった。

だが、エルメリンダが二本の剣を構え直すと、周囲の風が変わった。正面からの風が、目が痛むほどの勢いとなり、自分の動きを阻害する。

彼女の萌葱《もえぎ》の目が一段明るくなり、陽炎《かげろう》のように揺らぐ強い魔力と、ひどく楽しげな感覚が伝わってきた。

少年時代から女性は怖いと思い続けてきたが、目の前のエルメリンダは別である。

男も女もない、ただ純粋に怖く――そして、戦う相手として面白い。

この者に手加減を考えること自体、失礼だ。

ヴォルフは遠慮なく踏み込み、模造剣を右下に斬り下げる。

その剣を二つの剣でさばいたエルメリンダが、風を身にまとうように、高く飛び上がった。

ヴォルフはためらいなく天狼《スコル》の腕輪を使用し、その後を追う。

魔鳥《まちょう》のごとく、二人は空に舞った。

◆
◆
◆
◆
◆
◆

「難しいです……」

魔羊《まよう》の毛を紡《つむ》ぐのは魔力のある者ほどねじれが出て難しい。魔力が強く、毛に思いきり絡まってしまった先輩がいた――オズヴァルドのそんな話で笑っていたのはついさっき。

それが今、ラウルもダリヤも作業机に魔羊《まよう》の革を置き、眉を寄せている。

今、行っているのは、魔羊《まよう》の革の補強だ。

鎧蟹《アーマークラブ》の甲殻、それを粒状にしたものを魔法で付与する。それで、耐熱性と耐久性が上がるという。

椅子などの家具に張ったり、料理人の手袋や騎士の鎧にも使われる。

説明を終えたオズヴァルドは、鎧蟹《アーマークラブ》の粒をさらさらと魔羊《まよう》の革の上に置き、そのまま左から右へ魔力を流し、簡単に付与してみせた。

そしていざ実習、ダリヤの魔羊《まよう》の革の上、鎧蟹《アーマークラブ》の粒は付与できたが、見事に波打った仕上がりとなっている。防水布を制作する要領でやってみたのだが、まるでうまくいかない。

ラウルにいたっては魔羊《まよう》の革の外へ鎧蟹《アーマークラブ》の粒がころころと転がり、付与そのものができていない。首を傾《かし》げて粒を見ていた。

「ラウル、魔力が強すぎます。もっと抑えて一定に、ゆっくり付与しなさい。ダリヤは防水布と同じで、魔力を広げる感覚でやっていませんか？　それでは固まってしまいますから、一定の魔力で一部分ずつを押す感じで、他の部分に魔力を広げないでやってみてください」

簡単に言ってくれるが難しい。細心の注意を払い、指先からそっと魔力を通していった。

すると、今度は波打たなかったが、鎧蟹《アーマークラブ》の粒がところどころで水玉のような模様を描いた。そうするつもりでやったわけではないのだが、ちょっとかわいい。

「ダリヤ先輩、それ、お洒落《しゃれ》ですね！」

ラウルが笑顔で言う。なお、彼の目の前では先ほどの半分ほどの量の鎧蟹《アーマークラブ》の粒が、机に放射状の模様を描いていた。なかなかきれいである。

「おや――」

一瞬冷えた気配を感じ、先生からお叱《しか》りの言葉がくるかと身構える。

だが、オズヴァルドを見れば、その顔を窓に向けていた。

「ヴォルフレード様が、妻の願いを受けたようですね」

「奥様の願い、ですか？」

「ええ。エルメリンダが『たまには護衛の腕を磨かせてほしい』と言い出しまして。ヴォルフレード様にお願いしてもお断りになるだろうと思っていたのですが――手合わせをするようです」

窓から見える芝生の上、ヴォルフとエルメリンダが一礼する。

ヴォルフは長剣、エルメリンダは短めの剣を二つ、それぞれ模造剣で両者ともに盾はない。

「あの、エルメリンダ様は大丈夫でしょうか……？」

「元上級冒険者ですから強いはずです。ただ、現役の魔物討伐部隊の方が相手となると、どうでしょうね……」

話しながら、オズヴァルドは鎧蟹《アーマークラブ》の粒の瓶を追加で出し、テーブルに並べ始めた。だが、妙なほどその瓶底がテーブルに当たる音が高く響く。

ラウルが銀の目を丸くして父親を見た。

そのとき、窓の外でガツンと、重い音が響いた。ヴォルフの長剣を二本の剣で受け止める女から、陽炎のように魔力が立ち上る。強い身体強化をかけているのだろう。

打ち合いが始まると、二人の動きが素早さを増した。それは本当に模造剣なのかと疑いたくなる、高い連続音に変わっていった。

ヴォルフは強いが、エルメリンダも強そうだ。真剣でも本気でもないとは思うが、怪我をしてほしくはない。

オズヴァルドもラウルも外の戦いに目を奪われ、無言である。

自分もヴォルフをつい目で追い続けた。そして、ふと気づいた。

ヴォルフが、とても楽しげに笑っている。

エルメリンダと打ち合いながら、明るく好戦的で、悪戯《いたずら》っ子のような笑顔で笑っている。

自分には向けたことのないその表情《かお》は、おそらく鍛錬をする仲間にしか見せぬものだろう。

うらやましい――そう、不意に思った。

自分が強い騎士や冒険者だったならば、ヴォルフと打ち合い、あんな笑みを向けられたかもしれない――ダリヤは持ち上げかけた瓶を元に戻そうとし、机の端にカツンと当ててしまう。

その音ではっと我に返り、斜めになった考えを慌てて振り払った。

職業的にも運動神経的にも、いや、そもそもヴォルフに武器を向けること自体、自分には絶対に無理である。

窓の外では、短い会話を交わしたらしい二人が、再びぶつかっていた。

魔法らしい強い風、エルメリンダ、続いてヴォルフが中空に飛び上がり、衝突する。理解できぬほどに動きが速く、目で追うのが辛《つら》い。

先ほどよりも速く激しくなる剣戟《けんげき》の響きに、ただただ心配になる。

そして、二人が何度目かに宙を舞ったとき、バキン！　と鈍い音がした。

「あっ！」

折れた短剣がはじけ飛ぶのと同時、エルメリンダはヴォルフの長剣で、中空から叩《たた》き落とされた。

芝生を抉《えぐ》りつつ数回転した彼女は、跳ね起きかけ――そのまま真横に倒れ伏す。

押し殺した苦悶《くもん》の声と、『大丈夫ですか!?』と尋ねるヴォルフの声が重なって聞こえた。

「エルっ！」

誰の叫びか、一瞬わからなかった。

オズヴァルドは窓を全開にすると、近くの椅子をつかみ、音を立てて引きずる。その椅子を踏み台にすると、そのまま窓から飛び出していった。

ラウルが自分を見たので、咄嗟《とっさ》にうなずく。彼も椅子を踏み台にし、窓から勢いよく飛び出していった。

ダリヤも続こうとしたが、椅子に足をかけたところで踏みとどまる。

窓は少しばかり高さがある。ここから出たら着地に自信がない。ましてや自分はスカートである。

急いで部屋から出て、隣室経由で庭へ向かった。


一人遅れ、ところどころ芝が抉《えぐ》れた庭に到着し、ダリヤはラウルの隣で足を止めた。

エルメリンダが押さえる右脚、その膝あたりから、だらだらと血が流れている。先ほどぶつかり合ったときに大きく切れたらしい。

オズヴァルドはエルメリンダの膝にハンカチを巻いて止血していた。巻き終えると、妻を背に、ヴォルフに向き直る。

「うちのエルになんということを！　女性に対する扱いをお考えください、ヴォルフレード様！」

いつもの優雅なオズヴァルドは消え失《う》せた。大きな銀狐《シルバーフォックス》が牙を見せ、逆毛を立てて威嚇している姿が幻視できる。

今までになく恐ろしく——オズヴァルドがこんな顔をすることに、心底驚いた。

「申し訳ありません！」

ヴォルフが緊張感のある声で謝罪した。

「旦那様、これは私のミスです！　手合わせをお願いしたのも私で、ヴォルフレード様のせいではありません！」

「それでもこんな怪我をするまでやるのは違うでしょう！　あなたに万が一のことがあったらどうするのですか!?」

厳しい声は、妻であるエルメリンダにも向けられた。だが、彼女も必死に言い返す。

「たいした怪我ではありません、ポーションですぐ治ります！　それに私は丈夫ですから、旦那様にご心配頂かなくても――」

「妻を心配しない者を、夫とは呼びません！」

オズヴァルドが鋭い声を出す。どこか吠《ほ》え声にも似ていた。

ダリヤは声が出せぬままに固まる。近くのラウルが、少しだけ自分の方に距離をつめてきた。

「本当に申し訳ありませんでした。お強いので、加減ができませんでした……」

ヴォルフが青ざめた顔で、深く頭を下げる。

オズヴァルドが、はっとしたように怒りの表情を消した。

「――こちらこそ大変申し訳ありませんでした、ヴォルフレード様。失礼をお詫《わ》び致します。ヴォルフレード様にお怪我はありませんか？」

いつもの顔と声となったオズヴァルドが、今度はヴォルフに謝罪する。

彼がいつもの口調に戻ったことで、場はようやく落ち着いた。

横のラウルがこっそりと息を吐く。ダリヤも気づかれぬようほっと息を吐いた。

「私は大丈夫です。それよりもエルメリンダ様の手当てをなさってください」

「そうさせて頂きます。休憩と致しましょう。軽食を運ばせますので隣室でお休みください。ラウル、メイドに指示を。エルは本館で治療することにしましょう」

言い終えるなり、オズヴァルドがエルメリンダを抱き上げた。その灰色の上着を、まだ止まらぬ血が赤く染めていく。

「だ、旦那様!? 私は重いです！ ポーションをここに持ってきて頂ければ大丈夫ですので！ あぁ、上着に血が……！」

「怪我人は大人しくしていなさい」

オズヴァルドの腕の中、慌てるエルメリンダはどこか少女めいて見えた。

だが、銀髪の主は問答無用とばかりに彼女を運んでいく。

残された者達は、二人の背中を無言で見送るだけだった。


「すみません、旦那様にご迷惑を……」

廊下を運ばれていく中、エルメリンダは小さな声で謝罪する。

内心、ひどく狼狽《ろうばい》していた。ヴォルフとの打ち合いが楽しく、戦いに本気になりかけた。

それで怪我をした上に、夫を怒らせ、その後に来客に謝らせるという大失態である。

唯一の救いは、怪我をしたのがヴォルフではないということだ。

だが、運ばれているこの状態こそ、迷惑以外の何物でもないだろう。

「迷惑ではありませんよ。妻が怪我をしたら、夫が心配するのは当たり前のことです」

言葉は優しいが、オズヴァルドは確実に機嫌が悪い。表情はいつもと変わらないが、少しだけ平坦な声にそれを察した。

いっそ叱りつけてくれればいいのだが、夫はそれ以上何も言わない。

「旦那様、怒っていらっしゃいますよね？」

「いえ……まあ、少々気に入らなかったのは認めますが」

「旦那様の護衛を名乗っているのに、無様な姿をお目にかけてしまってすみません。私が弱いばかりに……うぬぼれておりました」

「違います。彼は魔物討伐部隊の赤鎧《スカーレットアーマー》ですよ、この国屈指の強い騎士です。あなたが勝てなくても当たり前の相手です」

「では、気に入らなかったとは、どのようなことでしょうか？」

自分の問いかけに、オズヴァルドが珍しく苦虫を噛《か》みつぶした顔となった。

しかし、それでも答えてはくれない。

「あの、旦那様……本当に、何がお気に召さなかったのでしょう？　どうかお教えください。私に非があれば必ず直しますので……」

ひどく不安になり、懇願めいた声になってしまった。

きっと自分は、夫以外には絶対に見せぬ、おどおどとした表情《かお》をしている。けれど、それを取り繕《つくろ》うのさえ今は難しい。

妻となって数年、いまだ嫌われるのが怖いとは、口が裂けても言えないけれど。

「……エル、一つ聞きたいのですが——いつから『スカルファロット様』ではなく、『ヴォルフレード様』と名前呼びになったのですか？」

「打ち合いの直前です。スカルファロット家のグイード様とのお取引もありますし、間違いのないようにと思いまして」

「彼もあなたを、『エルメリンダ』と名前で呼んでいましたが？」

「はい、そうお願いしました。『ゾーラ夫人』呼びですと、カテリーナ様とフィオレ様、私の区別がつきづらく、屋敷の者が迷うかもしれませんので。ヴォルフレード様は他意がないのはおわかりでしたし――あの、いけなかったでしょうか？」

質問に答えぬ夫が、ぴたりと足を止めた。

見慣れたはずの顔に見慣れぬ表情を浮かべ、至近距離でじっと自分を見る。

「……エルは彼と戦うのが、とても楽しそうでしたね。私には見せたことのない表情《かお》をしていました」

「は？」

「彼ほどに戦いが強ければ、たとえ容姿を横においても、元冒険者のあなたには魅力的でしょう」

「旦那様……？」

エルはしばし固まり、その後にじっと夫を見つめる。

いつも優雅さと冷静さが崩れぬ顔、そこを今染めるのは、あきらかな不快といらだち。

そして、銀の目ににじんだ、隠しきれぬ独占欲。

その意味にようやく気づき、思わず破顔する。

「……エル、そのうれしそうな表情《かお》はなんですか？」

「旦那様が私に妬《や》いてくださったのは、初めてでしたので……」

笑顔を隠すのは無理である。自分がオズヴァルドに嫉妬することはあっても、絶対に逆はない。おそらく生涯ない——そう思っていたことが現実化している。

夫には本当に申し訳ないが、素直にうれしい。

エルメリンダは腕をオズヴァルドの首に絡ませ、その胸に顔を埋《うず》めた。笑み崩れた自分の表情《かお》を見られぬためである。

「……初めてなわけがないでしょう」

「え？」

「冒険者への復帰の誘い、ギルドでの切々たる声がけ、ご機嫌伺いのふりで届くお誘いの手紙、私が頼んでいないのにあなた宛てに届く花……毎回、どれだけ妬かされていることか」

耳元で紡がれる声は、いつもの優しいそれではなく。苦々しさを一切隠さぬ、荒れた男の声だ。

「あれは昔の仲間か仕事の関係者で、そういった向きではありません。それに、旦那様は今まで一言も……」

「あなたに知られたくありませんでしたので。年上夫の醜い矜持《きょうじ》です」

抱き上げている腕に力を込め、オズヴァルドがただ前を向く。

その耳が朱を帯びていることに、エルメリンダはようやく気がついた。

「エル、知ったからにはよく覚えておきなさい。私はとても嫉妬深いのですよ……」

人工魔剣制作七回目 ～紅蓮の魔剣～

しばらく後、ダリヤはヴォルフと共にオズヴァルドの屋敷を後にした。

あの騒ぎの後ではさすがに授業の再開は難しく、また次回となったためである。

帰り際、ポーションで治療したエルメリンダがオズヴァルドと共に謝罪、ヴォルフもまた謝り返すといったことを続け、ようやく馬車に乗り込んだ。

そして、二人で相談し、まっ先に向かったのは中央区にある神殿の出張所である。ポーション数本を化粧箱に入れたものを、急ぎゾーラ家へ配達してもらうことにした。

次に向かったのは生花店である。

ヴォルフは『傷つけた方にお見舞いの花を』と、店の隅で年配の店員にこっそり相談していた。

神妙な顔をした店員は、『相手が男か女か、年代、既婚か未婚か、またその方と会う機会があるか、配達か持っていくか』と小声で尋ね、いくつか花の候補を挙げてくれた。

だが、怪我《けが》をさせたとき、お見舞いに贈る花など二人ともわからない。貴族の礼儀作法の本にもなかった。

結局、『相手はお世話になっている既婚女性であり、ご迷惑をかけた。次に会ったら再度、謝罪しようと考えている』と伝え、店員に任せることにした。

店員は手さばきも見事に、白い大箱に『ネリネ』という、少し変わった形の花を詰めてくれた。

前世のヒガンバナとちょっと形が似ている。

箱に詰められたネリネは、白からピンク、そして赤がきれいなグラデーションとなっていた。そこに飾り用の銀粉がわずかに散らされる。艶やかな花びらが銀粉に引き立ち、より美しく見えた。

エルメリンダに少しでも喜んでもらえればと願いつつ、二人で店を出た。

馬車に戻ると、ヴォルフが深く息を吐き、額に手を当てる。

「家からもお見舞いをしてもらうべきか、兄に相談しようと思う……」

「それがいいと思います」

エルメリンダからの申し出で始まった打ち合いとはいえ、怪我をさせてしまったのだ。

取り急ぎお見舞いの花は送っても、今後についてはグイードに判断を仰ぐ方がいいだろう。

「戦うのに夢中で、エルメリンダ様にあんな怪我をさせてしまうとは……」

いつの間にか、ゾーラ夫人から『エルメリンダ』と名前呼びになっていることに、ダリヤは少しだけ違和感を覚える。

だが、今はそれよりも、落ち込む彼が心配だった。

「ヴォルフ、気になるとは思いますが、そんなに自分を責めないでください。元上級冒険者でお強いんですから、手加減できないのは仕方なかったんじゃないかと……」

「でも、打ち合いから戦闘に切り換えたのはいけなかったと思う。ひどい怪我をさせてしまったし、オズヴァルドをあそこまで心配させたのも申し訳ない」

「あれは、少し驚きましたけど……」

予想外に怒りをむき出しにしたオズヴァルドには、正直驚いた。

だが、ヴォルフは意外な言葉を続ける。

「俺は納得したかな。オズヴァルドにとって、エルメリンダ様はやっぱり大事な人なんだって。大事な人を傷つけられると、歯止めが利かなくなることはあると思う」

視線を下げたヴォルフに、誰を思い出しているのかがわかった。

黒髪の女性で、騎士と冒険者の違いはあれど、母と重なるところがあったのかもしれない。

それに自分も、ヴォルフをはじめ、友人や商会員を傷つけられたら、やはり感情的になるだろう。

「グイード様には、これからすぐ会いに行きます？」

「いや、今日はまだ王城だし、仕事の邪魔はしたくないから、本邸に兄上が戻ったら連絡してもらおうと思っている。ダリヤはどうする？　塔で仕事があるなら送っていくし、時間をもらえるならそのあたりの店でも回って――」

幸い、今日入れている仕事はない。ヴォルフと店を回るのも悪くはない。

だが、少し早口になっている彼は、おそらく落ち着かないのだろう。グイードが帰ってくる前に、少しでも気分転換ができたらと思う。

「その、時間待ちというわけではないですが、新しい魔剣を作ってみませんか？　簡単な構造で、時間はそれほどかからないので」

「どんな魔剣だろうか？」

真剣な顔でいきなり前のめりになるのをやめてほしい。

馬車なので距離はそれなりに近いのだ。見慣れたはずの整った顔、黄金の目、その長い睫毛《まつげ》がしっかり確認できる距離に、ダリヤはなんだか落ち着かなくなる。

道の段差か、ガタンと揺れた馬車に、心臓が跳ねた。

しかし、ヴォルフは距離も揺れもまるで意に介さず、きらきらした目で返事を待っている。

散歩の準備中、玄関前に自己判断で『待て』をしていた前世の犬を思い出し、緊張はかき消えた。

「『赤い魔剣』です。あとは、お楽しみです」

「それは楽しみだ！」

ちょっとだけもったいぶって答えた自分に、少年のような笑顔が返ってきた。


緑の塔に戻ると、二人で作業場に入る。

二人とも長袖の作業着を身につけ、隣り合わせで椅子に座った。

作業台の上に載るのは、ヴォルフの準備していた長剣、複数の火の魔石、銀蛍《ぎんぼたる》の翅《はね》の粉の入った瓶二つ、そして、赤みの強い金色の小さい延べ棒である。

「今回使うのは、この『紅金《こうきん》』です。これで剣に火魔法をつけたいと思います」

延べ棒を指さし、ダリヤは説明する。

紅金《こうきん》は強い付与魔法を入れられる金属素材であり、丈夫で衝撃に強い。ただし、産地は火山帯、見つけるのも採るのも難しく、ミスリルよりもお高い。

「ダリヤ、紅金《こうきん》はかなり高いはずだし、それは……」

「オルランド商会から仕入れ値で買ったものです。せっかくなので高級素材も試していきたいと思いまして」

ヴォルフが言い淀《よど》んだのは、元々の購入者がトビアスなのを知っているせいだろう。

だが、自分が購入したのはオルランド商会経由で、彼とは会っていない。それに、この素材自体に何の関係もない。

「父のいた頃は、高い素材は失敗が怖いからってあまり使えなかったんですよ。でも、イヴァーノが素材予算をだいぶ取ってくれたので、今まで使っていなかった素材も挑戦してみたいんです」

父からは、魔力の付与や制作作業上、少しでも危ないものは止められていたのだが、そこは黙っておく。

このところいろいろな素材を扱うことが増えたが、やはり本や魔導書を読んだだけではわからないのだ。できるだけ実際に手にして、付与魔法にも制作にも挑戦してみたい。

もちろん、安全のために、ヴォルフや他の魔導具師に同席してもらったり、ポーションの準備をしておくことなども忘れないつもりだ。

「危なくはない？」

「ヴォルフは心配症ですね。大丈夫です。安全管理はしっかりしますので。荷が重いと思ったら、オズヴァルド先生やスカルファロット家の魔導具師様達にもご相談できますし」

ありがたいことに、スカルファロット武具工房には複数の魔導具師、魔導師が出入りしている。ほとんどがダリヤから見て先輩世代、教わることは山のようにある。

武具工房の魔導具師達の話をしていると、ヴォルフの目が微妙に細くなっていった。

早く魔剣を手にしたくなったのかもしれない。そう思って話を打ち切り、長剣を手に取った。

ヴォルフの持ち込んだそれは、魔物討伐部隊で使う剣の一つで、彼自身もよく使うそうだ。

黒の鞘《さや》、黒の柄《つか》、そして、刀身は鈍い灰銀。ヴォルフが使うものは、光が反射しないよう、刃《やいば》を黒く塗っているのだという。

ダリヤには両手でやっと持ち上げられる重さである。扱いも慣れていないので、大人しくヴォルフに、鞘から抜いて作業机に置いてもらった。

「分解する？」

「はい、柄《つか》を外してください」

外してもらった柄に火の魔石を入れられるよう、内部に魔導回路を描いていく。指先の魔力をくるくると回して入れると、柄がほんのりと一度光った。

次に向き合うのは、灰銀の刃である。

まず紅金《こうきん》の延べ棒の前で立ち上がると、横のヴォルフも続く。至近距離で見たいのだろうと納得し、そのまま紅金《こうきん》の前、魔導具用の削り小刀《こがたな》を握る。そして、ゆっくりと魔力を入れながら、表面を削り始めた。

紅金《こうきん》は想像以上に硬い。これ自体に魔力はないので、魔力を入れた小刀であれば薄く削れるかと思ったが、最初はわずかに傷がついただけだった。

だんだんと魔力を強くし、普段の金属加工の三倍も注いで、ようやく髪の毛一本ほどが削れる。

それを繰り返し、どうにか太い毛糸ほどの太さで、刃の長さに足りる分を削り出した。

「こういう加工は珍しいです？」

邪魔にならぬよう少し離れ、それでも少し前のめりになっているヴォルフの目は、とても丸い。

「なんだか不思議で……紅金《こうきん》ってそうやって加工するんだ」

「魔力の多い魔導具師だと、小刀を使わず、手で加工できるそうですよ。父が他の魔導具師に見せてもらったことがあるそうです」

「紅金《こうきん》は硬いから、やっぱり剣とか盾を作ったのかな？」

「酒のコップだそうです。熱燗《あつかん》が長く飲めるように」

「熱燗のコップ……」

期待したらしいヴォルフには申し訳ないが、現実はそんなものである。

しかし、紅金《こうきん》でコップを作るあたり、その魔導具師は父の友人か飲み仲間だったのではないかと思えて仕方がない。知人であれば誰なのか、どんな加工を施したのか、ぜひ聞きたかったところだ。

気持ちを切り換え、紅金《こうきん》を作業台の剣、その刃の真ん中に載せていく。

場所が決まると、右手の人差し指と中指をそろえ、紅金《こうきん》に強めの魔力を入れる。ゆっくりと細い葉脈のように広がっていくそれに沿い、魔導回路を組んだ。

そして、銀蛍《ぎんぼたる》の翅の粉にそれぞれ赤い塗料、黄色い塗料を混ぜたものを、剣の表面に塗っていく。

銀蛍《ぎんぼたる》の翅の粉は、王都の衛兵が持つ夜警用魔導ランタンにも使用される。乾くのが早めで二度塗りができないので、学生時代も今も緊張する作業だ。

「最後に、こちらで魔導回路に火の魔力が通りやすくなるようにします」

魔封箱の中にあるのは、ヨナスの赤いウロコである。

父の書いた魔導書には、『紅金《こうきん》の魔導回路は、十三以上の高い火魔法を通すか、火魔法に強い素材を付与して魔力を流すとよい』とあった。なので、今回使用させてもらうことにした。

「ヨナス先生が、ついに魔剣に！」

「どうしてそういう言い方をするんですか……」

縁起でもない言い方をしないでほしい。

本人が聞いたら――ヨナスならば怒ることはなく、ただ無言で笑いそうな気がするが。

気を取り直し、ウロコ二枚をそっと両手で包む。すべての指先は、刃の方へ向けた。

「ヴォルフ、魔力がちょっと炎みたいに見えると思いますが、火傷《やけど》はしませんから」

「……わかった」

炎龍《ファイヤードラゴン》のウロコから魔力を引き出すのは、ダリヤの魔力でも足りる。

問題は制御だ。できるだけ一気に、魔力を逃がさずに込めたい。

このため、剣に触れるほど近い位置から、限界の魔力を一気に流し込む。

魔力はダリヤの指を真っ赤に染め、その先の刃、魔導回路を赤く焼くように輝かせていく。

「っ！」

ヴォルフが手を出しかけ、なんとかとどまるのが視界の隅に見えた。

指が赤く染まるのは、焼けているようにも血が流れているようにも見える。だが、赤い色の魔力が通るだけで、熱は感じない。わずかにあるのは、弱い静電気のようなちくちくとした感じだけだ。

刃の魔導回路がすべて赤く染まると、魔力の流れは止まる。

合わせた手のひらを開くと、ウロコは白く粉々になっていた。

「ああ、ヨナス先生が粉々に……」

「ご本人からとっくに剥《は》がれたウロコですから！」

緊張が切れた途端のことで、思わず真面目に言い返してしまった。

堪《こら》えきれずに笑うヴォルフを急《せ》かし、長剣を組み上げてもらう。そこに火の魔石をセットし、魔力の流れを調整した。

「魔力はこちらのスイッチで切り換えできますので」

柄自体ではなく、その柄頭につけた房《ふさ》を引っ張る形に変えた。うっかり力を入れて握り、火が出てはたまらない。

ダリヤでは重い剣を持ち上げたままの操作はできないので、ヴォルフに持ってもらう形で説明を開始する。

「房を引っ張ると、こうなります」

カチリと音がして、刃にゆるりと炎が走る。根元は黄色、次第にオレンジ、先端に向かって赤――まるで剣そのものが燃えているように、グラデーションのやわらかな炎が、刃を包んでいく。

ただ長剣の上に炎をのせただけなので、魔剣とは言いがたい。色も剣の表面に塗料を仕込んでいる形なので、ちょっと不自然だ。

だが、前世の映画でも、光るサーベルというものがあった。剣自体が色付くのは、なかなか格好いいのではないかと思う。

「きれいだ……」

すぐ隣でこぼれた声にどきりとし、あわてて房を引いて消す。そして、彼からそっと離れた。

「ヴォルフ、柄に耐熱は付与しましたが、火傷しないように気をつけてください」

「わかった。でも、これそんなに熱くないよ」

「魔導ランプや魔導コンロと基本は一緒なんです。ただ、こちらは炎を一定の長さにして、色を場所ごとに変えています。なので、魔剣というより『剣型室内灯』と呼ぶ方が正しいんですけど……」

説明しながら、声がちょっと小さくなる。

このままでは、魔剣の命名が『剣型室内灯』になりそうだ。ヴォルフに抗議されそうである。

「ダリヤは本当にすごいね。これ、灰手《アッシュハンド》よりきれいかもしれない……」

「ヴォルフ、それは絶対に言っては駄目ですよ」

魔物討伐部隊長であるグラートの持つ魔剣『灰手《アッシュハンド》』は、王都でも有名である。

本物の力ある魔剣と、炎が上にのっているだけの剣を一緒にしてはいけない。

「攻撃力は全然上がりませんし、明るめの室内灯ぐらいにしかなりませんが」

「いい灯《あか》りだね。俺、これを見ながら飲めるよ……」

「酒の肴《さかな》じゃないんですから」

「いいや、きっとすごくおいしい酒になる、絶対に」

恍惚《こうこつ》とした顔で剣を眺めるヴォルフに、乾いた笑いが出た。

確信を持って言える――この者は絶対に実践する。

「屋内で使うときは火傷と火事には本当に気をつけてください。鞘の方は耐熱上げに鎧蟹《アーマークラブ》を付与しておきますので。あと水の魔石も必ず手が届くところに置いてくださいね」

「はい、『ダリヤ先生』」

ようやくこちらを見た彼が、いい笑顔で言う。

「う……その呼び方はやめてください。ヴォルフに先生と付けられると、こう……」

「うん、隊で皆がそう呼んでも、俺は呼べなくて。どうしても顔が笑ってしまうんだよね」

魔物討伐部隊の相談役という立場上、隊では『ダリヤ先生』と呼ばれるようになったが、いまだ慣れない。この上、ヴォルフに先生呼びされるのは心から避けたい。

「この剣なら、夜、二本で打ち合いをしたらきれいかもしれない……」

「いいかもしれませんね。今度、もう一本作ります？　紅金《こうきん》はまだありますし、人のいないところで打ち合うなら問題ないでしょうから」

ランドルフやドリノをヴォルフの屋敷に呼び、裏庭でやるなら問題ないだろう。鍛錬というよりレクリエーションになりそうだが。光る二本の剣での打ち合いは、夜見るときれいかもしれない。

「ダリヤ、これ、やっぱり『赤い魔剣』？」

「いいえ、命名はヴォルフにお任せしますので」

魔剣の名付け話になったので、全面的にヴォルフに任せることにする。

実際、自分では『赤の魔剣』とか、『剣型室内灯』しか思いつかない。

「……赤、炎……灯《ともしび》は違うかな……あ！　『紅蓮《ぐれん》の魔剣』はどうだろう？」

「……かっこいい名前だと思います」

蓮《はす》のように炎が花開いてはいないが、イメージ的に合っていそうだ。

なお、ヴォルフのネーミングセンスに関しては、何も言わぬものとする。

命名した主は房を引っ張り、刀身に炎をまとわせては消すことを飽きずに繰り返している。

赤く照らされる横顔は、危ないほどに楽しそうだ。その表情《かお》に思い出されることがあり、ダリヤはつい口にしてしまう。

「……今日、楽しそうでしたね」

「え？」

「いえ、あの、エルメリンダ様と打ち合いをしているとき、ヴォルフがとても楽しそうで……」

うらやましかった、そう言いかけてやめた。ヴォルフを不快にはさせたくない。

「強い人と鍛錬するのはやっぱり楽しいよ。いろいろと教わるところが多いし」

「エルメリンダ様は、とてもお強いんですね」

「鍛錬のときのランドルフぐらいの力はあったと思う。風魔法はカークに近いかな……」

さすが、元とはいえ上級冒険者である。魔物討伐部隊に余裕で交ざれそうだ。

「打ち合いが気持ちよく続いたから、つい夢中になって、加減が飛んでしまって――俺、子供みたいだったかもしれない」

「……そういうふうにも、見えました」

自分を見返す黄金の目が、不意に揺らいだ。

言葉に反してそこに浮かぶのは、楽しげな光などではなく、どうしようもない昏《くら》さで――それでも目をそらすことなく見つめれば、ヴォルフはぽつりと言った。

「……母を思い出してた」

「ヴォルフの、お母様ですね」

「ああ。母と戦っていたら、どうだったろうと、とても失礼なんだけど、エルメリンダ様に重ねて考えてしまって――それで、『強いから遠慮はいらない』が、いつの間にか『勝ちたい』になって……申し訳ないことをしてしまった」

ダリヤは以前見た、ヴォルフの母の肖像画を思い出した。黒髪に黒い目の、美しい貴婦人だった。

エルメリンダは同じ黒髪で、騎士ではないが元冒険者で――母親を守れなかったことを思い出し、今の自分の強さを確かめたくなったのかもしれない。

自分には理解しづらいが、騎士や戦う者が強さを求める気持ちは、焦がれに近いようだ。

ヴォルフにベルニージ、そして、魔物討伐部隊の者達を見ているとそう感じる。

「やっぱりヴォルフは、『騎士』なんですね」

「どうかな。ただ剣を振り回すとか、楽しいことが好きな子供みたいなものかもしれない。さっきなんか、俺もダリヤと同じ魔導具師だったらよかったのにって、思ってしまったし」

「え？　ヴォルフが魔導具師、ですか？」

騎士が天職のような彼の言葉に、思わず尋ね返す。

「ああ。できないし、似合わないとは思うけど」

屈託なく笑うヴォルフは、再び紅蓮《ぐれん》の魔剣に火を灯《とも》した。

揺れる炎に部屋の暗さがわかり、いつの間にか夕方になっていたことに気づく。

ヴォルフの横顔も、その赤い光に陰影を濃くしていた。

「オズヴァルドの授業とか、武具工房の魔導具師と盛り上がっているときとか、ダリヤがすごく楽しそうで……俺はそこには入れないから、うらやましくなることがあるよ」

ダリヤは自分も同じだと、なぜか言えなかった。

⬢ ⬢ ⬢ ⬢ ⬢ ⬢

ヴォルフが緑の塔から自分の屋敷に戻り、兄と会えたのは夕食を終えてしばらくのことだった。

自室で落ち着かずに待っていると、規則正しいノックの音が響く。

入室の了承を告げれば、グイード、続いてヨナスが入ってきた。

「ヴォルフ、手紙にはお前がゾーラ夫人に怪我をさせたとあったが、オズヴァルドから家に『ヴォルフに迷惑をかけた』という詫《わ》び状と、見舞いの品が届いた。本当にお前に怪我はないのだね？」

「はい、私は大丈夫です。実は――」

テーブルをはさんで椅子に座り、ゾーラ家での顚末《てんまつ》を報告した。

時折うなずいて聞いていたグイードは、立っていたヨナスへと振り返る。

「何か飲むものを。ヨナスの好みでかまわない」

「わかりました」

ヨナスが部屋を出ると、兄は自分に向き直った。

「怪我をさせたのは第三夫人のエルメリンダ殿か。オズヴァルドが手合わせを許し、彼女から願ってきたならば何も問題ない――そう言いたいところだが、少々気をつけなければいけない相手だ」

「確かに、お強かったです」

「だろうね。元上級冒険者で魔力十四、身体強化に優れ、戦闘向けの風魔法の使い手。一族や部下に迎えたい、冒険者に戻ってほしいという声もいまだ多いそうだ」

「魔力十四……」

高い数値に驚き、思わず繰り返す。だが、戦いを思い出せば、身体強化も魔法も見事だった。

「もっとも、庶民の出でも今は子爵の養女、有名商会長で男爵の妻だ。表立っては引き抜きもできないがね」

「それは存じ上げませんでした」

「エルメリンダ殿は第一夫人の実家の養女になっている。第二夫人もね。オズヴァルドは同じ家から三人を妻として迎えている形だ。家同士の完全な『同盟』だね」

『同盟』の単語が馴染《なじ》まず、ヴォルフはわずかに首を傾《かし》げる。

政略結婚ならば一族の娘を嫁がせるのが普通だろう。エルメリンダや第二夫人を貴族の養女にするにしても、何も第一夫人の実家でなくともいいではないか——自分にはそう思えてならない。

「そうか、お前はこういったことは不慣れだったね……」

グイードに子供を見るような目を向けられ、内に少しだけざらつくものを感じた。

「第一夫人のご実家はオズヴァルドの経済力と才を見込んで、オズヴァルドは第一夫人の家の貴族に関する人脈あたりかな。第一夫人のご実家では跡継ぎがいなくて、オズヴァルドの次男が養子に入ることが決まっているそうだ。あそこはもはや、二家で一個の『家』と考えていいだろう」

「なぜ、そのように？」

「互いの『家』を守るために決まっているじゃないか」

兄にそう返され、二の句が継げなくなった。そんな形で家を守らなければいけないなど、まったく考えたことはない。

そして、不意に思う。兄も、もしや家を守るために義姉を娶《めと》ったのだろうか、と。

だが、ここでそれを聞くことはためらわれた。

「ところで、ゾーラ家にお見舞いをしたとあったが、何を贈ったんだね？」

「ポーションと花をお贈りしました」

兄が話題を変えたのを幸いに、ヴォルフは声を整えて答える。

「そうか。話の一つに聞いておきたいのだが、花は何を選んだんだい？」

「ええと、確か『ネリネ』という花を。何色かまとめて、箱でお送りしました」

『傷つけた方にお見舞いの花を』そう店員に頼み、あとは深く考えなかった。

兄の青い目が、ヴォルフに向けて静かに細められる。

瞬間、理解した――自分は、なにか、やらかした。

「『ネリネ』、か……『猛吹雪《トルメンタ》』の機嫌が悪化しそうだな」

「『猛吹雪《トルメンタ》』とは？」

「オズヴァルドの学院時代の二つ名だそうだ。ここに来る前、父から聞いた。今でこそああだが、若かりし頃はなかなか華やかだったらしい」

今も十分華やかではないか、そう言いかけてやめる。

それよりも花の意味合いを確認しなければいけない。貴族マナーの本は最近それなりに読んでいるが、花のページに『ネリネ』はなく、花言葉も知らなかった。

「ヴォルフ、ネリネの花言葉は『再会を楽しみにしています』だよ」

自分の考えを見透かしたかのように言う兄に、思わず動きを止める。

「『再会を楽しみにしています』……？」

「ネリネは隣国から来た花で、まだ珍しい。私も魔導部隊の同僚が話をしていて知ったんだ。ちなみに『幸せな思い出』という意味合いもあるから、隣国では逢瀬《おうせ》の後で贈ることも多いとか。ただ、そんな花を何色かで贈れば花言葉の『意味重ね』ともとれなくはない。あと、箱詰めは他の者に知られずに本人に直接届けたいという意味ともとれるね」

「えぇぇ……？」

止めきれず、ひどく情けない声音が出た。

『幸せな思い出、再会を楽しみにしています』――まるで恋文ではないか。

一気にひどくなる頭痛に、思わずこめかみを押さえる。

「気づかれぬのを願いたいところだが、夫人達のご実家は、庭園持ちの花好きで有名だ。もし花の礼を言われたら、『花屋で今一番きれいな花をお送りするように頼んだ』と答えなさい」

「……はい」

「それと、家の者に言付《ことづ》けて、明日、ロセッティ殿にも贈りなさい。より大きい箱でね。『きれいな花だったので彼女にも贈った』と言えば、より良い言い訳になる」

「はい……」

より良い言い訳ってなんだろう？　ヴォルフは遠い目になりつつも、その提案に機械的にうなずく。ちょうどそこへ、ノックの音が響いた。

「戻りました。少々冷えますので、蒸留酒のお湯割りをお持ちしました」

ヨナスの押すワゴンの上、蒸留酒の瓶とお湯、そしてぽってりとしたグラスが載っている。一段下には、薄切りのレモン、チーズにクラッカーなどが並んでいた。

「ヨナスも座って飲んでくれ。かまわないだろう、ヴォルフ？」

「もちろんです。ヨナス先生、私がお湯割りを作りますので、椅子にどうぞ」

「いえ、ヴォルフ様にお作り頂くわけには」

「弟に作ってもらうお湯割りという、貴重な機会を奪わないでほしいのだが。ああ、そういえば、今年はヨナスの酒量が減っているね。毎年の今頃は、お湯割りをかぱかぱ飲んで体温を上げている頃合いだったと――」

「グイード様」

一種、暴露的な話に、ヨナスが一段低い声を出す。

だが、動じぬグイードに無言で笑顔を返されると、仕方なさそうに椅子に座った。

ヴォルフは代わって立ち上がり、お湯割りを作り始める。グイードは蒸留酒が薄めでレモン入り、ヨナスと自分は濃いめでそのまま、肴はテーブルに並べた。

「ヨナスの酒量が減ったのは、携帯温風器と温熱座卓のおかげだね。ロセッティ殿に感謝しなくては。万が一の故障に備えて、携帯温風器は追加で購入しておくといい」

「すでにございます。もしも壊れたときのためにと、ダリヤ先生から予備を頂いておりますので」

「なんとも気遣いの整ったお嬢さん――いや、魔導具師だね」

ダリヤのことをお嬢さんから魔導具師に言い換えてくれた兄が、なんだかうれしい。

白い湯気の立つお湯割りを二人の前にそろえ、三人で乾杯した。

「ヨナス、ゾーラ家に明日、氷の魔石を大箱一つ届けてくれ。添え状は私が書く」

「わかりました」

「兄上、私が自分で参ります。ヨナス先生のお手を煩《わずら》わせるのは……」

「ヴォルフ、万が一にも『また会いたかったのか』と取られたくはないだろう。代わりにお前は私の護衛として、明日の朝、王城に一緒に行ってもらおう」

「護衛をよろしくお願い致します、ヴォルフ様」

ヨナスは一切経緯を尋《たず》ねることなく受けてくれた。少々心苦しい。

「わかりました。どうぞよろしくお願いします、ヨナス先生」

彼に言葉を返すと、その錆《さび》色の視線が壁際に向いた。

「ヴォルフ様、失礼ですが、そちらにある剣は何か付与を？」

「わかりますか？」

「はい、軽く火の魔力があることぐらいですが……」

ヨナスは紅蓮《ぐれん》の魔剣に気がついていたらしい。火の魔力がある他、彼のウロコを付与したせいもあるのかもしれない。

「ダリヤが作ってくれた、光るだけの安全な魔剣です。これからご報告をしようと思っておりました」

「安全な魔剣、ですか？」

「攻撃力が上がったり、使う本人が危なくなったりはしないのだね？」

先生と兄に真顔で聞き返され、つい笑ってしまう。

「しません。剣が火の魔石で明るく光るだけです。長く持ち続けていれば手のひらの火傷くらいはあるかもしれませんが。剣の表面に塗料が仕込んであるので、炎の色が少しずつ違ってきれいなんです。ですから、ダリヤは剣というより、『剣型室内灯』だと」

ダリヤには許可を取ってきたし、実際に見せ、すぐ報告するつもりだった。

今回は、兄にも先生にも安心して見てもらえるだろうと話し合ってきたのだ。

「ただ、火魔法の関係でヨナス先生のウロコを付与しまして……ご不快でしたら申し訳ありません」

「いえ、ご利用頂けたならばよかったです」

ヴォルフはほっとしつつ、立ち上がる。壁際まで進むと、机の上に寝かせていた剣を持ち上げる。

そして、部屋の中央で鞘から剣をゆっくりと抜いた。

灰銀の刃の上、葉脈のように細かく走る赤い線。その線はあちこちが金色に光っている。

柄の側面の赤い房を引くと、線の上をゆるりと炎が流れ、剣の先へ向かっていく。

黄色から紅色までのグラデーションの炎をまとう剣が、部屋を明るく照らした。

「これは、きれいな剣だね……」

「美しい色合いです……」

二つの感嘆に満足し、ヴォルフはつい笑顔になる。

『紅蓮《ぐれん》の魔剣』です。こうして光るだけなので、戦闘向きではありません」

「紅蓮《ぐれん》とはなかなかいい響きだ。この剣ならその炎を見ているだけでいいじゃないか。いい酒の肴になりそうだ」

自分は兄と肴の好みがとても一致しているらしい。

しばらく炎を楽しんだ後、そっと消した。

「ヴォルフ様、そちらはもう一段明るくなるのでしょうか？」

ヨナスが立ち上がり、ヴォルフに尋ねる。

「魔石を増やせばできるかもしれません。あとは、火の魔力をお持ちの方が魔力を入れるという方法もあるかと」

ダリヤはカルロの魔導書に炎の色をグラデーションにする説明があり、それを応用したと言っていた。元々は魔導ランタン関係の技術だそうだ。

もっとも、このような付与は単価が思いきり上がってしまう上、ランタンであれば色ガラスの方が色合いも豊富で安いので、まず流通しないという。

魔導具というものは、技術が良ければ売れて儲《もう》かるというものではないらしい。

「ヴォルフ様、そちら……もしよろしければ、一度お借りしても？」

ためらいがちに言うヨナスだが、とても興味がありそうなのは目でわかる。

「どうぞ、ヨナス先生」

ヴォルフは一度鞘に剣を戻すと、ヨナスに渡して距離をとった。

「では、失礼して――」

鞘から抜かれ、房を引かれた剣は、先端の炎が少しばかり長くなった。

ヨナスの魔力が流れたのか、それともウロコの持ち主に反応したのか、赤い炎が細くゆらりゆらりと伸びるのは、なかなかに幻想的だ。魔物の赤い舌に似ていると思ったのは内緒である。

「火の魔力を流せば、さらに炎が伸びそうだね」

「少々、流してみても？」

「どうぞ、ヨナス先生」

剣自体は魔物討伐部隊で使う、長さも厚みもある丈夫なものだ。

火魔法を使う魔物を斬ることもあるから、火への耐久性もそれなりにある。魔導回路にもまだ余裕があるとダリヤは言っていた。

ヨナスが剣を斜め上に向ける。わずかに右手を手前に返すと、剣から炎がぶわりと伸び上がった。

見る間に天井に届きそうなほどとなったそれに、部屋は赤々と照らされる。

「ヨナス！」

グイードの呼び声に、ヨナスが剣の柄を床につくほど下げた。

次の瞬間、白い氷が剣を囲むように現れ、火は消える。剣は氷漬けとなり、ごとりと床に転がった。

「火傷をしていませんか、ヨナス先生!?」

「申し訳ありません！　魔力を入れすぎました」

「いや、魔力の揺らぎはそれほど感じなかった。それに、ヨナスは『軽く』入れたつもりだろう？」

「そうですが、こちらを使ったことはありませんので、加減を間違えたかと――」

錆色の目が、申し訳なさそうに伏せられる。

絨毯《じゅうたん》の上、氷が溶け始めて濡《ぬ》れていく。その中央の紅蓮《ぐれん》の魔剣は、何事もなかったかのように転がっていた。幸い、部屋のどこにも延焼はない。

「今、屋敷の者に床を片付けさせます」

「そうしてくれ。さて、我々はこれを持って裏手に行こうか」

グイードは立ち上がり、まだ氷に包まれている魔剣を、そっと撫《な》でた。

「兄上、何を？」

「スカルファロット武具工房が、これで済ませるわけにはいかないだろう？『紅蓮《ぐれん》の魔剣』の正しい性能確認をしようじゃないか」

そのまま屋敷の裏に出ると、グイードは魔導師を二人呼んで待機させた。万が一のときの治癒魔法持ちと、水魔法持ちだそうだ。しかし、その横、ポーションが箱で置かれているのがなんとも落ち着かぬ。

ここは訓練にも使える開けた場所である。今夜は風もほとんどない。屋敷までは距離があるので延焼の心配はなさそうだ。

魔導ランタンのオレンジの灯りが、弱々しくあたりを照らしていた。

「さてヨナス、だんだんと魔力を強めてくれ。火傷をしない程度で頼む」

「わかりました。ヴォルフ様、お借り致します」

「どうぞ」

魔剣に触れる度に断りを入れてくるヨナスに、わずかな違和感を覚える。だが、彼が房を引かぬまま、両手で剣を構えると、視線は吸い寄せられた。

夜の暗い庭、彼の魔力で輝く剣は、部屋の中で見るよりもはるかに美しい。金に近い黄色から揺らめくオレンジ、そしてあくまで赤い炎が刀身を彩る。

闇の中、ヨナスがゆらゆらと剣先を揺らす度、一段ずつ炎が大きくなった。

すうと、彼が大きく息を吸う。一度消えた炎、その光をまだ瞼《まぶた》の裏に残す数秒後、ばさりと濃い魔力が宙を舞った。

「ああ！」

叫んだのはどちらかの魔導師。ヴォルフは剣も持たぬのに、思わず構えていた。

巨大な蓮の花を思わせるがごとく、明度違いの様々な赤い炎が剣から長く伸び、視界をまぶしく

染め咲いた。

ある程度距離があるのに、頬《ほお》が熱い。強い魔力の揺らぎに、構えが戻せない。

ヨナスがわずかに口元を上げると、炎の長さはさらに伸びていった。

先ほどいた自室を簡単に覆《おお》うであろう炎の花に、驚きしかない。

しかし、いくら炎の方向が違うとはいえ、ヨナスは熱くないのか――そう心配になったとき、グイードが一歩前に出た。

「ヨナス」

兄に呼ばれた彼が剣を振り抜き、剣の炎を四散させる。魔力も止めたらしく、火はすぐに消えた。

だが、闇の中、その刀身がまだ熱に赤々と光っている。

闇が濃くなったように感じていると、魔導師の一人が小型魔導ランタンの灯りを最大にした。

「さすが、ヨナス先生です……」

「なるほど、ヨナスを付与しているだけのことはあるね」

「ヴォルフ様、これは剣がすばらしいのであって、私の力ではありません。グイード様、言い方に関して抗議申し上げても？」

珍しくやわらかに微笑《ほほえ》んだ彼は、まだ刀身の赤い魔剣をしっかり持っている。

「ヨナス、楽しいのはわかるが、魔剣から手を離しなさい、命令だ」

「……はい」

ヨナスは少々残念そうに魔剣を足元に置いた。じゅわっと音がして、地面から湯気が上がる。

彼の右手はいつもと同じに見えるが、その袖口から薄く煙が上がっていた。燃え上がらぬよう数度はたくと、袖口から肘に向かい、布がぼろぼろに裂けていく。魔剣の熱はかなり強かったらしい。

「火傷の確認と着替えをしてきなさい。次の服はもっと強めの耐熱を付与した方がいいかもしれないな」

「申し訳ありません。つい……」

「かまわないさ。発火しないうちに行ってくるといい」

ヨナスはグイードの言葉に従い、屋敷に向かって早足に去った。

地面の上、ようやく赤さの消えた紅蓮《ぐれん》の魔剣を、グイードはそっと拾い上げる。そして、右手から魔法で水を出すと、泥と砂を洗い流した。

「これが魔物討伐部隊で使っている剣か。なかなか重いね。ロセッティ殿が付与したからこの重さというわけではないだろう？」

「はい、元の重さとほとんど変わりません」

「ちょっとだけ借りるよ」

兄は流れるような動作で魔剣を構えた。

子供の頃、共に母と鍛錬を積んだことがなつかしく思い出され、ヴォルフは兄を見守った。

素振りで空気を斬る音は、意外に鋭い。上級魔導師ではあるが、剣の訓練も続けているのだろう、そう確信できた。

グイードは何度か振って泥をはらうと、刃先を地面に向け、柄を持ち直す。

「一度、拭き取りと目視をしてから鞘に入れた方がいいだろうね」

「はい、それは私がやりますので」

兄から魔剣を受け取って離れようとすると、目で止められた。

「ヴォルフ、ヨナスのいないうちに一つ、願いたいことがある」

至近距離でのささやきに、ヴォルフも声を小さくして聞き返す。

「なんでしょう、兄上？」

「ロセッティ殿に尋ねてほしい。別の剣を準備するので、ヨナスのウロコを合わせたものを内密に作ってもらえないかと。無理なら製法を教えてほしい。もちろん支払いは弾むとね」

「その剣をどうなさるのですか？」

「ヨナスへ叙爵の祝いとして贈りたい。大層気に入ったようだし、騎士の剣を受けたのは私だからね。お前にとっては、あまり気持ちのいい話ではないとは思うが……」

ヨナス不在での願い事、その内容に納得した。

ちょっとだけ引っかかる気持ちがないとは言わないが、ヨナスの叙爵には一番の贈り物かもしれない。何より、先ほどのような魔剣をヨナスが持てば、兄の護衛としては無敵だろう。

正直、周囲の延焼と服の方が心配だが。

「いえ、大丈夫です。ダリヤに聞いてみます。制作が難しければ、製法だけでも願ってみますので」

「ああ、頼むよ」

答えたグイードが視線をずらす。じっと見つめるのは、魔剣で黒く焦げた地面だ。

顎《あご》に手を当て、真剣に考え込む姿が気にかかり、ヴォルフは尋ねる。

「兄上、どうかなさいましたか？」

「いや、魔剣もなかなかいいものだと思ってね……もし、氷龍《アイスドラゴン》のウロコを入手したら、『氷蓮《ひょうれん》の魔剣』などは、作れないものだろうか？」

興味津々で尋ねる兄に、血のつながりを強く感じた日だった。

◆◆◆◆◆◆

緑の塔に朝一番で、イヴァーノとメーナがやってきた。

重量のある素材がいくつか届いたので、それを塔の作業場に運んでもらうためだ。

マルチェラは午前中のほとんどを、スカルファロット家別邸での仕事に費やしている。

このところは、裏手で前侯爵であるベルニージから土魔法を習う他、組み手や剣の稽古をしているそうだ。

ベルニージは義足に慣れるため、マルチェラは剣の初心者のため、二人でやるとちょうどいいのだと聞いた。

マルチェラが緊張で胃を痛めていないことを祈りたい。

「こちらの箱はどこに置けばいいですか？」

「棚の前にお願いします」

届けてもらった箱を棚の前で開け、中身を確認する。まだ使ったことのない素材もあり、なんとも楽しみになった。

「会長、この王蛇《キングスネーク》の抜け殻を扱う商会から連絡があり、年明け、イシュラナから商会長がいらっしゃるので、ご挨拶に伺いたいとのことです。大きい商会ですし、今後は直《じか》での取引になりますので、お受けしていいですか？」

「はい、お願いします」

砂漠の国イシュラナから、商会長がはるばるオルディネ王都へいらっしゃるらしい。

準備はイヴァーノが整えてくれるというが、挨拶を考えるとすでに緊張しそうだ。

「あと、ジルド様から会長のお披露目の打診が来ました」

「え、私のお披露目ですか？」

考えかけていた挨拶の出だしが、一瞬で消えた。

自分のお披露目といっても、まだ男爵ではない。実質、ロセッティ商会のお披露目という意味だろうか——そう考えつつ、首を傾げる。

「男爵になる前に、貴族に早めの顔つなぎをしておいた方がいいだろうとのことです。ディールス侯爵家で定期的に催《もよお》しをしているので、人数の少ない集まりのときにどうかと」

「やっぱり、お受けした方がいいんでしょうか？」

「ええ。貴族後見人のグイード様主催でもいいのですが、スカルファロット家はまだ代替わりしていませんし、ジルド様の方が爵位は上ですから。せっかくですし、叙爵の練習だと思えばいいじゃないですか？」

「なるほど……そうですね」

正直、そんな気を使いそうな場は避けたいのが本音だ。

だが、男爵になる以上、叙爵前に少しでも貴族慣れしておく方がよさそうだ。

身近ではヴォルフ、仕事関係で貴族の方々と交流はあるが、皆、自分に合わせてくれていることばかりだ。やはり一度は『普通の貴族』の場を経験する方がいいだろう。

「ジルド様の方にお願いしてください。かかる経費については、こちらでお支払いしたいです」

「わかりました。ジルド様、金銭では絶対受け取って頂けないので、イエロースライムのクッションを同等分、お贈りしますね。使い心地を聞きたいという理由が付けられるので」

イヴァーノは、すっかりジルド対応に慣れていた。

それまで黙っていたメーナが、わざとらしいほど悲しげに息を吐く。

「ああ、会長もいよいよ『華咲き誇る貴族』ですね。ますます遠くなりそうです」

「メーナ、何を言ってるんですか」

隣にいる部下のからかいに、ダリヤは笑ってしまう。

「爵位は魔物討伐部隊の関係で頂けただけで、私は全然変わってないじゃないですか。それに、まだ商会長らしくもないので、『会長はどこか』って尋ねられるくらいです」

情けない話だが、商業ギルドで借りているロセッティ商会の部屋、そこに来た客に『商会長はいらっしゃいますか？』と尋ねられた回数が二桁ある。自分が会長のダリヤ・ロセッティだと名乗ると平謝りされるまでがセットだ。貫禄も迫力もないので仕方がない。

最近は商会員達が来客対応をしてくれるので、そういったことがようやくなくなったが。

「会長、やっぱり、もうちょっと偉そうにしないといけないんじゃないですか？」

「偉そうってどうやるんですか、メーナ？」

「こう、大きい革張りの椅子に腕を組んで座るとか？　でも、会長で想像するとなんか違いますね……ただ悩んでるだけにしか見えなさそうです」

「やる前からもうだめじゃないですか」

部下の謎の提案に苦笑していると、門のベルが来客を知らせた。

外へ出てみると、中央区の花店からだった。受け取った箱に付いているカードを見れば、差出人はヴォルフである。

仕事場に戻って開ければ、昨日、エルメリンダに贈ったのと同じ、ネリネの花が入っていた。

花にちりばめられているのは、銀粉ではなくまばゆい金粉。薄いピンクから深紅へのグラデーションはとてもきれいだ。

昨日、自分がきれいな花だと感心していたので、気を使って贈ってくれたのかもしれない。

「珍しい花ですね。初めて見ました」

「この選び方は、ヴォルフ様らしいですね！」

観察するようなイヴァーノに対し、メーナが言うのは金粉のことだろうか。

不思議に思って彼を見ると、水色の目を細め、にこりと笑われた。

「『昨日のデートは楽しかったから、また会ってくれ』でしょう？　ヴォルフ様、なかなか粋ですね」

「え、そういう意味なんですか、これ？」

「ネリネの花言葉って、『楽しい思い出、幸せな思い出』とか、『再会を楽しみに』ですから。そんなに外してないと思いますよ」

「メーナ、詳しいですね」

「先週、一本買ったんです。花屋に『彼女の一人』がいますから」

自由恋愛派ならではの台詞《せりふ》を吐いたメーナだが、ダリヤはそれどころではない。

「あの、これと同じものをヴォルフが昨日、エルメリンダ様に……」

二人に口止めをした上で、昨日のことを大枠で告げる。副会長であるイヴァーノにはもちろん、花に詳しそうなメーナの意見も聞きたいからだ。

元々ヴォルフは自分の付き添いとして、ゾーラ家に行ってくれたのだ。責任追及をされるならば、こちらでもフォローしなくてはいけない。

「なんで店員はこの花を選んだんですか？」

「傷つけたのでお見舞いの花をと、ヴォルフが店の方に頼んだんですが……既婚女性だとも、次に会ったらお詫びをとも、ちゃんと伝えていたはずです」

イヴァーノとダリヤが声を落として話していると、メーナが軽くうなずいた。

「ああ、なるほど。それ、ヴォルフ様がおっしゃったら、『貴族の既婚女性をふったけれど、今まで楽しかったと伝えたい、もし次にまた会うときはよろしく』って、とられたんじゃないですか？」

「ええ？」

「怪我と病気のお見舞いっていえば、淡色のブーケが多いじゃないですか。そうじゃない上に、本人が開ける箱入りでしょう。悪くとるなら、旦那さんに内緒でまた会いたいとかにもとれますよね。中央区の高い店だから、いろいろ深読みされすぎたんじゃないです？」

「うわぁ……」

完全に誤解コースまっしぐらではないか。ヴォルフに心から同情した。

「イヴァーノ、うちからもオズヴァルド先生のところに何かできるでしょうか？」

「そこは会長の判断になりますが——ヴォルフ様を『身内』とお考えなら、うちから見舞いを出せますよ」

「お願いします！」

ダリヤは即答した。ヴォルフは友人で商会保証人だ。全力でカバーしよう。

頼れる部下は黒革の手帳をぱらりとめくると、即座に提案を返してくる。

「黒の蠍酒《スコルピオ》に、『日頃の教えのお礼もかねて』とメッセージを付けて贈れば返されないでしょう。エルメリンダ様は――蜂蜜酒がお好きなようですね。蠍酒《スコルピオ》とセットで上物を贈ります」

それを聞いたメーナが、目を丸くしてイヴァーノを見る。

「副会長、奥様の酒の趣味まで調べてるんです？」

「これはわざわざ調べなくてもいいぐらいですよ。以前、エルメリンダ様とその仲間は、上級冒険者の中でも有名だったんです。『刃風《はかぜ》のエル』の二つ名もあるほどで。やたら強い上、引退する冒険者のポケットには金貨をねじ込み、食えない若手には食堂でツケをさせ、代わりに支払っていたりしたそうですから」

「人気があるわけですね。まだ仲間の方達は冒険者を続けてらっしゃるんでしょうか？」

「いえ。何年か前、魔物との戦いで仲間の一人が亡くなり、解散したそうです。エルメリンダ様もそこで引退なさってます。もっとも冒険者に復帰してほしいとか、冒険者ギルドで先生をしてほしいとか、いまだに勧誘はあるみたいですけど」

外でも何度か見かけているが、エルメリンダはいつもオズヴァルドの隣にいる。条件のいい勧誘があったとて、彼女が受けるとは思えない。

「オズヴァルド先生も来年は子爵ですし、王城に高位貴族家にと出入りしています。無理な誘いはないと思いますよ」

「そうですかね？　昔、貴族男が『刃風のエル』に無理に求婚をしたもののフラれたとかいう噂《うわさ》がありましたけど、まだあきらめていないのとかがいませんか？」

「エルメリンダ様は、既婚ですよ？」

メーナがあまりに意外な話をするので、確かめるように聞き返してしまう。

確かにエルメリンダは美人だし、元上級冒険者として有能なのもあるだろう。だが、すでにオズヴァルドという夫がいるのだ。声をかけても絶対に無理だ。

「ゾーラ商会長がいなくなれば、第三夫人のエルメリンダ様と再婚できるかもしれませんよね。だから心配なんじゃないです？」

「え……？」

メーナの話を頭の中で組み立て直し、ようやく薄く理解する。

オズヴァルドが他から狙われる可能性があるから、エルメリンダが護衛をしているということで――途端に彼ら二人が心配になった。

だが、隣のイヴァーノは微笑んで話を続ける。

「メーナもなかなか噂話に詳しいですね。でも、ちょっと話が遅いようなので補足しておきます。その高位貴族はとっくにご病気で亡くなられていますし、オズヴァルド先生とそのご実家は、爵位を超えて顔が広いので心配ありません。それにお二人がよくご一緒なのは、他の奥様方の勧めだそうですよ」

「それ、ゾーラ会長を守るためじゃないんですか？」

「逆ですよ。ゾーラ家の一員だと知らしめて、エルメリンダ様を守るためでしょう。そもそも、第二夫人のフィオレ様も、第三夫人のエルメリンダ様も、第一夫人、カテリーナ様のご実家の養女ですから。全員、子爵家のご息女ということになっています」

第一夫人のご実家とも関係が良好で、妻同士も近しい。ゾーラ夫妻達はとても仲がいいらしい。

願わくば息子のラウルも、父であるオズヴァルドと楽しく話ができればいいと思ってしまうが――他人の自分が言えることではないだろう。

「さて、雑談はここまでで。会長、これは『特別納品』の分ですよね？」

十台ほど布に包んだ小型魔導コンロを指さし、イヴァーノが確認する。

その紺藍の目が悪戯《いたずら》っぽく光ったので、ダリヤはきっちり言い返す。

「『特別納品』じゃないです。私が作って、ロセッティと名を入れただけの、普通の小型魔導コンロです」

「いや、そこが特別なんですよ。どうしても名を刻んだのが欲しいと、ガブリエラ様に泣きつく方々がいるんですから」

『ロセッティ』と名を刻むのは魔物討伐部隊の遠征用コンロだけの予定だったが、貴族用やら贈答用やらで、一定数を作り続けることになってしまっている。

作るのは苦ではないのだが、名入りを自慢されるのは、ちょっと落ち着かない。

「会長、それ、一個一個刻むの大変でしょう。もう焼き印か消えないスタンプでも作った方がいいんじゃないですかね？」

「考えておきます……」

確かにメーナの言う通りである。

ダリヤが今後の刻印について考えているうちに、二人は荷物を運んで出ていった。


冬空の下、まとめて箱を手にしたメーナは、上司の背に声をかける。

「副会長って、すごい情報通ですね」

「いえ、たまたまですよ。噂雀《うわさすずめ》のメーナの方が、いろいろな話を聞くでしょう？」

噂雀とは、金銭をもらい、与えられた話を王都の食堂や酒場などで撒《ま》く者のことだ。メーナの二つ目の仕事で、貴重な収入源である。

「どうでしょう？　僕が聞くのは『誰かの撒きたい噂』だけなんで」

そう答えながら、馬車の床に毛布を敷き、小型魔導コンロの包みをそっと並べていく。

商会員である自分も、ロセッティの名を刻んだ小型魔導コンロをもらった。世話になっている会長が直に手にし、その名を刻んだものということで、ありがたく大事にしている。

だが、それとは別に、『ロセッティ』と刻んだこと自体で価値がつく、それをご本人はまるで理解なさっていないらしい。

メーナがまだ商会員ではない頃、噂雀として酒場に撒いたのは、とある商会長の、王城騎士団、魔物討伐部隊への遠征用コンロ納品までの顚末だ。

苦心の末に作り上げた遠征用コンロを、己の利益を削ってまで値を下げ、魔物討伐部隊へ届けた庶民の魔導具師。コンロの裏面にその名を刻み、隊員達の無事を祈り応援する、けなげな女――その話は、噂雀の後押しなどいらぬほど、酒場でずいぶんと盛り上がった。

劇のような見事さに、吟遊詩人達が歌うのをやめ、メモを取っていたほどだ。

ある酒場では、『酒を奢《おご》るから、もう一度最初から教えてくれ』と、吟遊詩人につかまり、解放までに長くかかった。

しばらく後に酒場に行くと、今度は自分がロセッティの遠征用コンロの話を聞かされる。

瞬く間に噂が咲いていく有様には、雀の己が笑ってしまった。

だが、撒いた噂がすべて本当のことだと知ったときは、さらに笑うしかなかった。

あの噂の依頼主など聞かなくともわかる。間違いなく、目の前のこの男だ。

『紺の烏《からす》』の二つ名通り、庶民でありながら貴族の間を悠々《ゆうゆう》と飛び回り、利を集めるロセッティ商会の副会長。

噂雀の自分よりあらゆる情報に詳しく、時折、貴族めいた耳の良さをのぞかせる。

すでにオズヴァルドの元にいた『刃風のエル』を、少々無理に手に入れようとした貴族。彼は、急な心臓の病で亡くなったと聞いている。それはある意味、とても都合のよいお話で――メーナは努めて軽い口調で問うてみた。

「副会長、さっきの高位貴族が病気で亡くなったのって、本当です？」

「ええ、きっと天罰でしょう」

イヴァーノは顔色ひとつ変えずに言い切ると、ダリヤを迎えに塔へ入っていく。

御者台に向かうメーナは、口元を指で隠しつつ、無表情になった。

「副会長も、もう『そっち』か。貴族って本当にわからない……いや、わかりたくないいな」

苦く落ちるつぶやきは、誰の耳にも届かなかった。

王城魔導具制作部見学

「緑の野菜ジュース、か……」

王城、魔物討伐部隊棟の会議室、グラートが前に置かれたグラスに懐疑的な目を向けている。

同席しているのは、ダリヤとイヴァーノ、そして魔物討伐部隊の六名、王城の魔導具制作部から一人、なぜか財務部長のジルド。

書類を配るために聞いた人数から二人増えているが、名前の確認はしない。

全員の前にあるのは、小さめのグラスに入った緑の野菜ジュース――いわば青汁である。

市場によく出回る青菜、前世の小松菜のような葉ものを中心に、旬の野菜とリンゴを加えた、苦さを抑えた飲みやすい味だ。

基本の配合はメモしたが、実際に作って調整してくれたのは王城の調理人達である。

食材刻み器の改良型である、大きめの粉砕機で野菜とリンゴを粉砕し、少しだけ水を加えた、滑らかな出来だ。

果物ジュースに関しては王城内でも一定の需要があるそうで、手慣れたものだった。

「これは諸々《もろもろ》の体調不良に大変効きそうですね」

魔物討伐部隊の副隊長、グリゼルダのグラスはすでに空《から》だ。

彼が今、手にしているのは、ロセッティ商会の配った書類である。

野菜不足のマイナス点やお通じの話など、イヴァーノがオブラートに包んで格調高い文章にしてくれた。口頭で事細かに伝えなくていいのはありがたい。

「妻もこちらを愛飲しておりますが、肌にも効果があるそうです。遠征ではいろいろと不快なこともありますから、導入したいところです」

すでにグリゼルダは乗り気らしい。その言葉に、茶金の髪の騎士が身を乗り出す。

「肌にも？　遠征が長くなるとかゆみが出るので――水虫ではなく、湿疹が出やすいというのもありますので、改善されるならぜひ飲みたいところです」

「確かに、遠征が長くなると肌は荒れるな。鎧《よろい》ですれたところも治りづらい。まあ、ゆっくり風呂に入れぬのもあるだろうが」

水虫と汗の問題が減っても、かゆみと皮膚の荒れは残っていた。こちらもなかなか切実である。

「……緑の野菜がなくても、人は生きていけると思うのだが」

話し合いが進む横、迷いを込めた小さなつぶやきが落ちたが、微妙に聞き返せない。

「これは青臭さも苦みもなくていいですね。そのへんの食堂の野菜ジュースより、ずっとうまいですよ。二日酔いの朝にも効きそうです」

明るいドリノの声に、何人かが深くうなずいた。

野菜ジュースは庶民女性の美容法の一つでもあり、それなりに普及している。

飲んだことのある者も多いようだ。二日酔いのときに飲むというのは初めて聞いたが。

「ダリヤ先生、こちら、遠征へはどのようにして持っていくのがいいでしょうか？」

「冷凍するか冷やして、状態保存のかかった容器に入れて頂ければと思います」

「冷凍……では、氷の魔石がそれなりに要りますな」

「一日分ずつ小分けにし、順次開ける形にすればいいでしょう。氷の魔石を使用する際、開け閉めをするのは非効率的です。冷凍庫では重量が増しますので、クラーケン製の袋をお勧め致します」

見事な提案をしたのは、墨色《すみいろ》の髪に藍鼠《あいねず》の目をした男だ。ダリヤより一回り近く上の年齢だろうか。会議前に、『王城魔導具制作部・副部長のカルミネ・ザナルディ』と名乗りを受けた。

挨拶を返しつつ、その名の響きに父カルロを重ねて思い出したのは内緒である。カルミネは王城魔導具師らしく、白いシャツの上、黒いローブを羽織っていた。

「それであれば魔石の消費も抑えられ、追加の八本脚馬《スレイプニル》の費用も不要ですな。緑の野菜ジュースの導入は、今期の予算で賄えそうです」

すでに導入予算を計算し始めているらしいジルドがいた。相変わらず仕事が大変に早い。

その隣、グラートは赤い目でいまだ手をつけていないグラスを見ている。

「隊長、もしかして、野菜ジュースがお嫌いです？」

「――そんなことは、ない」

よほど嫌いらしい。勇気ある質問をしたドリノも、隊長の眉間の深い皺《しわ》に、先を続けられず口を閉じた。

「青臭さや苦みはどうしてもありますので、苦手な方は無理をしてお飲み頂かなくてもいいと思います」

「人には好みというものがありますからな」

ダリヤの後、ジルドがフォローを入れてくれたが、隊長の表情《かお》は微妙に険しい。

食べ物には好き嫌い、向き不向きがあるのだ。仕方がないだろう。

「隊長、問題ありません。青臭さや苦みは蜂蜜を入れれば消えます」

ランドルフが瓶の蜂蜜を取り出し、スプーンを使用することなく、手元のグラスにたふりと入れる。一口二口しか残っていない野菜ジュースに、同量以上の蜂蜜——彼に関しては、栄養問題より糖尿病が心配になってきた。

「ランドルフ、その入れ方はやめた方がいいと思う……」

「おい、森の熊、虫歯になるぞ」

「ならん。歯磨きはしている」

隣の茶金の髪の騎士が、ささやきでからかう。真顔で否定するランドルフに笑ってしまいそうになった。

「そういえば、長い遠征中は歯磨きが適当になるからか、虫歯よりも歯茎がゆるむことが……いや、年だな」

黒茶の目を伏せたのは、常にグラートの隣にいる騎士だ。『歯茎がゆるむ』という部分が妙に引っかかった。

「あの、長い遠征では、怪我《けが》をした後、血が止まりにくくなったりすることはありませんか？」

「いや、魔導師に治療をしてもらうかポーションを使うので、そういったことはないが。もしや、遠征のときに歯茎がゆるむのは別の原因だろうか？」

言われて認識した。今世、魔法とポーションがあるので、怪我の治療は速度と価格が優先で、血が止まるまでの時間を確認するという感覚はない。

「歯磨きの問題もあるとは思いますが、野菜や果物を摂《と》らないでいると、血が止まりにくくなったりすることがあると、どこかで読んだ覚えがありまして……」

言いかけて濁す。前世で聞いたことのある『壊血病《かいけつびょう》』、あれは確かビタミンC不足が原因で起こる病気ではなかったか。詳しい知識がないのが悔やまれる。

遠征食にはドライフルーツもあるので違うかもしれないが、どうにも気がかりだ。

「『大船乗りの病』ですね。海は周りが塩だらけだから、酢で中和するためにリンゴ酢を飲むのだとか。遠征は陸地がほとんどで、周囲に塩はないので大丈夫だと思いますよ」

にこやかに教えてくれたのはグリゼルダだ。

壊血病、ビタミンCに関しては前世の知識である。海の塩を酢で中和するといった話ではないと、言うに言えない。それに、もしかしたら今世では本当にそういう原因だという可能性もある。

「北の地方では、寒さで血が淀《よど》むので、夏の間にリンゴ漬けや酢キャベツを作るそうだが……」

ジルドが顎《あご》に手を当てて考え込んでいる。

理由はそれぞれだが、どうやらこちらの世界でもビタミンC不足の解消方法、もしくは不調の対策がなされているようだ。

「次の中期遠征で試し、隊員にアンケートを取ってみてはいかがでしょうか？」

「そうすることにしよう」

副隊長の提案を受け、グラートはうなずいた。

そして、そのままグラスを手にし——眉を寄せつつも、一気に飲んだ。

「……飲めたな」

数秒後、拍子抜けしたように言う彼に、緊張の解けた隊員達が笑う。同席者もそれぞれに表情《かお》をゆるませた。

「昔、ひどくまずいものに当たってな。以来、匂いで避けていたのだ」

ちょっと苦笑したグラートだが、いつもの表情に切り換わった。

「ロセッティ、こちらの製造はどこに頼む予定だ？　商会で新部門を立てるか？」

「いえ、王城の食品関係か、もしくは干し野菜とドライフルーツを納入している業者さんに、お願いできないかと」

「それならば導入は早いでしょうが、今後は定期的な利益になりますので、せっかくですから立てられては？」

気にかけてもらえるのはありがたい。だが、これに関してはすでにイヴァーノときっちり打ち合わせをしてきた。ロセッティ商会では、きっと手が届かない。

「お言葉をありがとうございます。残念ながら、当方では野菜に詳しい者がおりませんし、野菜は時価ですから、いいものを旬の時期にまとめて購入し、冷凍したいので――それは今まで携わっていた方々が適任かと」

「安全面の問題もあります。輸送時の腐敗や異物の混入を防ぐには、現在の関係者や業者様の方が信頼できます」

ダリヤの言葉の後、イヴァーノが補足してくれる。

確かに、輸送時間は気になる。調理後すぐに冷凍なり冷蔵の上、状態保存のできる容器に入れた方がいい。異物混入はやはり気をつけたい。輸送中に虫でも入ったら事である。

「ロセッティ商会長、粉砕機はどうなさいますか？」

不意にカルミネに尋ねられ、ダリヤは急いで声を返す。

「できましたら、すでにあるものをお使い頂ければと思います」

「これは少々繊維が気になりませんか？　もう一段細かくてもよろしいかと」

手元のグラスをゆらりと動かし、藍鼠の目がじっと観察する。確かに、繊維感が多めに残っていた。

これでもよいかと思ったが、気になる者はいるかもしれない。だが、濾過《ろか》してしまうと食物繊維が少なくなってしまう。悩ましいところだ。

「そうですね。その場合、今回より小さい粉砕機を使った方がいいでしょうか？」

「いいえ、大型で一気にできる粉砕機を制作した方が早いかと。風の魔石を五つ以上使い、刃の数か形状を変更すればいいのではないでしょうか？」

「なるほど……！」

風の魔石を五つ以上とは恐れ入った。ダリヤは三つ以上を使ったものを作ったことはない。なんとも憧《あこが》れる。

「では、魔物討伐部隊用粉砕機は、ロセッティ会長の方で制作なさいますか？」

「いえ、それに関しては魔導具制作部の皆様にお願いできればと思います」

即座に刃の数と形状の話が出てくるあたり、すでにカルミネの頭の中では試作の構想が組まれていそうである。自分よりずっと早く作ってくれそうだ。

それに、人にはやはりできるできないと向き不向きの両方がある。

「ご遠慮なさらずとも。当方では魔物討伐部隊の相談役として、ロセッティ商会長に敬意をもっております。場所は魔導具制作部で準備致しますし、助手が必要であれば当方から出しましょう」

「お気遣いありがとうございます。ですが、私では魔力が足りず、大型の魔導具制作ができません。風の魔石三つ以上を使った魔導具を一人で制作したことはありませんので——ですから、魔導具制作部の皆様にお願いできればと思います」

初対面の自分に魔力数値は聞きづらいだろう、そう思い、風の魔石三つ以上と告げた。

「……そうですか」

カルミネは一言の後、口を開きかけてやめた。唇を内側に少しだけ巻き込み、白くなるほど閉じている。

魔力の少なさを呆《あき》れられたかと思ったが、自分が庶民なのはすでに名乗りで知られている。となると、他に考えられるのは、魔導具制作部の予定が厳しいのではないだろうか？

忙しいところに、追加で丸投げされる面倒な案件、丸投げした本人は逃走——絶対に許せん。

自分一人では作れぬにしろ、できる範囲で関わるのが最低限の礼儀だろう。

前世、ただただ働いて過労死した職場を思い出し、ダリヤは拳《こぶし》をきつく握る。

「ザナルディ副部長、もし叶《かな》いますなら、大型の粉砕機の制作に関し、ご教授を願えませんでしょうか!?」

つい声が一段大きくなってしまった。

勢い込んで言った自分に、周囲が一斉に振り返る。かなり恥ずかしい。

斜め向かいのカルミネにいたっては、藍鼠の目を自分に向け、二度、瞬《まばた》きをした。

完全に呆れられたようだ。『申し訳ありません。ご無理なお願いを大変失礼しました』、そう言おうと口を開きかけたとき、彼は大きく破顔した。

「喜んで。私もぜひ、ロセッティ商会長にご教授願いたいと思っていたところです」

そうしてカルミネの許可を得たことで、ダリヤも大型粉砕機の制作に関わることとなった。

王城の魔導具師といえば、魔導具師の待遇・環境としては最高峰、エリートと言われる。高等学院の魔導具科では、最も憧れられていた就職先だ。

確か、受験資格で魔力が十以上、保証人が三人といった大変さだった。ダリヤは父の元で働くつもりであったので、考えもしなかったが。

王城魔導具制作部では、自分など足手まといにしかならぬかもしれない。

だが、魔物討伐部隊の健康につながるであろう魔導具だ。精一杯できることをやろう――ダリヤは内でそう決意していた。

「ロセッティ会長、よろしければ、この後、魔導具制作部棟をご覧になりませんか？」

「ご迷惑でなければ、ぜひお願い致します」

即答してから、はっとする。自分は魔物討伐部隊の相談役である。隊長の許可も得ずに答えてどうするのだ。先に了承を得るべきではないか。

「あの！　グラート様のご許可が得られればですが」

慌ててその顔を見れば、笑いを堪《こら》えた顔でうなずかれた。

「ザナルディ副部長、魔物討伐部隊《う　ち》のロセッティへの案内、こちらでも願いたい」

「もちろん、喜んでご案内致します」

「一つ確認だが、今日の見学は魔導具制作部の一課と二課で間違いないな？」

「はい、本日は一課に部長がおりますので、できればご紹介をと思っております」

「そうか」

魔導具制作部は、いくつかに分かれているとは聞いていたが、詳しいことは知らない。どんな魔導具を作っているのか、とても気になる。まだ話が終わっていないのに気持ちが沸き立った。

その後、大型粉砕機についての話を再開し、試作ができあがった時点で再度打ち合わせをすることとした。

王城内の関係者、業者に関する調整は、隊と財務部の方で話を通してくれるという。イヴァーノの負担にならぬようでほっとした。


打ち合わせが終わると、カルミネが自分へと歩み寄ってきた。

「ロセッティ商会長、では、これから副会長もご一緒に――」

「イヴァーノとは少々、次の納品について相談したいのでな。ヴォルフ、代わりに護衛としてロセッティに付け」

「はい！」

「……私も魔導具制作部に予算関連の用向きがある。同行しよう」

王城内、しかも初めて行く場所である。ヴォルフが一緒なのは大変心強い。

だが、なぜジルドまでついてくるのだ。目立つことこの上ないではないか。

そう思った直後、今までのジルドとのことを振り返る――彼はロセッティ商会の保証人として、気を使ってくれているのかもしれない。

ヴォルフも自分も王城の礼儀作法で苦労した前歴がある。いまだ完全とは言いがたい。しかも自分は庶民である。内定したとはいえ、まだ男爵位があるわけでもない。

きっと何も説明してはくれないが、ジルドはいろいろとフォローしてくれるつもりなのだろう。

「……ありがとうございます、ジルド様」

隣に来たジルドに、小さく礼を告げる。彼はこちらを見もせずに、同じく小さく返した。

「些細《ささい》な、ついでだ」

相変わらず親切がわかりづらく——いや、この応答こそジルドらしいのかもしれない。

ありがたく同行して頂くことにした。

「ロセッティ会長は、魔導具制作部について他からお聞きになったことはおありですか？」

「いえ、ございません」

「王城の魔導具制作部は三課に分かれています。一課は騎士団関係、武具や防衛に関する魔導具、二課は生活関連魔導具を、それぞれで開発・保守しております。三課は——魔導具師や錬金術師が、一課二課に当てはまらぬ学術的魔導具研究を各自で行っております」

「学術的魔導具、ですか？」

「はい」

カルミネの藍鼠の視線が、空を見るように遠くなった。

「人が自由に空を飛ぶ方法や、人の命令で動くゴーレム、動物の言語の翻訳器、潮の満ち引きの制御器、首無鎧《デュラハン》の動力源研究など——いまだ一つとして、日の目を見ておりませんが」

「夢のような研究ですね……」

想像して、思わずため息が出てしまった。なんという浪漫《ろまん》だろう、自分が作っている家電的魔導具とはまったく別の方向、まさに前世のファンタジーと呼べる研究ではないか。

限りなく難しそうだが、実現したらすばらしい魔導具ができそうだ。

もしかすると自分が生きている間に、そんな幻想的な魔導具を見ることができるかもしれない。

とてもとても興味深い。

「ダリヤ嬢、参りましょう」

想像して内で心を躍らせていると、ヴォルフに名を呼ばれた。珍しく貴族モードの彼に、はっと我に返る。

すでにカルミネの背が、会議室のドアを過ぎようとしていた。


「よいせっと」

ダリヤ達が出ていき、会議室から皆が退室する中、ドリノは少しずれた椅子を軽く直す。

別に自分の仕事ではないのだが、実家の食堂での癖がつい出てしまう。

ランドルフは大盾のスペアの件で、イヴァーノと副隊長と共に武具置き場へ出向いている。

隊長と先輩騎士、そして椅子を直していたドリノだけが室内にいる形となった。

それにしても、一体どこまで魔導具が好きなのか――先ほどのダリヤを思い出すと、くつくつと笑いがこみ上げてくる。

魔導具制作部の見学に期待し、夢物語としか思えぬ魔導具の話に心を躍らせている横顔は、まるで玩具《おもちゃ》を前にした子供のよう。部屋を出ようとするときに、あわてて隊のローブを羽織っていた。

そんな彼女が幻滅しなければいい――それがドリノの正直な思いだ。

グラートが魔導具制作部の一課二課と念を押し、三課を入れなかった理由は自分にもわかる。

『学術的魔導具研究』とは、なんともうまい言い方だ。

三課には高位貴族の子弟で高魔力の者達が多いが、胡散臭《うさんくさ》いものばかり研究しているという噂《うわさ》だ。

魔力暴発やボヤ騒ぎがあったりと、評判も安全性も低い。

問題児ならぬ問題人物の集まり――しかし、相手が高位貴族故に文句も言いづらい。

隊長がヴォルフをつけたのは、ダリヤの緊張を取るためだろう。

ジルドがついていったのは、侯爵の地位と、いざというときの盾役か。

以前、ふざけんなと思った男ではあったが、今はそう悪くない。あのわかりづらさと格好つけはあまり好きではないが。

「グラート様、お加減は――本当に問題ありませんか？」

「ああ、大丈夫だ」

「吐き気があるようでしたら、紅茶か水を持って参りますが」

「不要だ。もう少しすれば茶の時間だろう」

ドアの手前、グラートに念を押す騎士の懸命さに、ドリノは首を傾《かし》げる。

確かにまずい緑の野菜ジュースも多いが、以前の遠征での食事を思えば、それほど差があるとは思えない。それに、隊の食事会では、グラートがサラダに手をつけていた記憶がある。

「隊長、昔のはそんなにまずい野菜ジュースだったんです？　死ぬほど苦いのに当たったとか？」

「ああ、七転八倒し、その後にトイレに籠城《ろうじょう》した。どこで飲むにしろ、外では腕輪を外すなよ、ドリノ」

魔物討伐部隊の希望者には、解毒の腕輪や指輪が貸与される。

遠征中はもちろんだが、日常でも外部での食事ではつけるように指示されているのだ。

名目は体調管理だが、魔物討伐部隊は人気がある分、やっかみを受けることもある。過去には王都の店で、酒や食事へ下剤を入れるといった嫌がらせもあったそうだ。そのための対策でもある。

解毒の魔導具は、貴族であれば持っていて当然だが、下町の庶民には少しお高い品だ。ドリノもありがたく借りている。

しかし、隊長が腕輪を忘れるとは珍しい。それに腹を下すほどひどい野菜ジュースとは、腐りかけの野菜でも使ったか、野草でも混ぜたか――侯爵家のグラートが、一体どこでそんなひどいものを飲んだのか。

「気をつけます。でも、隊長がそんなものを、どこで？」

「……まだ青い時分、襟をゆるめた場で出された。東ノ国《あずまのくに》から入ってきた草が混じっているものをな」

グラートが苦く笑い、空になったグラスに振り返る。

彼が若い時分に襟をゆるめたのは、気の置けぬ女のいる場か、花街か――そこで飲んだ緑のジュースは、なかなか堪《こた》えたらしい。

東ノ国の薬草といえば、風邪などに効くものから疲労回復、滋養強壮までと幅広い。

いつもの調子で流そうと、ドリノは明るく笑った。

「その草、森大蛇《フォレストラスネイク》の親戚かなんかです？　隊長、効き目がありすぎたんじゃないですか？」

「ドリノ！」

少々軽口がすぎたらしい。黒茶の目の先輩に、声だけで叱《しか》られた。

「確かに効いた。その後に緑の汁ものがだめになるほどにな。それと、確かに『緑の王』つながりではあるやもしれぬ」

グラートは笑んだが、そこにいつものぬくみはなく——その赤い目が、困った生徒を見る教師のように自分に向いた。

「飲まされたのは『草ノ王《くさのおう》』——臓腑《ぞうふ》を灼《や》く毒草だ」

◆◆◆◆◆◆

王城の魔導具制作部棟は、中央の三つの塔がある建物の反対側の敷地にあるらしい。

らしいというのは、馬車での移動であり、どう移動しているのかはっきりとわからないからだ。

王城の敷地はとにかく広い。ダリヤ一人では迷子になるかもしれない。

「左が魔導具制作部一課、右が魔導具制作部二課です」

馬車を降りた先、見上げる建物は二つとも王城の基調色である白い石造り、それぞれ四階建てだ。

冬のせいか、大きな窓はほとんど閉じられている。白い磨《す》りガラスのため、外からは中の様子が窺《うかが》えなかった。

一課の入り口、扉の脇には赤い旗が、二課には青い旗が飾られている。大きな旗の紋章は二つとも同じ——満ち欠けする八つの月を背後に、翼を広げる鳥がいる。その足元、羽根ペンらしきものが見えた。

「では、一課からご案内を――ああ、ロセッティ商会長、スカルファロット殿、よろしければ、私のことは『カルミネ』とお呼びください。魔導具制作部内では『ザナルディ』の名を持つ方が他におりますので」

「ありがとうございます、カルミネ副部長。では、私のことも『ダリヤ』とお呼びください」

「恐縮です。私も『ヴォルフレード』とお呼びください」

「これは光栄です。では、皆様、参りましょう」

中に入ると、正面が受付だった。白い大理石のカウンターの向こう、部内の者が一斉に立ち上がり、視線を下げる。

先頭がカルミネ、次にジルド、自分、そしてヴォルフである。こうも丁寧な挨拶や対応は、財務部長で侯爵のジルドのためだろう。

緊張感漂う中、カルミネが魔物討伐部隊からの見学であると簡単に説明した。

受付の隣、複数の騎士が待機する場があった。騎士関連の魔導具を作るのだ、一定数はいるのだろう。そこでも似た対応を受けた。

少々緊張しつつも、そのまま二階へと上がる。

上がってすぐの部屋、二枚の扉の前にカルミネが立つ。すると、ノックもしていないうちに扉はするすると左右に開いた。

前世の自動ドア、そして緑の塔の門のような仕組みに、目が丸くなる。機構がとても気になるところだ。

「扉の前に一定の重量がかかると自動で開きます。荷物を持っているときに便利です。ダリヤ会長お一人では開かないかもしれませんが」

「いえ、きっと開きます！　大丈夫です！」

興味が顔に出すぎていたのだろう、カルミネの微妙なリップサービスに慌てて返す。

「きっと開かないよ」

ヴォルフは後ろでこそりとささやくのをやめてほしい。危うく振り返るところだった。

なお、何と言い返すべきかはまったくわからない。

「こちらは作業室の一つです。主に防具関連の制作を行っております。失礼ながら、見学の方がいらしても作業中の者は手を止めないことになっておりますので、ご了承ください」

部屋に入ると、そこはかなり広いスペースを取った作業室となっていた。

王城魔導具師のローブをまとう者、白衣姿の者、騎士など、二十人近くが作業をしている。

付与の準備らしい薬液を作っている者、盾に硬質化をかける者など、様々だ。

一部の者がこちらを気にしているが、ほとんどは作業に打ち込んでおり、視線を動かすことすらなかった。

白い机の上に並ぶのは、騎士団で使用されていると思われる盾や防具。魔物討伐部隊で使っている鈍い銀色や灰色ではなく、純白や金銀に輝くものが多い。一部、青い鎧や赤い盾もあった。

部屋の一角、きらきらを通り越し、ぎらぎらとした赤い魔力に視線が惹《ひ》きつけられる。

付与を行っている赤髪の魔導具師は、ダリヤと同じぐらいの年代に見えた。

「あちらは近衛隊の小盾に、火魔法の耐性上げを付与中です。近衛の小盾は硬質化の後、火・土・

水・風のうち、二種か三種の魔法耐久を上げることが多くなります」

「四種の付与はなさらないのですか？」

「近衛の者はほとんど固有魔法を持っておりますので、同じ系統は付けません。治癒魔法や身体強化のみの近衛がいれば、硬質化の上、四種を付けることもあると思いますが」

硬質化と各種魔法の防御耐性——まさかの五重付与である。

できるものならばヴォルフの鎧に付けてほしい。そして、魔物討伐部隊員の各自が持つ魔法に合わせ、付与した鎧も欲しいところだ。

「ただ、あれは魔法耐性を一定の基準に上げるだけです。近衛はいわば王族の盾ですから、硬質化もあくまで後方防衛向けで、攻撃を弾《はじ》く分、本人に負担がかかることもあります。近接の中級魔法数回でも壊れますし。作るのに時間がかかるのですが、近衛の訓練での破損も多く、なかなかバランスの難しいものです」

残念ながら魔物討伐部隊には合わないかもしれない。魔物との連戦や、長い遠征では受ける攻撃も多いだろう。

しかし、あれだけ付与のある小盾が破損するとは、近衛は一体どんな訓練をしているのか、ちょっと怖い。

「この革で二層はできるはず……条件が……」

部屋を進む中、端で壁に向かってぶつぶつとつぶやきつつ、右手でメモを取り、左手で魔物の大きな革に触れている魔導具師がいた。その熱心さに、声をかけてはいけないことだけはわかる。

「彼は革鎧の付与を研究中です。革は金属より軽いですが、防御力に劣り、付与もしづらい面が——」

「副部長、革は金属に劣りません！　いい付与方法が見つかるか、龍の皮など高品質の素材が入手できれば解決します」

聞こえていたらしい、振り返って言い切った青年に、素直に感心する。

「……申し訳ありません、お客様もご一緒とは存じあげず」

目が合うと、彼はばつが悪そうに詫《わ》びてきた。赤茶の目がおどおどと揺れている。

おそらく『革』以外の単語は耳に入っていなかったのだろう。

「いえ、お仕事中にお邪魔しております。あの、そちらの革はワイバーンでしょうか？」

「はい、ブラックワイバーンの背、首から少し下がったところです。残念ながら少し小さい個体ですが」

革としては良い部位なのだろう。確かに深い黒で、艶《つや》やかだ。

「きれいな革ですね。とても丈夫そうです」

「はい、見た目もとても美しいですし、衝撃強度にも魔法防御にも優れています。ただ、その分、加工と魔法付与には時間が必要で——ブラックワイバーンの装備を一式作り、次にブラックワイバーンや九頭大蛇《ヒュドラ》が出たときの対策としたいのですが、まだしばらくかかりそうです」

軽量で丈夫なブラックワイバーンの装備一式——魔物討伐部隊にぜひ欲しいものである。

ブラックワイバーンにも九頭大蛇《ヒュドラ》にも出てきてほしくはないが。

「ワイバーンですと、手袋などもあるようですが、そちらもお作りになるのですか？」

魔導具関係で使用される手袋を思い出し、尋ねてみた。

あれはもっと薄く柔らかで、これとは質感が違う気がする。

「はい、弓騎士の手袋でワイバーンの腹部分の皮を使うことが多いです。閉じ開きがしやすいようにですね。手の甲《こう》の方は金属板で防御加工を行います。金属を使いたくない場合は、背側の皮でさらに補強します。ただ、個体ごとの魔力で皮の貼り合わせやつなぎが微妙に合わないこともあるので、調整に時間がかかるのです」

「なるほど、手袋でもいろいろな加工と調整が必要なのですね……」

手袋でそれである。装備であればさらに大変だろう。

皮は部位で強度も柔らかさも違う。一匹ごとの魔力の質や強弱も影響するのかもしれない。

いっそ、同じ一匹をミニサイズにする感じで作れればいいのだが。

「簡単に、ブラックワイバーンの着ぐるみができたらいいですよね」

「ブラックワイバーンの、着ぐるみ……？」

聞き返されて、はっとする。

前世の怪獣の着ぐるみを思い出して喋《しゃべ》ってしまったが、今世、顔を隠す仮面と頭だけの被《かぶ》りものはあっても、全身の着ぐるみはない。

「ええと、大きい一匹のワイバーンをそのまま小さくしたようなといいますか……兜《かぶと》はワイバーンの頭の皮で、手や足の防具は足の皮で、ワイバーンを丸ごと着られたらと思ったんです。鎧はお腹側も背中の皮で作らないと弱いかもしれませんが……」

気がつけば、目の前の青年は口をぽかりと開け、目を見開いていた。

きっと、自分の訳のわからない説明に呆れはてたのだろう。なんとも申し訳ない。

「すみません、おかしなことを申し上げて――」

「副部長！　ブラックワイバーン丸ごと一匹の使用許可を！」

「……丸ごとは駄目ですが、在庫を確認して、必要部位、必要量で希望書を出しなさい。前回納品から時間はそう経《た》っていません。運がよければそろうでしょう」

「はい、すぐに！　お客様、ありがとうございました！　急ぎますので失礼します！」

青年は自分に一礼し、その後にようやくジルドとヴォルフに気づいたらしく、あわてて再度一礼する。そして、限りなく駆け足に近い早足で作業室を出ていった。

「大変失礼しました。彼は研究熱心なのですが、少々周りが見えないところがありまして……」

「防御力は高そうですが、なかなか高価な装備になりそうですね」

困り顔となったカルミネを、ヴォルフがフォローする。

ブラックワイバーンのお値段が気になるが、防御力が上がるならぜひ欲しい装備ではある。

「ヴォルフレード殿、一つ尋ねたいのだが」

財務部長として値段のことで引っかかっているのだろう、ジルドがしぶい表情《かお》で問う。

「ワイバーンというのは上下関係が厳しく、会えば一度は序列闘争をすると聞いたことがあるが」

「はい、その通りです。縄張り意識が大変強いので」

「では、その丸ごとブラックワイバーンの装備に、他のワイバーンは引き寄せられてこないのか？」

「えっ？」

思わずダリヤは聞き返し、カルミネは額に指を当てて考え込む。

だが、ヴォルフはわずかに逡巡《しゅんじゅん》した後、あっさりと答えた。

「検証が必要だと思いますが、大きさがかなり違う場合は近づいての威嚇だけです。案外、いい囮《おとり》にできるかもしれません」

さらりと言われた内容がとても胸に刺さる。それは囮《おとり》役の者があまりに危険ではないか。

「なるほど、威嚇で降りてきたところを仕留めればいいわけか。ああ、カルミネ副部長、装備のサイズは魔物討伐部隊長に合わせてやるといい」

「え!?」

「死角の待ち伏せで、魔弓持ちの弓騎士が五、六人もいれば、ワイバーンでも余裕で落とせるのではないかね？　落とし損ねて少々近づいても、グラート、いや隊長には灰手《アッシュハンド》がある。飛べぬ手負いであれば焼けるだろう」

「なるほど！　その形であれば囮《おとり》というより罠《わな》ですね」

ジルドの提案にかなりあせったが、続く内容に安心した。

どうやら、それなりに余裕を持って仕留められる可能性が高いらしい。

「やってきたワイバーンは輪切りか、焼かれるかの二択ですか。その後の素材の状態を考えると、魔弓で仕留めて頂きたいところです」

カルミネが藍鼠の目を輝かせて言い切った。

この男も間違いなく、魔導具師だった。


ダリヤ達は広い作業室を出ると、通路先の別の部屋へと移動した。

「こちらは、ぜひ一度ダリヤ会長にご覧頂きたく――」

入った部屋は、高等学院の教室程度の大きさだ。

四つの作業台には義手と義足がいくつか並んでおり、奥で加工作業をしている魔導具師達がいた。

一番近いテーブルの横、体格の良い中年の騎士と緑髪の魔導具師が話している。

「だから、もう一段か二段、風魔法を強く入れてほしいのだ」

「これでもかなり強めに入っております。速さをお望みなのはわかりますが、これ以上はどうかと――」

困り顔の魔導具師が持つのは、薄い青緑色の義手だ。

向かいの騎士は右手が肘下からない。だが、がっしりした身体は、とても騎士らしかった。

「剣の加速がもっと速くなれば、魔物の首を落としやすくなるのだ。この手を囓《かじ》った牛頭鬼《ミノタウロス》の首を、今度こそ落とさねば！　……ん？」

話していた騎士が不意に振り返り、ヴォルフに朱色の目を留めた。

「ヴォルフレードではないか！　またひょろひょろと背だけ伸びおってからに」

「お久しぶりです、ゴッフレード先輩！　お元気そうで何よりです」

ヴォルフがうれしげな声で返した。どうやら魔物討伐部隊の先輩らしい。

騎士は『ゴッフレード・グッドウィン』と名乗って定型の挨拶をすると、少々不思議そうに自分を見た。この中で初対面は自分だけなのだろうと判断し、ダリヤは名乗りを返す。

「魔物討伐部隊相談役を仰せつかっております、ダリヤ・ロセッティと申します」

「ああ、あなたが、あの！　ベルニージ様からよくよく伺《うかが》っておりますとも！」

いきなり一歩近づかれた上、勢いよく言われた。その迫力に、思わずたじろいでしまう。

「このようにかわいらしいお嬢さんだとは驚きました。話を聞く限り、てっきり、魔導具を片手に隊員達を一喝する怖い女性かと……いや、失礼」

からからと明るく笑う男に、なんと言っていいのかわからない。

ベルニージは自分のことを一体なんと紹介しているのか。大変不安になってきた。

「本日はダリヤ会長に魔導具制作部をご案内しておりまして。魔導義手に関して、ご説明を願ってもよろしいでしょうか？」

カルミネが助け船を出してくれた。彼はとても有能な中間管理職だと思う。

「スカルファロット武具工房の魔導義手を、こちらで私向けに少々改造してもらっているのだ。もちろん、それぞれの許可は得てある。なんとか春までには隊に復帰したいのでな」

「こちらの魔導義手に、風魔法をご希望に沿って強めにお付けしました。すでに身体強化なしの素人でもレンガは砕けるほどの強化です。ただ、安全に使いこなせればの話ですが……」

光のない目になった緑髪の魔導具師に納得した。

危険性を説明しても無理に願われ、どうにもならずに付与をした後なのだろう。それをさらに上乗せし、責任問題になったらどうするのだ。

「大丈夫だ、貴殿の責任にはさせん。使う者は怪我を含め、何かあったら自己責任と、全員書類を出しているではないか」

笑いながら言う騎士に、頭痛がしてきた。

魔導義手・魔導義足を使う他の騎士達も同じようなことをしているらしい。

そのうちにベルニージに話をするべきか、それともグラートにだろうか。

その前にヨナスに聞いてみるべきか、心配な上に悩ましい。

「復帰希望者は全員、魔物の怨敵《おんてき》を目指しておるからな。一匹でも多く討てるよう、この魔導義手にもっと強い風魔法を入れてもらいたいのだ。なんなら、かかる費用は自分で支払うし、必要な素材があれば持ち込むぞ」

「しかし、現時点でこれ以上はやはり危険です」

「使うのは私だ、問題ない。作ってくれさえすればよいのだ」

問題ありまくりだ。

風の魔力でスピードの増した剣は確かに威力が増すだろう。だが、危険も増す。

筋を痛めるぐらいならばまだいい。肩の脱臼、背中の筋肉断裂などもありえる。

いくらポーションがあるとはいえ、そんなことを続けていれば身体がおかしくなるだろう。

「先輩、一度こちらでお身体を慣らしてから調整してはいかがです？　もしものことがあっては――」

「お前も大人になったものだなぁ。前は周りが心配してばかりだったというのに」

ヴォルフも心配して慣らしを勧めているのに、まるで聞く気配がない。笑って流そうとしている。

前世、自分の希望という名目で、危険性の上がる無茶な改悪を押しつけてきた客を思い出し、ダリヤは唇を噛《か》む。

安全を犠牲にして、製品の性能を上げようとしないでほしい。それは作り手の目指すところではない。

「あの！　魔導義手をお使いの際、左右のバランスが違いすぎると、肩や背中に重い負担がかかり、後でお身体を痛めることにつながるかと思います」

「……そうか、そちらも考えねばならんのか」

残念ながらも納得したらしい男に、ダリヤはほっとする。

目の前の担当魔導具師も、ようやく肩の力を抜けたようだ。

「左右のバランス……」

小さくつぶやいた騎士は顔を上げ、思いきり笑顔となった。

「動きの劣ったのろい左手を切り落とし、両腕とも魔導義手でそろえればよい！　それならば最強ではないか！」

「なんということを言うのですか！」

ひどい思いつきを自慢する男に、思わず大きな声が出た。

自分はそんなふうにするために魔導義足や義手を作ったわけではない。攻撃速度が上がるとしても、健康な腕を切り落として魔導義手にするなど、本人がよくても、家族も友人も嘆くだろう。

「ご自身にとっても、ご家族にとっても、大切なお身体ではないですか！　周りを悲しませてどうするのです！　怪我した部分を魔導具で補うのと、のろい腕を取り替えるのは別のことです！」

「す、すまぬ……」

「ダリヤ、そのあたりで……」

自分の腕をヴォルフがそっと引いた。

はっとして口を押さえるが、言ってしまったことは戻せない。声を荒らげた上、大変失礼なことを言ってしまった。

今世、治癒魔法があるおかげで、怪我に対する感覚が軽い者が多い。ひどい怪我が多いせいか、魔物討伐部隊は特に麻痺《まひ》しているように感じる。

この騎士に身体を大切にと言ったところで、通じないのかもしれない。

父にも言っていたが届かなかったこと――それが思い出され、ただ悔しい。

「のろい腕を取り替える、か……」

低い声で繰り返した彼に、ダリヤは謝罪しようと顔を向ける。

だが、先に頭を下げたのは、目の前の騎士だった。

「さすが、グラート隊長が膝をついて乞い願ったという相談役。うら若きお嬢さんなどと侮《あなど》った私を、どうか許して頂きたい」

「はい？」

話が見えずに聞き返すと、騎士はこくりと深くうなずいた。

「お許し頂き、痛み入る。ロセッティ先生のおっしゃる通りだ。私の鍛錬不足であった。取り替えるなどと愚かなことを言わず、ここからこの左手、いいや、この身を鍛えてみせよう、この魔導義手、『風掴《かぜつか》み』に釣り合うほどに！」

いろいろと待ってほしい、そういう意味で言ったのではない。あと、その名前は誰が付けたのか。

「魔導義手『風掴み』……！」

慌てている自分の隣、感嘆の声が響いた。黄金の目がきらきら輝いているのが、見なくてもわかる。誤解を解くのを手伝ってほしかったが、あきらめるしかなさそうだ。

「ヴォルフレード、魔導義足の方は『空駆《そらが》け』と名付けられているぞ」

「どちらも大変良い名だと思います！」

「だろう！　決まったときは皆で盛り上がってな！　その他、各自が使っているものには、昔、惚《ほ》れた女の名前を付けたり――ウォッホン！」

下手な咳《せき》で止めた言葉は聞こえないふりをする。

魔導具個々の名付けは使い手の自由である。口をはさむつもりはないので、ぜひ耳に入れないで頂きたい。

二人の会話から離れようと目をそらすと、作業机の上、大きな骨が目に入った。

「あの、こちらは緑馬《グリーンホース》でしょうか？」

「はい。雄の前脚です。ただ、最近は緑馬《グリーンホース》の骨の在庫が減り、今は魔物討伐部隊の方に墓場探しをして頂いているところです」

「墓場探し、ですか？」

「ええ、緑馬《グリーンホース》は群れで行動するのですが、決まったエリアで最期を迎える個体が一定数いるそうです。墓荒らしのような真似になってしまいますが、緑馬《グリーンホース》の骨は死んでからの劣化が遅いので、それを持ち帰ってくださるようお願いしています。大きくなるまで育てるには年数がかかりますし、騎馬としても重用されておりますので――」

騎士に眉を寄せていた魔導具師が、ここぞとばかりに詳しく説明してくれた。

生きた緑馬《グリーンホース》を獲《と》るよりも、平和でいい方法だ。残念ながら他の魔物でできることではないが。

素材としては劣化が早い場合もあるし、墓場など持たぬ魔物の方がほとんどだろう。

ダリヤに最も身近なスライムなどは、墓場を作りようがない。万が一、あったとしても残っているのは――なんだか怖い考えになりそうだったので打ち切った。

隣のジルドが、その琥珀《こはく》の目で緑馬《グリーンホース》の骨をじっと見つめている。やはり、ちょっとはかわいそうだと感じているのだろう。

「魔物討伐部隊は魔物を討ち倒すどころか、墓まで暴《あば》くようになったか。まさに魔物の怨敵《おんてき》だな」

「ジ、ジルド様……」

その通りではあるのだが、言い方としてまずくないだろうか。

幸い小声であったこと、騎士とヴォルフはいまだ義手と義足の話を続けていたので、奥の魔導具師達には聞こえなかったようだ。

だが、目の前の魔導具師は不自然に視線をそらし、カルミネは咳を堪《こら》える仕草で耐えている。

口頭で止めるわけにもいかず、ダリヤは困った目でジルドを見た。

彼はわずかに笑むこともなく、真顔で言葉を続ける。

「仕入れるよりは安上がりだ。予算削減のため、ぜひ尽力して頂こう」

魔物にとって怨敵なのは、王城の財務部長も同じだった。


まだ一課の見学中である。ダリヤはすでに疲労感を覚えつつ四階に上がった。

少し進んだ先、鈍い銀色のドアがあった。表面には何らかの魔法陣が薄く刻まれているが、ダリヤは見たことのない記述だ。侵入者防止などの安全対策かもしれない。

ドアを抜けると、先ほどの作業室と同じくらいの広さの部屋に入る。

その奥、灰色の壁を背に、作業テーブルに向かう男がいた。

父と同じか、少し上の年齢だろうか。白髪交じりの茶髪、片眼鏡をつけた朱色の目を細め、手に持った白い腕輪を確認している。王城魔導具師のローブは前を留められることもなく、白いシャツの肩に無造作に載せられていた。

そこから少し離れた場に、従者服で長剣を持った男がいた。おそらくは従者と護衛を兼ねているのだろう。

作業テーブル、銀のトレイの上には、同じ純白の腕輪が二つ。その横、銀の魔封箱が置かれていた。もしかすると、付与の途中だったのかもしれない。

「ウロス部長、お客様をお連れ致しました」

「呼んではおらぬのだが……」

顔も上げぬままの低い声に、ダリヤは申し訳なくなる。きっと作業が忙しいところに来てしまったのだろう。

だが、前に進んだジルドは一切の躊躇《ちゅうちょ》なく話しかけた。

「お呼び頂かずとも参ります。魔導具制作部一課の素材費が、予算より半割超えております」

「それは――」

魔導具制作部長はようやく顔を上げた。気難しそうな面立ちに、微妙な困惑が重なる。

「必要だったのだ。物価の上昇もあってな」

「では詳細を定型の書類でお出しください。出せないようでしたら来年度予算から引かせて頂きます。なお、二度目ですので、次からは必ず追加予算申請書を先にお出しください。でなければ一時出金凍結処理を致します」

立て板に水のごとく続く容赦ない言葉は、なんともジルドらしい。

魔導具制作部長は浅く息を吐き、手にしていた腕輪をテーブルに置く。その朱の視線が、助けを求めるようにカルミネに向いた。

「ディールス財務部長、一両日中に私の方で確認し、お届け致します」

「わかりました」

ジルドが了承し、自分の隣に下がった。

その仕事は副部長のものなのか。カルミネ副部長は、中間管理職の苦労人らしい。自分の担当以外の仕事もきっと多いだろう、いろいろと同情したくなった。

「おや？　――これは、かわいらしいお嬢さんだ」

初めて気づいた表情《かお》で、魔導具制作部長が自分を見た。

思わぬほど優しい笑顔となった彼に、ダリヤは会釈し、挨拶をする。

「魔物討伐部隊相談役のダリヤ・ロセッティと申します。お仕事中に失礼しております」

「魔導具制作部長のウロス・ウォーロックだ。『ウロス』でかまわんよ。隣は――スカルファロット殿か？」

「付き人役のため、ご挨拶もなく失礼致しました。魔物討伐部隊、ヴォルフレード・スカルファロットと申します」

「君も『ウロス』でかまわんよ。レナートには世話になっているからな」

「ウロス様、私のことも『ヴォルフレード』とお呼びください。その、うちの父、ですか？」

ヴォルフは突然の父の名に驚いたらしい。声がうわずっている。

「ああ、氷の魔石が足りなくなると、たまに『友情』をもらい受けている」

ジルドが思いきり眉を寄せた。

ヴォルフの父は氷魔法も使える高魔力の魔導師で、王城勤めのはずである。

友情という表現になってはいるが、公私混同――経理的にだめなことではないだろうか。

「そ、そうですか」

ヴォルフも固まっている。フォローする言葉は誰からも出なかった。

「魔導具制作は時間がかかるのでな、夏はどうしても氷の魔石が多く必要になるのだ」

「今期の氷風扇の導入でしたら、申請をすべてお受けしました。氷の魔石の数も十分だったはずですが？」

一体どこに氷の魔石、その分の予算が消えるのだ？　口に出してはいないが、顔にくっきりと不満が表れた財務部長に、ウロスが言葉を早める。

「人間のためではないぞ、あくまで魔導具のためだ。冬用の魔導具実験は、夏にしておきたいだろう？　だから氷の魔石で冬の環境下を作るのだ」

「意味がわかりませんな。ずらした方が経済的では？」

「ディールス財務部長、魔導具制作部では、冬に使う魔導具を夏に先に制作することが多くありまして――」

ジルドの不審そうな表情《かお》に、魔導具制作部長と副部長が説明している。

開発と経理の意見の相容《あいい》れなさは、前世も今世も一緒らしい。

言い分は双方ともわかるのだが、最初から視点がずれているので、どうやっても平行線である。

「あの、ジルド様……魔導具も『先取り』と『安全管理』が必要かもしれません」

小さく告げると、彼は琥珀の目をダリヤに向けた。

「『先取り』は季節、それとも予算という意味合いで？」

「両方ともあります。魔導具はある程度の実験を前の季節にやっておくと、その季節になったときにスムーズに量産できる可能性が上がります。内容によっては、材料が安い時期に大量に仕入れることも可能になるかと思います。素材は討伐や採取状況で、大きく値が変わることがありますから」

素材の仕入れ値に関しては、時価で左右される。期間を長くとって、底値で購入ができればそれに越したことはない。

もちろん、内容によってそう都合よくいくときばかりではないだろうが。

「なるほど。では、『安全管理』とは？」

「魔導具は実験の開始が早ければ、実験期間が長く、悪いところが見つけやすくなります。季節前に十分準備ができれば、量産前に改修の手間も費用も減るかと。それに、安全対策がしっかりなされれば、万が一の事故も減ると思います。長い目で見れば、その方がお得だと思うので……」

短い開発期間も納期も、開発者と制作者を圧迫する。結果、士気も安全性も下がるのだ。

前世を思い出しつつ、それを経理側の視点で説明しようとしたが、ただただありきたりな話になってしまった。

小声が消え入りそうなささやきになっていく自分を、ジルドは瞬きもせずに見つめている。

「お得……」

なぜかその単語だけを繰り返され、やめるべきか、さらに何か話すべきかがわからない。

「『ダリヤ先生』、今度、財務部へお茶を飲みにいらっしゃいませんか？　ゆっくりとお話をお伺いしたい」

懸命に喋《しゃべ》っていた自分に、ジルドが同情したらしい。いや、『ダリヤ先生』呼びをされているので皮肉だろうか。冗談でも絶対に乗りたくない誘いに、断りの言葉を必死に探し――

「ディールス財務部長、魔物討伐部隊《うちの》『ダリヤ先生』ですので、隊長に許可をお求めください」

隣のヴォルフが、魔物討伐部隊の護衛役の言葉と営業用の笑顔で助けてくれた。

「カルミネ、これから二課の案内か？」

「はい、その予定です」

カルミネがうなずくと、ウロスが立ち上がる。続けてのありがたいタイミングに、ダリヤはほっとした。

「では、私も二課へ同行するとしよう」

「ウロス様、そちらの納品は本日のお納めで――」

「ああ、そうだったな」

ウロスは従者の指摘にうなずくと、再び椅子に座る。そして魔封箱を開け、いきなり逆さにした。

テーブルにこぼれるように落ちたのは、四枚の大きなウロコ。先端にいくにつれて半透明になる薄水色のそれは、魔物図鑑でしか見たことがない。

おそらくは、氷龍《アイスドラゴン》のウロコ――作業テーブルまで距離があるのに、陽炎《かげろう》が見えるほどに魔力を揺らしている。

「すぐ済ませる」

ウロスは三つの腕輪の中に一枚ずつウロコを置くと、無造作に両の手のひらを向けた。

その手が青白い魔力で光った、そう認識した瞬間、世界が揺れた。

ざぶりと氷水に投げ入れられ、この身が斜めになったまま凍りつくような感覚――

気がつけば、ヴォルフが自分の前に立っていた。その背中に手を当てさせてもらい、どうにか立ったまま息を整える。

いまだ身体は冷えた感覚があり、目眩《めまい》と吐き気がしていた。

「ウロス様、強い魔力をお使いの際は、できましたら先に一言頂きたく――」

「すまぬ、まさか『魔力揺れ』するとは思わず――失礼した。ダリヤ嬢の気分が優れぬようなら医務室に行かれた方が」

「だ、大丈夫です」

ダリヤはなんとか声を返し、ヴォルフの背中から手を離した。

『魔力揺れ』は、付与などの急な強い魔力に揺らされ、乗り物酔いに似た状態になるものだ。

魔導具を作る際にもあるとは聞いていたが、自分は父と魔力がそう違わぬのでなったことがない。

高等学院でも何回かあったが、その際は先に教えられ、椅子に座っていたり身構えていたりしたので、こんなふうにはならなかった。

氷龍《アイスドラゴン》のウロコに見惚《みと》れ、無防備でいた自分が悪い。

周囲を見れば、全員心配そうな顔である。そして、自分以外はなんともないらしい。

つまりは全員、自分より魔力が高いということだろう。

ダリヤの今の魔力は十。ヴォルフの体内魔力は十二と聞いたことがある。

侯爵であるジルド、魔導具制作部の副部長であるカルミネについては聞くまでもないだろう。

「ご心配をおかけしました。氷龍《アイスドラゴン》のウロコに見惚れてしまい——もう大丈夫です」

言い訳を交えてなんとか笑う。

正直、まだ少し薄い吐き気はあるが、歩くのに支障はない。これ以上、皆に心配はかけたくない。

「ダリヤ嬢、詫びだ。一枚だけだが、差し上げよう」

不意にテーブルの上に押し出されたのは、氷龍《アイスドラゴン》のウロコが入った魔封箱。

従者が持ち上げ、ひどく丁寧な動作で自分に渡そうとする。

「お気持ちはありがたく存じますが、王城用の高価な素材ですし、そちらの魔導具でまた必要になるかと思いますので」

王城の素材は国民の税金から購入したものである。研究開発の素材としてならともかく、お詫びの品にもらうわけにはいかない。

「ああ、それなら大丈夫だ。これは冬祭り用の腕輪でな、ブルーワイバーンの骨に、氷龍《アイスドラゴン》のウロコで、雪と氷を作る補助だ。三本あれば事足りる」

年末の冬祭りには、広場や大通りなど、あちこちに氷像や雪像ができる。

王城でも冬祭り用の担当者が作るのかもしれない。

もっとも、それで氷龍《アイスドラゴン》のウロコの腕輪とは、なんとも高級に思えるが。

「それと、このウロコは私の持ち込みだ。一番下の弟が若い頃に拾ってきた。ダリヤ嬢にお世話になっているのでちょうどよいだろう」

そんなに軽く言わないで頂きたい。氷龍《アイスドラゴン》のウロコは、その辺にぽろぽろ落ちているものではないはずだ。あと、ウロスの弟に思い当たる者がいない。

ダリヤが必死に記憶をたどっていると、彼が少しばかり困ったように笑った。

「弟は冒険者兼、冒険者ギルド長をやっている。ここ二年、私は顔を見ていないがね」

王城魔導具制作部二課

ウロスを先頭に、一同はそろって魔導具制作部一課を出て、向かいの建物へ向かった。

王城魔導具制作部の二課は建物の造りが一課と似通っており、受付と騎士の待機所も同じだった。

彼らは自分達を見ると即座に立ち上がり、一課よりも深い礼で挨拶をしてきた。

緊張しつつ二階に上がると、すべてのドアが引き戸で、前世の襖《ふすま》のようにずらりと続いていた。

大きめの魔導具を出し入れするためかもしれない。

廊下を進むと、書類を抱えた魔導具師や、麻色の大きな布包みを運ぶ職人達とすれ違う。なかなか忙しそうだ。

「今、運んでいったのは、警備所向けの『温熱卓』ですね。下からの温風吹き上げ式で、靴を履いたまま待機できるので好評です。一部の警備所はドアがありませんから」

「ドアが？　それはかなり寒そうです」

カルミネの説明に思わず言ってしまった。

「有事の際にすぐに出ていくためです。ただ、交替しながら休憩室で暖まるとはいえ、屋外とそう変わらない寒さになります。今年は『温熱卓』に加えて『携帯温風器』も入りますから、警備担当

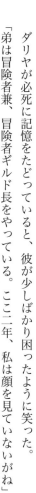

もだいぶ暖かい冬が送れそうです」

「よかったです」

おそらく、以前の警備担当は『魔導カイロ』を使用していたのだろう。火の魔石が金属製の小さな容器に入れられたそれは、部分的には暖かい。

だが、背中全体が冷えるようなときは『携帯温風器』の方が便利だろう。

警備の者が暖かく過ごせるなら何よりである。ダリヤはつい笑顔になっていた。

「『温熱座卓』の方が人気は高いのですが、あれは寝落ちしやすいので……泊まり込みには大変便利なのですが」

「魔導具制作部の皆様は、泊まり込みでお仕事をなさるのですか？」

自分の開発品を使ってもらえているのはうれしいが、王城の魔導具制作部はそれほどまでに忙しいのだろうか。だとすれば、自分を案内してもらっているこの時間が申し訳ない。

「耐久試験で時間ごとに確認したいことがあるときなど、ごくたまにです。普段使いの温熱座卓は、宿舎住まいの魔導具師がダリヤ会長の仕様書を購入し、各自自力で作っています」

さすが、王城の魔導具師である。買うより自力で作った方が早いらしい。

もしかしたら面白い機能が増えているかもしれない。ちょっとだけわくわくしていると、ウロスが渋い顔をした。

「商業ギルドに問い合わせたら二ヶ月待ちだと言われてな。それで仕様書を購入したのだが、あの魔導回路の付与はなかなか細かいな。組み間違え、床を焦がした部員がいた」

「部長、あれは回路を組み間違えたのではなく、出力の上げすぎです。仕様書を読まずにオーブン並みの回路を組んだ者が悪いのです」

どこの魔導具師も出力上げは浪漫《ろまん》なのだろう。その気持ちはよくわかる。

しかし、焦げたのが床で本当によかった。足だったら危険極まりない。

「オーブン座卓でこんがり……」

自分にしか聞こえぬ程度の音量でつぶやいたヴォルフに関しては、あとでゆっくりお話ししよう。

今は肩の震えを堪《こら》えるのが辛《つら》い。

「しかし、温熱座卓、あれはいいな。私も屋敷に入れた。一度入ると出づらく、浴室に行けなくなるのが難点だが……」

「ですから、居心地はよくとも夕食の際はお勧めしないと言ったではないですか。寝室に置いて、眠る前にくつろぐのが最良です」

引き戸の前、魔導具制作部長と副部長による、温熱座卓談義が始まってしまった。

「長い上掛け付きの温熱座卓で、そのまま眠るのが最高だと思うが」

「眠るのでしたら、ミニサイズの温熱座卓をベッドに入れるのが一番です」

ジルドとヴォルフも持論を述べ始めたが、もはや好みの話である。

それにしても、魔導具制作部でもコタツの浸透率は高そうだ。

前世、魔力というものはなかったが、今世でもコタツの魔力は共通らしい。

「え？　ウ、ウロス部長……」

引き戸をがらりと開けた魔導具師が、目を見開いている。

何気なく開けたドアの向こう、部長に副部長に財務部長が並んでいたのだ、驚きもするだろう。

「魔物討伐部隊相談役、ロセッティ殿を見学にお連れした。各自、作業を続けてくれ」

「ダリヤ・ロセッティと申します。お仕事中に失礼致します」

大部屋に入り、ウロスに続いてなんとか挨拶をすると、中の魔導具師達が会釈してくる。

中央には、自分の背丈の半分ほどもある水色のブレードが並んでいた。

カルミネが仕上がった一枚をひっくり返して見せてくれる。

「こちらは『大型送風機』の部品で、調理場で使用予定です。壁に直接設置し、匂いと熱がこもらないように外へ出す形ですね。現在のものは音が大きいので、こちらと交換の予定です」

ブレードの裏には、吸音目的らしい魔導回路が描かれていた。

ずいぶんと大きな送風機だと思ったが、どうやら換気扇的な使い道らしい。

王城の調理場は作る量も多く、匂いと熱もかなりあるだろう。きっと必須に違いない。

「材質は金属の上に、魔物の骨を一度砕いたものを一層に、ブルースライム粉を薬液で溶いたものを二層にしております。強度と防水に優れておりますので、耐久性も大幅に上がる予定です」

ブルースライムで防水効果があれば、汚れ落ちもいいかもしれない。これならば換気扇の掃除も楽になりそうである。

じっくり見たい思いに駆られつつも、案内を受け、次の部屋へと進んだ。

「こちらは『馬用給湯器』です。ぬるめのお湯を大量に一気に使うときに使用します。式典用の馬や八本脚馬《スレイプニル》はよく洗わねばならないのですが、冬は水ですと馬も洗う方も大変ですので……」

馬用の給湯器には火と水の魔石がそれぞれ五つ入る形だ。大きなシャワーヘッドの穴は大きめで、一気にぬるま湯が出るらしい。馬や八本脚馬《スレイプニル》の大きさを考えると、納得の仕様だった。

厩舎《きゅうしゃ》には馬達に合わせた大きさの浴槽もあるのだという。きっと気持ちよく洗ってもらえるようになるだろう。

「今までは、水で洗っておられたのですか？」

不思議そうに問うヴォルフに、カルミネが藍鼠《あいねず》の目を伏せた。

「馬洗いのお湯は今まで魔導師が準備していたのですが、別の業務と兼任のため、時間がかかることがあり……」

「隠すことでもないだろう。王城の魔導師達には、馬洗いのお湯を作るのは不人気な任務なのだ」

カルミネの言葉を遮り、ウロスがはっきりと理由を告げた。

「不人気とは――任務は任務だろうに」

「王城魔導師となったならば、やはり騎士団に憧《あこが》れるか、魔法研究に勤《いそ》しみたいと思う者が多いのでしょう」

わからなくはない。憧れた仕事内容とかけ離れたものであれば、おそらくがっくりくる者もいるだろう。

それでもジルドが先ほど言った通りだ。任務であり、誰かがやらなければいけない仕事である。

「馬や八本脚馬《スレイプニル》は、馬用給湯器の方が安心するかもしれません。親しくない者がいると緊張しやすいですし、厩務員の方も都合のよいときに洗えますから」

そう静かに言ったのはヴォルフだった。

「そういう考え方もあるか……」

「恥ずかしながら、あまり乗馬をたしなまぬのですが――馬や八本脚馬《スレイプニル》というのは、人によって、

「それほど緊張したりするものですか？」

「個々の気質がありますので一概には申し上げられませんが、八本脚馬《スレイプニル》は強い魔力を持つ人間を警戒します。慣れるまで時間がかかることも多いです。それと、八本脚馬《スレイプニル》も馬も乗り手が変わって気に入らないと、言うことを聞かなかったり、食事をしなくなったりすることがあります」

馬も八本脚馬《スレイプニル》も繊細な性格の持ち主が一定数いるようだ。

遠征の行き帰り、馬との時間も長いヴォルフだ。いろいろな馬と対面してきたのだろう。

「なるほど、本当に『馬が合わぬ』ということだな」

ウロスの納得に内心で同意しつつ、部屋を出た。

次に向かったのは三階である。

こちらも廊下を革箱や銀の魔封箱を持って歩く魔導具師とすれ違った。

「冬前なので、暖房関係の修理依頼が多くなっております。暖炉の点火装置や給湯器、椅子やソファーの暖房などですね。あとは年末向けの魔導ランタンの制作が始まっていますので、ご覧になりますか？」

「ぜひお願いしたいです」

魔導ランタンは祖父の開発したものである。

王城の年末向けの魔導ランタンとはどんなものだろう？　冬祭りに向けて華やかな装飾があるのか、それとも何か魔法効果があるのだろうか——期待をふくらませつつ廊下を進むと、カルミネが一室の前でノックをする。

了承の声が聞こえて入った部屋は、カーテンが半分閉められ、薄暗かった。

テーブルの上、小型魔導ランタンがいくつも並べられている。

ランタンの外側、ぐるりと覆う水晶ガラスは丸い。小型魔導ランタンの四分の一ほどが青かった。

その青から、水色と蒼《あお》の光がゆらゆらとこぼれ、なんとも幻想的だ。

見惚《みと》れていると、左腕の手首に少しだけ熱を感じた。

自分の半歩前に出たヴォルフに、カルミネがはっとした顔をする。

「失礼しました、先にご確認するべきでした。ダリヤ会長、催眠耐性の魔導具は身につけていらっしゃいますか？」

「はい、身につけております」

催眠効果を打ち消すべく、手首の腕輪は熱を帯び続けている。

ヴォルフを含め、同行の者達はすべて貴族だ。確認するまでもなかったのだろう。

「よかったです――こちらは仮眠所用の魔導ランタンである、『仮眠ランタン』です。上部の傘を引き上げると青く灯《とも》り、催眠効果をもたらします。手動で戻すか、ある程度の時間で下がり、自動で停止します」

「『仮眠ランタン』、ですか？」

睡眠用のランタンは知っているが、こちらは聞いたことのない名前である。

もしやひどい不眠症で、仮眠さえとれない者を眠らせるためのランタンだろうか。

「はい、文官の仮眠所用です。決算の際やいろいろな事後処理で疲れると寝付きが悪いそうで、年末に仮眠ランタンの需要が増えるのです。これをつけると即効で眠れますから、忙しい者には重宝されております」

「そうなのですか……」

なんともせつない魔導具だった。

そして、『文官』『決算』の単語に、ついジルドに視線を送ってしまう。

彼は琥珀《こはく》の目をついとそらすと、聞いてもいないのに答えてくれた。

「……私はあまり使用しないが、入眠効果は高い。胃痛は止められんが」

間もなく年末である。よく効く胃薬を探し、日頃お世話になっているジルドに贈るべきかもしれない、ついそんなことを考えていると、ウロスが近くの魔導具師に声をかけた。

「これの素材を――月光蝶《げっこうちょう》の翅《はね》を出してくれ」

「はい、すぐにお持ちします」

大きな平たい魔封箱がテーブルに載せられ、そっと開けられる。

ガラス板の下、数枚並んでいるのは、水色から蒼までの色合いを持つ蝶の翅。

月光蝶《げっこうちょう》――前世のオーロラモルフォに近い。

翅はダリヤの肘から指先ほどの大きさがある。これほどに大きなものを見るのは初めてだ。

月の光をまぶしたようなその輝きは、目を奪われるほどに美しい。

「月光蝶《げっこうちょう》は鱗粉《りんぷん》に強い催眠効果がある。翅を結晶化させ、水晶ガラスに付与したのが、仮眠ランタンだ。魔力の動きに左右されやすいため、水晶ガラスへの付与にはある程度の制御が必要で――」

ウロスが急に声を止めると、傍らの魔導具師がぴくりと肩を動かした。

それを視界に入れず、魔導具制作部長は並んだランタンをくるりくるりと回して確認する。

「これとこれ……これもだめだ。抜けがある」

「規定量の付与は行われておりますし、催眠効果に問題は——」

小声で弁解する魔導具師に、ウロスは朱色の目を細めた。

彼からゆらりとぬるい魔力の揺れを感じ、ダリヤはつい身構える。

「王城魔導具師は、いつから『この程度』で許されるようになった？」

低い声の問いかけに、カルミネが前へ出た。

「ウロス部長、申し訳ありません。私の教育不行き届きです。昨年から入った者達に任せ、確認を怠りました」

「そうか、新人達か。カルミネ副部長には私の仕事を多く手伝ってもらい、とても忙しくさせているからな。そこまで手が回らんのも道理だ……」

片眼鏡を指先で持ち上げ、優しく微笑《ほほえ》む姿に、なぜか寒気を感じる。

魔導具制作部長は一台の仮眠ランタンを手に、笑みをさらに深くした。

「教育不行き届きは、この私だな。真摯《しんし》に反省し、私が教育的指導を行おう——せっかくだ、ダリヤ会長にも付与を見学して頂こう。貴重な意見が伺えるやもしれぬ」

「いえ、ウロス部長、部内でお忙しいかと思いますので、私は——」

なぜ、自分を巻き込もうとするのだ？　昨年から入った魔導具師の指導なら、部内でやって頂きたい。

ダリヤは王城魔導具師ほどに魔力もなければ技術もない。意見を求められても困る。

「仮眠ランタンは私の開発品だが、王城外には出していないのだ。民間でも類似品はあるようだが、催眠効果は一段落ちるとか——」

ウロスはその朱色の目で、確かめるように自分を見た。

「ダリヤ会長、せっかくご足労頂いたのだ。私の薬液レシピと、持ち込みの月光蝶《げっこうちょう》の翅をお分けしよう。ご自身とご友人に作る分は研究用としてかまわぬが？」

正直、薬液レシピはぜひ拝見したい。配合内容と割合が非常に気になる。

月光蝶《げっこうちょう》の翅も、ぜひ一度使ってみたい素材だ。

あと、できれば仮眠ランタンはイヴァーノに作って渡したい。

残業は全力で止めているが、それでも時折、目の下に隈《くま》を作っているからだ。

そして、ヴォルフにもどうだろうか。遠征の疲れを取るのに睡眠は欠かせない。

ウロスの手のひらの上、ころころと転がされているのは百も承知だが、魔導具師として、これを受けずにどうする。

「ありがとうございます。部屋の隅で邪魔にならぬよう見学させて頂ければと思います」

「ダリヤ……」

すぐ隣、ヴォルフの心配そうな声に、気合いを入れてうなずく。部屋の隅でできるだけ気配を殺して見学しよう、そして、いずれこの手で仮眠ランタンを作るのだ。

「では、移動するとしよう」

いい笑顔の魔導具制作部長に続き、一行は部屋を出た。

向かった先は三階の一番奥の部屋だ。

入ってすぐは小部屋で、お茶を淹《い》れるための水場があった。

室内には、ローテーブルとソファー、白い革張りの椅子が二つある。椅子は上質なものらしく、首の当たる部分に白い飾りボタンが四つついていた。だが、邪魔にならぬかと心配になる位置だ。

「これは休憩時に使っているのか？」

「はい。処分するには惜しいので――ああ、皆様、こちらは『肩こり緩和の椅子』です。このボタンが一角獣《ユニコーン》の角で、襟を広げて寄りかかると肩こりの痛みが楽になります。残念ながら量産は禁止となりましたが」

「肩こり防止の椅子とは、なかなか便利そうなものだが」

顎《あご》に手をやり、じっと椅子を見つめるジルドに、カルミネが首を横に振る。

「その椅子はもちろん、一角獣《ユニコーン》のペンダントや腕輪などで痛みをごまかしても、根本的解決にはなりません。とことん悪化させてから医者と神官頼みになってしまう者がおります。それに、神官の治癒魔法は怪我《けが》を治せても、骨の歪《ゆが》みや老化、無理の積み重ねには無効ですから」

「そうか……」

ジルドが一段険しい表情《かお》になった。

どこに思い当たる節があるのか……は尋ねたくないところだ。

あと、同じく自分が肩こり対策で一角獣《ユニコーン》のペンダントをつけているとは、絶対に言えなくなった。

「一角獣《ユニコーン》の角は便利な素材だが、使い方を間違える者も多い。昔、抜歯をそれで逃げ切ろうとしたどこぞの次男は、片頬《ほお》をハムスターのようにしていたからな」

「ウロス様、それ以上は不敬となりますので――」

「大丈夫だ、私は一言も『殿下』とは言っておらぬ」

こちらの表情筋が大丈夫ではない。笑うどころか相槌《あいづち》も打てぬまま、ただ足を進める。

痛み止めに一角獣《ユニコーン》の角、効果としては間違っていないが、虫歯に使う発想はなかった。

もっとも、庶民の虫歯治療は、歯医者で痛みをぼかす薬湯を飲んでから行うのが基本だ。

ダリヤも軽い虫歯で少し削られたことがあるが、それなりに痛かった。

なお、ひどい虫歯や親知らずでどうにもならない場合は神殿である。こちらはなかなかにお高いそうで、『懐《ふところ》泣かせ』と呼ばれる。

前世も今世も歯の治療は、子供にとって——時には大人もだが、逃げ出したいものらしい。

「この先の作業部屋は入って三年までの者達が、王城内で使用する魔導具を作っております。その後は希望の魔導具制作へ携わるか、希望者は新しいものを開発し、うまくいけば『部屋持ち』となります」

「今は魔導具を作るより、開発して『部屋持ち』になりたがる者が多くてな」

それはわかる。魔導具を作るのは楽しいが、開発はまた別の楽しさがある。

自分の仕事場を持ち、集中して取り組みたいという思いがあるに違いない。

「『部屋持ち』は給与が二割上がり、開発予算もつく。希望して当然だろう」

財務部長の冷静な声に、さらに納得した。

カルミネが引き戸を開け、先の部屋に入る。にぎやかに響いていた声が、ぴたりとやんだ。

「お客様とウロス部長がお見えになりました」

中にいたのは十人ほど、半数は高等学院を出たばかりぐらいの、若い魔導具師だ。残りの半数がダリヤと同じぐらいだろうか。

皆、こちらを向いて会釈してきた。

ダリヤとジルドが簡単に挨拶をし、ヴォルフは自分の斜め後ろに控える形になった。

自分よりヴォルフの方がはるかに目立つが、魔導具師達の視線は主に上司であるウロスに向いている。

「先ほど、仮眠ランタンを見てきた。二年目の者、皆、青になったな。まだらのものはなかった」

ウロスがなぜか笑顔で褒《ほ》めだした。

多くの魔導具師がほっとした顔になっているが、ダリヤは寒気しか感じない。

カルミネにいたっては、眉間を二本の指でそっと押している。

「せっかくお客様がいらしてくださったのだ。ここで付与をご覧頂こうと思う。いつもと同じ方法でかまわん。追加分で丸型のガラスカバーを用意してくれ。ああ、ダリヤ会長、近い方が見やすいだろう。従者の方と共にそちらの席へ」

「失礼致します」

「ディールス部長は私の隣でよいかな？　こちらは値の張る素材なのでな。実際に使っているところをご覧頂きたい」

「拝見させて頂きましょう」

大きな作業台二つを囲み、魔導具師達が緊張した面持ちで付与の準備を始める。

目の前には魔導具制作部長に副部長、財務部長、部外者の自分、そして騎士のヴォルフである。

魔導具師達は作業しづらいことこの上ないだろう。ちょっと同情してしまった。

「では、最初に月光蝶《げっこうちょう》の翅の結晶化を。やってみたい者はいますか？」

カルミネがテーブルの白い紙の上、青く輝く翅をそっと置く。

上司と来客がいる緊張感のせいか、誰も声をあげない。

「ダリヤ会長、月光蝶《げっこうちょう》の翅の結晶化を行われたことは？」

「いえ、ございません」

「お試しになってみませんか？」

カルミネがにこやかに勧めてくれる。

試してみたい気持ちはあるが、この月光蝶《げっこうちょう》の翅はかなり大きい。

一気に結晶化するには、それ相応の魔力が要りそうだ。

「この翅は、魔力がいくつあれば結晶化できるでしょうか？」

「十一あれば問題ないかと思います」

「では、私では無理かと――魔力が足りませんので」

「え？」

カルミネだけではない、周囲の魔導具師も一斉にこちらを見た。

王城魔導具師達は皆、魔力がかなり高いだろう。

魔物討伐部隊相談役の魔導具師なのにそれしか魔力がないのか、そう驚かれても仕方がない。

「結晶化など魔力を入れるだけではないか。できる者がやればよい」

ウロスは言いながら、人差し指と中指をそろえて翅に当てる。

父や自分と同じ仕草だが、ぶわりと揺れた強い魔力に、翅は一瞬で形を変えた。

さらさらとした砂のような青の結晶体は、息を吹きかければ宙に舞いそうだ。

「付与の見本は――カルミネ」

「わかりました」

カルミネが結晶となった翅を薬匙《さじ》に一杯取り、ビーカーの薬液に入れる。

軽く混ぜた後、左手に丸ガラス、右手にビーカーを持った。

ビーカーを揺らすと、青銀となった薬液はするりと持ち上がり、丸く平たい形で宙に浮いた。

ゆらりと陽炎《かげろう》のように揺れた魔力に、息を止めて見入る。

その紺色の魔力は、自分やオズヴァルドのようなリボン状ではない。まるで一枚布の如く丸ガラスを包み、そのまま一気に縮める。

カルミネは一度だけ丸ガラスをくるりと回した後、金属トレイの上にそっと置いた。

「こちらでできあがりです」

「すごいです……！」

思わず小さく声がこぼれてしまった。

布のような魔力を一瞬で引き絞る付与は初めて見た。きっと魔力量と高い技術がいるのだろう。

一気に染まった丸ガラスは濃い青。その艶《つや》と滑らかさには感動すら覚える。

先ほど見たランタンも美しかったが、この丸ガラスはまた違った美しさがある。

濃い青の上、銀がゆっくりと流れていくような表面は、まだ強い魔力を残していた。

「では、全員、それぞれに付与を」

ウロスの声がけで、魔導具師達がそれぞれ丸ガラスと薬液のビーカーを持つ。

小さな布で包み上げるような付与もあれば、上から下に魔力を水のように流す付与、太いリボンを下から上に巻くような付与と、様々だ。

だが、誰もが強い魔力と見事な付与技術を持っているのがわかる。さすが、王城魔導具師だ。

見惚れていると、カルミネに声をかけられた。

「ロセッティ会長、よろしければ付与をなさってみませんか？　こちらは結晶化より魔力が少なくても可能ですから」

「ありがとうございます。余分がございましたら、一つ作らせてください」

拳《こぶし》をちょっとだけ握って答えると、隣のヴォルフが姿勢を変えた。

自分を心配してくれているのだと、言葉がなくともわかった。

確かに自分には難しそうだが、周囲は皆、高魔力・高技術の魔導具師だ。失敗したところで魔力のなさを納得されるか、後で笑われるぐらいだろう。

むしろ先に自分の力量を理解してもらい、今後の期待値を下げておく方が楽だ。

オズヴァルドの元、大海蛇《シーサーペント》の肺の粉の付与で苦戦してから、魔力のムラをなくすべく毎日練習している。ほんの少しは前に進めていると思いたい。

まるで水飴《みずあめ》のような質感の青い液は、ダリヤの魔力では毛糸一本の太さほどしか持ち上がらない。

それを丸ガラスにのせつつ、平らにならしていく。

魔力が少ない分、一気に付与はできない。父に教わった通りに、防水布を作るときと同じように――多いところからは削り取り、少ないところには足す。

丸ガラスの表面はつるつるに見えるが、魔力を乗せ、観察するとよくわかる。

わずかな引っかかりがある部分、液が弾《はじ》かれたり、定着しづらい部分があったりする。

角度を変えて確認し、髪の毛の先ほどのそこを見つけ、一つの抜けもないよう薬液と魔力を重ねていく。

周囲の魔導具師達は三分とかからず作業を終える。

だが、ダリヤは五分過ぎても付与を続けていた。汗はこめかみから顎につたわり、ぽたりぽたりと深緑のワンピースの膝に落ちる。

横のヴォルフはそれを見つめながら、一言も声を発しなかった。

ただその膝の上の拳が、次第にきつく握られていっただけだ。

ウロスの隣、ジルドは腕を組み、同じく無言だった。

「……できました」

ダリヤは小さくそう言うと、トレイの上に丸ガラスを置く。

均一で色合いもムラなく仕上がった――そう思いつつ、他の丸ガラスを見てはっとした。

こちらのテーブルはもちろん、隣のテーブル上の丸ガラスも、すべて見事な青だ。

ダリヤの付与したものは一段色が淡い。魔力の足りなさは色素の絶対量に表れるものらしい。

正直、がくりときた。これではそろえて使えないではないか。

「すみません、不良品を作ってしまいました……」

「いや、美しい仕上がりだ。カルロも丸ガラスへの付与は得意だったな」

「え？」

ウロスがいきなり父の名を口にしたことに驚いた。彼はちょっとだけ気まずそうに口元を歪める。

「話すのが遅れたが、カルロとは高等学院の魔導具研究会で一緒だった。私が先輩で、共にいられたのは二年だけだが」

「父もウロス部長にお世話になったのですね」

「いや、むしろ私が世話になった。私はクラーケンテープが貼れぬので、よく頼んだものだ」

クラーケンテープが貼れないのは、魔力が高すぎることの弊害である。指で持っただけで、ぐるぐると固まってしまうのだ。ウロスの魔力が高いのは、先ほどの腕輪の付与でもよくわかった。

「ダリヤ会長の美しい付与は、師匠であるカルロに似たのだな」

「ありがとうございます」

その言葉は、たとえお世辞でもうれしかった。

「カルロは学院時代から、球面付与が得意だったのを思い出した」

「ウロス部長、高等学院の頃に、球面付与のいる魔導具をお作りになっておられたのですか？」

「ああ。魔導具というより、ガラス細工のようにして付与の練習をしていただけだが。他にもいろいろ作ったものだ。建物の壁面洗浄機に、やたらと扉の多い冷蔵庫。ガラスの花飾りや龍付きの魔導ランタンに――一番売れたのは『毒消しの腕輪』と『少し細く見える手鏡』だな」

「販売もなさっていたのですか？」

『やたらと扉の多い冷蔵庫』『少し細く見える手鏡』も気になるが、魔導具研究会で魔導具を売っていたということの方が驚きだ。

「素材をツケで買いすぎ、部費が足りなくなってな。ツケは金貨三十枚ほどだったが――レオーネがあちこちに魔導具を売りに行っていた」

「レオーネ様が……」

浮かぶのは商業ギルド長の顔である。もしかすると、レオーネは魔導具研究会で魔導具を販売したことをきっかけに、商業の道へ進んだのかもしれない。

「ああ、今はジェッダ子爵、商業ギルド長だな。当時は、魔導具研究会の『経理』で『営業』だったのだ」

ダリヤの在籍していた頃の魔導具研究会に『営業』はいなかったが、以前はそういった役職があったらしい。あと、ツケで素材は買えなかったし、魔導具を外部に売るのは、文化祭でぐらいだったのだが、これは時代の差だろうか。

当時の魔導具研究会の話を、詳しく聞いてみたいと思ってしまった。

「おっと、もうこんな時間か――そろそろ隊にお返しせねば、グラート隊長殿が迎えに来そうだな。カルミネ、皆様を送ってくれ。私は少々、こちらに用がある」

さっきの付与で魔力がだいぶ減っている。ダリヤは、足元がふらつかぬうちに戻れることにほっとした。

「ダリヤ会長、次にお越し頂く際は、また違う素材と付与をご覧頂きたい。魔導具や素材に関して相談があれば、私かカルミネに遠慮なく連絡をくれ」

「ありがとうございます、たいへん光栄です」

ありがたい申し出になんとか礼を述べた。

しかし、ハードルは高すぎる。王城の魔導具制作部長や副部長に、庶民である自分がそうそう聞けるわけがない――その思いを見透かしたのか、彼が言葉を続けた。

「口先だけの話と思われるのもなんだし、カルロの縁もある。ここで使う『作業用手袋』を、私が準備しても構わないかね？」

魔導具師の師匠が最初に弟子に贈るのは、作業用手袋だと聞く。

魔力制御どうこうの前に、素材の学習や物理的加工を習うためだ。

ウロスにとってダリヤは、後輩カルロの弟子であり、まだまだ魔導具師として半人前、だから相談にのってやる——そういった意味で言ってくれているのだろう。とてもありがたいことである。

大型粉砕機制作のお手伝いも少しはできればいい、そう思いつつ、ダリヤは返事をする。

「ありがとうございます、ウロス部長。まだまだ半人前ですので、どうぞご教授ください」

自分の言葉に、ウロスは目を線にして笑った。どうやら、こちらが本当の笑顔らしい。

ちなみに、ダリヤが師匠カルロから最初に贈られたのは、作業用手袋ではない。

もらったのは『ダリヤスペース』——作業場の隅に空《から》の魔石や触っても問題のない素材を山に、さらに初心者向け魔導具の本に魔物図鑑を積み上げたフルセットだった。

物心ついてすぐの娘にそれを与え、尋ねられるままに魔導具教育を進めた父は、仲間に親馬鹿と言われまくったそうだ。

自分としては本当にただただ楽しく、今はありがたいと思えることなのだが。

「では、準備しておく。次回を楽しみにお待ちしよう、ダリヤ・ロセッティ殿」

フルネームで自分を呼んだウロスに、一瞬だけ、父が重なって見えた気がする。

ダリヤは丁寧に挨拶を返し、一行は二課を後にした。

⬢⬢⬢⬢⬢⬢

「魔力十以下でここまで仕上げるとは、ロセッティ嬢は努力家ですね」

ダリヤ達が部屋を出た後、魔導具師の一人が一つの丸ガラスを持ち上げる。

他は深みのある青だが、ダリヤの付与したそれだけ、少し色が薄い。

魔力が少なく、一気に入れられないためだろう。それでも、表面は艶やかで皺《しわ》もない。

初めての付与にしては、なかなかのものだ。

「魔力を十二以上に上げてしまえば楽でしょうに」

「男爵のご息女ですから、限界まで上げての数値かもしれません。下手に魔力上げを勧めるのは失礼かと——」

「ああ、失念しておりました。あの面々に馴染《なじ》んでいらっしゃったので、つい……」

侯爵のジルドや伯爵家のヴォルフを横に、構えた様子も誇った表情もなかった。

いつも共にいる仲間と来た、そんなふうにさえ見えた。

魔力量について少々同情を込めたささやきを交わし、それぞれが丸ガラスを見つめる。

王城の魔導具制作部にいる者達は皆、魔力値が高い。魔導具師の受検資格は十以上だが、そこから二か三は上げるのが当たり前だ。

魔力測定器の十五の目盛りを振りきる者もそれなりにいる。

「ロセッティ嬢は魔力の高い魔導師か魔導具師の助手をつけ、実作業を任せ、口頭で開発を仕切る方が向いているかもしれませんね」

「あるいはそういったパートナーを探すか——どうです、どなたか手を上げませんか？」

「隣にあの『黄金の貴公子』がいては無理だろう」

額から汗を流し、懸命に付与をしていた魔導具師の横、黒髪の美青年は拳をきつく握り、唇もきつく結んで見守っていた。

待たせる女の数は数えきれぬほど、前公爵夫人のツバメまでしている遊び人――そんな噂《うわさ》を聞いていたが、到底そうは見えなかった。

噂が嘘《うそ》か、それともそんな青年が変わったのかは別として、その二つの黄金は、とても大事な者を見守る目だった。

「魔力足らずが本当にもったいないですね」

「あれほど美しい魔力なら、値《あたい》などどうでもよいではないか……」

ウロスは、己の声にどうしようもなく嘆きが混じったことに気づいた。

「でも、部長ももったいないと思うから、ロセッティ嬢に作業用手袋をお贈りになるのでしょう？」

「付与素材によっては、十分お手伝い願えますからね」

部下達も、ダリヤまでも勘違いをしていた。

作業用手袋は弟子に贈るものとして有名になっているが、本来は違う。

師匠が贈るのは、いずれ一人前になり、己の隣に立ってほしいという願いである。本来は、手を取り合って仕事をする、新しい『仲間』へ贈るものなのだ。

時代の流れで意味が変わりつつあるのが、今はひどく残念に思えた。

「しかし、これだけ色が薄いのでは、良品には厳しいでしょうか」

「あんなに汗をかいて懸命に付与をしていたのに――魔力が足りないのが酷だな」

「仕方がないでしょう。熱意があっても、持って生まれた資質というものもあります」

付与魔法で他者からわかるほど汗をかくのは、集中して魔力を全力で動かしている、あるいは限界値に近いということだ。

王城の若い魔導具師達は、それを人に見せることを良しとしないところがある。冷静な表情《かお》で時間をかけず、余裕ありげに魔導具を作る方が格好がいい――そんな愚《おろ》かな思い込みが多かれ少なかれあるのだ。

その思い込みを痛みのごとく感じ、ウロスは今度こそ隠さぬため息をついた。

「だからお前達は、『半人前』なのだ」

テーブルの上にランタンを運ばせると、次々と丸ガラスをセットする。

そして、従者にカーテンを閉めさせ、すべてのランタンを最大の明るさにした。

揺らめく青白い光は周囲にゆらゆらと波模様を描く。

まるで海の底を思わせる部屋の中、ウロスは若き部下達に問うた。

「全員、目を開いてよく確認しろ。光がまったく漏れていないものはいくつある？」

「え……？」

一見しただけではわからない。

だが、角度を変えてよく見れば、どれもこれも髪の毛の先以下の穴があり、通る光が細く線を描いていた。大丈夫だと思えたものさえ、角度を変えると一つは抜けが見つかる。

十二個並ぶうち、まったく抜けのないものを探す方が難しい。

「……二つ、です」

最も濃い青のカルミネのものともう一つ、色が薄いながらも、ただの一点の抜けもない丸ガラス。

柔らかな青い光に、ゆらゆらと規則的に銀の光が瞬く。

今、一際《ひときわ》美しいとさえ思えるその灯《あか》りは――

「これはロセッティ嬢――いえ、ロセッティ殿の……」

「ですが、ロセッティ会長は一気に付与はできないではないですか。あの糸のような魔力でどうやって？」

「丸ガラスの上の付与状況を見ながら、抜けがないよう確認し、魔力を制御して作り上げたということだ。魔力が少ない？　色が薄い？　汗をかこうが、試行錯誤しようが、魔導具師は『使える魔導具』を作ることが万倍大事ではないか」

ウロスは声が高くなりかけるのをなんとかとどめ、言葉を続けた。

「規定値をきっちり超えて一つも抜けがない淡い青のランプと、規定値を余裕で超えても、寝返りを打てば細い光の筋が目を刺すかもしれぬランプ――己の大事な者の枕元に置くならば、どちらを選ぶ？」

「それは……」

「でも、こちらも点を染料で塞《ふさ》げば問題は」

「この点を補修することは簡単だ。だがそれは、『王城魔導具師』の仕事か？」

部下達にまっすぐ尋ねると、一人、二人――続けて全員が頭を下げた。

「申し訳ありませんでした……」

「反省致します……」

それぞれに述べる部下達に、少しだけ安堵《あんど》する。

これでわかってもらえなければ、全力の再教育か、人員整理を考えねばならぬところだった。

「わかったならばよい。では各自、丸ガラス十個を手元に、薬液を中瓶いっぱい作って戻るように」

「はい？」

「これから曲面付与に関する補習講義を行う。私の教え方が悪かったのだと本当に反省しているのだ……なぁに、以前学んだことの復習だ。全員が完全にできるまでやったところで、そう時間はかかるまい」

「ウ、ウロス部長……」

「か、完全に、ですか……」

自分の言葉に、周囲の者達が青ざめていく。

ここは己の技術の未熟さを一つつぶせると喜ぶところではないか。やはり教育不足らしい。

「なぜ葬儀を告げられたような顔になっているのだ？　昔はこの曲面付与を笑いながら行っていた高等学院生がいたぞ」

「笑いながらとは……やはり『付与の神』と呼ばれるカルミネ副部長ですか？」

「いいや、カルロ・ロセッティ男爵だ」

その名に驚く者はほとんどいなかった。むしろ数人は納得したようにうなずく。

「ロセッティ会長の父君ですか……」

「なるほど。あの付与はお父上の教育の賜物《たまもの》で……」

ここにいる者達は、ほとんどが中位から高位貴族の子弟だ。

魔力は豊富で、幼い頃から家庭教師をつけてもらった者の方が多い。学院で、家で、魔力視認と制御を厳しく教わらなかったはずがない。

先ほどの者の名は、防水布や五本指靴下などで繰り返し聞いていた。

発想に優れた、開発力のある魔導具師。商会も立て、わずかな期間での王城入り。

父も男爵なのだから、自分達と同じくらいには魔力がある魔導具師で、やり手の商売人――そんなイメージを持っていたのだ。

やってきたのは同世代、あるいは少し若い年代の、大人しそうな女性。

月光蝶《げっこうちょう》の翅に見入り、自分達の付与に緑の目を輝かせ、魔力足らずで難しいであろう付与に果敢に挑んだ。汗をかくことも一切いとわず、魔導具だけを見つめ、ただただ真剣に。

自分達よりも魔力のずっと少ない魔導具師が、髪の毛一本の抜けもない付与をした。

カルロ・ロセッティという魔導具師は、一体どうやってあれだけの魔力視認と制御を娘に教え込んだのだ？

一体いくつの頃から、どれだけ厳しい練習をさせたのか――そう考えると、赤髪の魔導具師に同情すら覚える。

それに比べれば、本日このまま部長の補習講義で徹夜になろうとも、自分達はまだまだ甘いに違いない。

一同、一切の愚痴をこぼすことなく、薬剤の準備を始めた。

「あの、部長！　カルロ・ロセッティ様といえば『給湯器男爵』ですよね？　学院時代はどんな方だったのですか？」

今年、王城魔導具制作部に入った青年が、ウロスに問いかけてきた。

「魔導具の好きな、気さくで自由な男だった」

「その頃から、魔導具師としての腕は評判だったのですか?」

「ああ。魔力は多くはなかったが、とても繊細な魔力制御をする魔導具師だった。亡くなったのが本当に惜しまれる……」

カルロは自分の後輩でありながら、先にあちらへ逝ってしまった。

訃報を知ったとき、悲しいよりも惜しいという言葉が先に浮かび、己の薄情さに吐き気がした。

だが、彼の魔導具師としての技術は、娘、いいや、弟子のダリヤにしっかり受け継がれていた。

それがたまらなくうれしい。

まだ磨かねばならぬ部分はあるが——それは自分も少しは手伝えるだろう。

「残念です。ロセッティ様が王城魔導具師になっておられれば、ご一緒できたかもしれません」

「それは……難しいかもしれんがな」

「確かに、試験では魔力量も重視されますから……でも、もったいないです」

年若き魔導具師はそこで名を呼ばれ、あわてて準備に向かう。

ウロスは薄青に輝く仮眠ランタンを指でそっとなぞり、唇を動かさずにつぶやいた。

「カルロは——王城魔導具師の誘いを、四度断った男だ」

◆◆◆◆◆

「大型の粉砕機に関するお話をするはずが、予定外のことが入りまして申し訳ありません」

魔物討伐部隊棟に戻る馬車の中、向かいのカルミネが謝罪してきた。

ジルドはすでに財務部の入った事務方の棟に送り、馬車の中はダリヤとヴォルフ、カルミネの三人だけである。

「いえ、見学と付与体験をさせて頂き、ありがとうございました。それに貴重なものを頂いて……」

「それはウロス部長からですので、どうぞお気になさらないでください」

仮眠ランタンの薬液レシピと月光蝶《げっこうちょう》の翅の結晶、そして氷龍《アイスドラゴン》のウロコは、カルミネがそろえてくれた。

魔封箱に入れて革紐《かわひも》で封をし、隣に座るヴォルフが持ってくれている。

「大型の粉砕機の件ですが、風の魔石を五つ以上、刃の数を二枚に増やし、硬質化したいと考えております。仕様書案を描きましたらご覧頂いてもよろしいですか？」

「はい、ぜひ拝見させてください。その、風の魔石を五つ以上使うとなると、魔力はどのぐらいいるものでしょうか？」

「概算で、十二、三ほどでしょうか」

おそらくはその数字が王城魔導具師の当たり前なのだろう。ちょっとうらやましい。

自分も十一まではいずれ上げたいものだ。

もっとも、この十の魔力すら完全に制御しきれていないのだから、父が生きていたら苦笑されそうだが。

「先ほど、風の魔石三つ以上を使った魔導具をお一人で制作したことはないとのことでしたが、ダリヤ会長は大型給湯器などをお引き受けにならないのですか？」

「はい、私では魔力的に無理ですので。以前から風の魔石二つ以下だけを制作しております」

「先ほども付与には魔力が足りないとおっしゃっていましたが、失礼ですが、今後のために魔力値をお尋ねしても？　ああ、こういったことは私から言うべきですね、十九です」

「十九、ですか……」

隣のヴォルフが息を呑《の》んだのがわかった。

だが、ダリヤは深く納得した。先ほどの付与、あの布のような魔力は、強い上によく制御されたものだった。

カルミネは誇ることはなく、むしろ自嘲めいた笑みを浮かべる。

「魔力値などただの数字にすぎませんよ。私は公爵家の一員ではありますが、攻撃魔法も治癒魔法も皆無。身体強化すらできず、付与魔法以外使えません」

不意に、以前、ヴォルフに聞いたことを思い出す。

子爵以上の貴族で五要素魔力がないのは、扱いや立場、婚姻にも大きく差し支えるという。

伯爵家のヴォルフが辛い思いをしたのだ。公爵家のカルミネは、どれほどの苦渋を味わったのか。

だが、先ほどのあの付与は、魔導具師としては最高峰だと思える。

高魔力を布の如《ごと》く馴染ませ、一度で完全に包み込んでいた。あんな付与を見たのは初めてだ。

あれほどの付与が自由に行えるならば、魔導具師としてどれだけ仕事の幅が広がるか、素材を選ばずに作ることができるか——申し訳ないが、そこはうらやましくすらある。

「カルミネ副部長、魔力はどうであれ、王城魔導具制作部、その副部長としてご活躍なさっているのは、すばらしいことではないですか」

自分より先にそう告げたのは、ヴォルフだった。

彼にも思うところがあったのだろう。

世辞ではないとわかるまっすぐな声に、カルミネが藍鼠《あいねず》の目を伏せる。

「ありがとうございます、ヴォルフレード殿。しかし、一人の魔導具師としては、発想と開発力があり、確実な付与を行えるダリヤ会長の方が上でしょう。お持ちの魔力だけであれほど見事な『防水布の天幕』や『疾風《しっぷう》の魔弓』をお作りになるのですから」

カルミネは勘違いしている。

オルランド商会経由で王城に納品した天幕の付与は、父かトビアスだ。

それに魔物討伐部隊に追加で納品された疾風の魔弓、あれを作ったのは自分ではない。

「いえ、どちらも私ではありません。王城向けの天幕は父か兄弟子の作だと思いますし、疾風の魔弓は、スカルファロット武具工房の魔導具師によるものです。私の魔力値は十ですので」

「そうなのですか、制作もダリヤ会長だとばかり――」

「大きい天幕は私では均一性が足らず、魔弓の方は開発時に少しのご協力程度です。私では魔力も技術も足りませんので」

王城の天幕は大きさ故に一定魔力で付与を続けるか、高魔力で一気に付与する必要がある。

ダリヤではどちらも難しかった。

魔弓に関しては『開発時に少しのご協力程度』――この言い方はヨナスによる勧めだが、実際にそうだ。

疾風の魔弓の原型を作ったのは自分とヴォルフだが、隊に追加で納品されたものは、スカルファロット家の魔導具師による付与だ。

弓自体も短剣も、武具の専門家がよりよい素材で制作、形も改良したと聞いている。

一人一人の弓騎士に対して適切に調整され、弓自体が強く、魔法の付与もより強く――すべて一流の職人達が行っている。

威力がかなり上がったため、事故防止に、紅血設定《こうけつ》で本人しか使えないようにされているそうだ。その本人も、安全性を考え、人に向けぬという神殿契約を結んでいるという。遠征で魔物と対峙《たいじ》し、混乱した場合などの同士討ちを防ぐためだそうだ。

安全確認をしたいので、万が一の事故や故障は知らせてほしいと伝えているが、制作とカスタマイズについては、もう自分の力の及ぶところではない。

「スカルファロット家の武具部門というのは、技術力のある方々がそろっているのですね」

「ありがとうございます。カルミネ副部長にそうおっしゃって頂けたと聞けば、皆、喜びます」

ダリヤより少し前に身を乗り出し、ヴォルフが笑顔で答えている。

「では、数日中に西区の緑の塔へ、大型の粉砕機に関する仕様案をお送りしてもよろしいでしょうか？　次に隊へいらっしゃるときに、予定を合わせてお話ができればと思いますので」

「はい、お願い致します」

答えて、ふと引っかかりを感じた。自分はカルミネに住まいを教えていない。

「カルミネ様――どうしてダリヤの住まいをご存じなのですか？」

自分が言う前に、隣のヴォルフが尋ねてくれた。

「以前、王城でカルロ殿とご一緒したことがございます。そのときにお教え頂きました。その、いつか緑の塔に酒を持って遊びに来ればいい、娘を紹介するからとおっしゃいまして……」

「え、私ですか？」

「お恥ずかしながら、カルロ殿に願ったのですよ、ぜひご息女にお会いさせて頂きたいと」

父が王城へ仕事に出向いたことは確かにある。

だが、カルミネについては父から聞いたことがない。それとも自分が忘れているのだろうか。

必死に記憶をたぐり寄せていると、ヴォルフがまた先に尋ねてくれた。

「カルロ様のお招きがあったのに、いらっしゃらなかったのですか？」

「急な仕事で忙しくしているうちに月をいくつか越え、他からダリヤ会長のご婚約のお話を伺いました。さすがにその後にご連絡というのも気が引けまして……」

「そう、ですか……」

大変微妙な空気が漂う。これではまるで、カルミネが自分に心を寄せていたように聞こえるではないか。それは絶対にあり得ない。

ダリヤはどんな理由があったのかを率直に尋ねることとした。

「カルミネ副部長、どのようなご用があったのでしょうか？」

「その——私は防水布に感銘を受けまして、いわば、防水布のファンと申しましょうか」

「防水布の、ファン……」

ヴォルフが平らな声で復唱している。

ダリヤの頭の中を、複数のブルースライムが規則正しく跳ねていった。

「以前、私は防水布と同じ機能のものを目指して、革で研究しておりました。革の軽量化に硬質化、各種魔物素材の付与、様々に試しましたが撥水《はっすい》効果が足らず――そこに王城へ納品されてきた防水布の天幕を拝見し、雷に打たれた思いでした」

カルミネが感動したというのであれば、その天幕は父の付与だ。

大きい布でも端から端まで均一、ムラも抜けもなくて当たり前、端だけを二重にくるむぐらいはしていたに違いない。

「防水布をカルロ殿のご息女が開発したと知って、ぜひお話を伺いたいと思ったのです。天才のひらめきというのは、どのようなものかと――」

「いえ！　私は天才などでは全然なく！」

声を大きくしつつ、罪悪感で胸が痛む。

自分には前世がある、それ故に作れたものが多いのだ。天才のひらめきなどまったくない。

「ご謙遜《けんそん》なさらずとも。防水布や乾燥中敷きにスライムの粉を使うなど、考えもしませんでした。私のように試行錯誤がまるで無駄な者からすれば、うらやましい限りです」

「あの、それは違います。試行錯誤と失敗は山のようにしましたので……」

それだけは言える。防水布に関しては数限りなく実験し、父もトビアスもイルマまでも巻き込み、迷惑をかけまくった。

「防水布はどこから取りかかられました？　やはりスライム粉や他の魔物の粉や結晶を試すところからでしょうか？」

「ええと、スライムの粉を作るために、スライムを干すところが最初でした」

「え？　粉は冒険者ギルドに頼まなかったのですか？」

「当時はスライムそのものが一般的ではなく……スライムの核を壊して獲《と》ってきて頂き、それを干した後、粉にしておりました」

「その作業はどちらで？」

「塔の床から屋上まで、あとは庭ですね。でも、雨が続くとカビてしまうので困りました」

「スライムにカビ……他にも問題などはありましたか？」

「ブルースライムに脱走されて探したり、干していたグリーンスライムを鳥に食べられたりもしました。なので、冒険者ギルドで粉を作って頂けるようになって、本当にありがたいです」

今でこそ、スライム粉は魔物素材の中ではお手頃な価格だが、当時は素材ですらなかったのだ。

生産体制の整備について冒険者ギルドをぜひ褒《ほ》めて頂きたい。

「防水布の配合や付与は、どのように導き出されたのですか？」

「総あたりです。ええと、まず各種スライムを粉にしたものと薬液を合わせて小さい布で試して、ブルースライムと決めました。そこから各種薬剤を試し、良さそうな四種を選び、一長一短なので混合にしました。混合割合も五十ほど組みました」

「本当に、総あたりなさったのですね……」

その通りである。凡才なので試行回数頼みの開発だった。

なので、自分に天才的ひらめきを求めるのはやめて頂きたい。

「防水布開発で一番大変だったのは、どのあたりでしょうか？」

「そうですね……耐久試験として、小型洗濯機で百回洗ったときでしょうか。手が痛くなって大変でした」

「小型洗濯機で百回……」

小型洗濯機は小さな樽《たる》状の本体に、水の魔石をセット、上部の手動ハンドルを回転させ、水流で洗うものだ。短期間で耐久試験を終えたいと必死に回し、連日、筋肉痛となった。

「ダリヤは確かにひらめきに優れていますが、それ以上に熱意のある努力家です。様々な実験を行い、ブラックスライムの粉で火傷《やけど》を負うほどだったのですから」

「ヴ、ヴォルフ」

待つのだ、それは努力家ではなく、ただの不注意な愚か者だ。

ヴォルフのフォローが斜めに突き抜けた状態に、ただあせる。

「ブラックスライムで火傷……」

「いえ、いつもそんな無茶なことをしているわけではなく！　そのときはたまたまで……」

「今、思い出しました。カルロ殿が『一時《いっとき》も目を離したくない魔導具師』だとおっしゃっていました……」

父よ、他人に自分の娘を紹介するにしては、あんまりではないだろうか。そこまで自分が心配だったのか。

いや、カルミネと話したことで、防水布の実験を思い出したのだろう、そうに違いない。

「申し訳ありません、横から申し上げて――でも、ダリヤは本当にすばらしい魔導具師です。確かに勢いで試すこともありますが、いつも懸命で、人のことを想《おも》って、魔導具を作ってくれます」

ヴォルフの言葉に、うれしさと恥ずかしさが波のように押し寄せた。

口を開きかけて閉じ、顔が赤くなるのを止めようとして失敗する。

ダリヤは頭を必死に働かせ、話題を変えることにした。

「カルミネ副部長！　革を軽量化し、魔物素材を付与なさったものはどのような感じだったか、お伺いしてもよろしいでしょうか？」

「はい、軽量化した馬、八本脚馬《スレイプニル》、鹿、猪《いのしし》などの革に、クラーケンや大海蛇《シーサーペント》や砂漠蟲《デザートワーム》、鎧蟹《アーマークラブ》などを付与しました。どれも撥水効果が足りないか、重量が重く、最終的に革鎧《かわよろい》の素材ができあがってしまいましたが」

「革鎧向けの素材、それもすごいことだと思います」

「あとは、折りたためぬテントに、張りづらい幌《ほろ》ができあがりまして……しかも価格は防水布の十倍値という……」

はるか遠い目をするカルミネの思いはよくわかる。

魔導具開発というものは、予想外の方向に進むこともあるのだ。あと、確かに使い勝手がよくないまま、価格十倍は悩むところかもしれない。

「革に防水布と同じくブルースライムの粉を付与してみたこともあります。しかし、革では剥離《はくり》しやすくてだめでした。布のようにきちんと染み込まないのが原因だと思いますが……」

「革で剥離……刻んではだめでしょうか？」

「刻むとは？」

「ええと、私はコートの穴を塞ぐのに、強化を兼ねて、裏側にブラックワイバーンの余った革を刻んで張っているんです。ボロ革というか、廃棄するような端の部分や古い革も細かく刻めば、薬液も魔法も通りやすいですし、お得ですから」

そこまで言って口を閉じる。王城の魔導具師に向かい、『お得だから』と廃棄するボロ革を勧めてどうするのだ。新品を刻んでもいい話ではないか。

カルミネは目を丸くして聞いていたが、その後に口角をきれいに吊《つ》り上げた。

「廃棄している革は山ほどあります。ダリヤ会長、その案、お借りして実験させて頂いても？」

「もちろんです」

「では、こちらの結果も緑の塔へお送りさせて頂きます」

彼の言葉の後、ちょうど馬車が止まる。

ヴォルフが先に降り、ダリヤに右の手のひらを向けてくれた。

ドアにローブの裾がはさまらないよう、細心の注意を払っていると、カルミネが笑む。そして、そっと片側のドアを押さえてくれた。

礼を告げて馬車を降りたダリヤは、目の前の魔物討伐部隊棟とヴォルフのエスコートに安堵する。

その背に、カルミネのつぶやきが届くことはなかった。

「あの日、すぐ塔に伺わなかったことが、本当に悔やまれます――」


ヴォルフはダリヤを緑の塔に送り届けた後、自分の屋敷に戻った。

彼女に夕食を誘われたが、本日はヨナスとの鍛錬日である。もったいないと思いつつも断った。

銀の魔封箱を大事そうに抱えたダリヤは、笑顔で塔に入っていった。

魔封箱の中身は、カルミネが渡してきた、仮眠ランタンの薬液レシピと月光蝶《げっこうちょう》の翅の結晶、氷龍《アイスドラゴン》のウロコ。女性であるダリヤに直接は渡さず、護衛役の自分に預けるあたり、やはり彼も高位貴族なのだと思えた。

だが、カルミネには高圧的なところが一切ない。思い返せば、ヴォルフのいる兵舎の空調を改修に来たとき、部下にも職員にもあの態度は変わらなかった。

魔物討伐部隊棟に戻る馬車の中、彼の言葉にただ驚いた。

当時、カルミネが緑の塔に行っていたら、魔導具師同士、ダリヤととても話が合っただろう。

自分は魔導具師ではないけれど、ダリヤやオズヴァルドを見てきた上でも、カルミネの付与がすごいのはわかる。今日楽しげに話していた二人を見る限り、一緒に開発や制作もできそうだ。

ダリヤの父カルロとて、それを見越して、緑の塔に招く言葉を告げたのかもしれない。

ダリヤより少し年は上だが、王城の魔導具制作部、その副部長であり、能力のある魔導具師で、貴族で、人格的にも良さそうで、彼女の開発した魔導具に心酔し、尊敬している。

彼の方が、ダリヤの元婚約者よりもよほど――

「申し訳ありません、ヴォルフ様、少々遅くなりました」

ヨナスの声に、はっと我に返る。

夕食後、屋敷の裏手で素振りをしていたが、いつの間にか手が止まっていたらしい。

ヨナスに続き、兄と魔導師二人がやってくるのが見えた。週に一度とはいえ、毎回、忙しい中で教えてもらっているのだ。集中してやらなければ失礼だろう。

「いえ、私も、今来たところですので」

「時間がもったいないですし、すぐ始めましょう。本日は、鎧をつけて頂けますか？」

「わかりました」

ヨナスは珍しくきちんとした鎧をつけていた。色は黒だが、赤　鎧《スカーレットアーマー》と同じ型だ。自分に渡されたものも同じだった。

ヴォルフは手早く鎧を身につけると、模造剣を渡された。

「剣もこちらをお使いください」

同じく模造剣ではあるのだが、実剣により近い、ずっしりとしたものだ。

魔物討伐部隊の実戦を思わせる重さに、どんな訓練をするのかと不思議になる。

「本日より実戦向けに切り換えます。まずは陣地戦と参りましょう。ヴォルフ様はグイード様のいる方へ、私は塀のある方へ攻め入る形で。自分が抜かれたら負けだと思ってください」

今までもそれなりに厳しい訓練だったのだが、あれは実戦向けではなかったのか？　そう問いたくなるのを堪《こら》えつつ、はいと返事をした。

そうして指導はいつものように始まったが、三度打ち合って納得した。

剣が違うせいか、ヨナスの斬撃がとても重い。手首と肘にみしりとくる感覚に、魔物との戦いを思い出す。

身体強化をかけてうまく受け流さなければ、腕が使いものにならなくなるか、剣が折れるだろう。

上段からの重い一撃をなんとか受け流し、返す勢いで斜めに斬り上げようとする。

だが、ヨナスはあろうことか自分の剣を右手首で叩《たた》き止めた。

「遅いですね。剣の根元は斬りづらいので、ウロコ持ちには止められます」

言いながら腕輪をずらすと、手首に近いウロコが一枚だけ割れているのが見えた。

その腕を盾代わりに弾かれれば、自分など簡単に斬られるのではないか――そう思っていると、彼は無言のまま、するりと横を歩き過ぎた。

これは陣地戦として抜かれたことになるのだろうか？　そう思いつつ、どうにも動けぬまま見守っていると、ヨナスはさらに先に進んだ。

離れた塀のそば、冬が近い中、ひっそりと咲き枯れている花がある。元の花の色は、赤か朱か。薄茶の細く長い茎は、風が吹けばすぐにも折れそうだ。

ヨナスはその横に立つと、無表情のままに剣を振るい、花の首を落とした。

かさり――枯れた花が地面に落ちる音が、ヴォルフにはひどくはっきり聞こえた。

ぐしゃり、ヨナスが踏みつけた枯れ花は、無残なほど粉々になる。

言葉は一つもなく、彼がどうしてこんなことをするのかもわからない。

だが、戻ってきたヨナスが元の位置に立ったので、無言のままに打ち合いを再開した。

目線に沿わぬ不規則な剣筋、踏み込みに一瞬入れられるフェイント。速さだけならば、ダリヤに作ってもらった天狼《スコル》の腕輪がある自分の方が上。以前よりはマシに戦えている気がする。

いいや、これならば、全速で動けば彼の剣を落とせるかもしれない、そう思って踏み込んだ。

だが、その右腕を狙った剣を弾き返すと、ヨナスはその錆色《さび》を暗く淀《よど》ませた。

「この程度では――後ろにいる者を、余裕で殺せる」

脳裏で枯れた花に赤い髪が重なり――気がそれた瞬間、横殴りの一撃が胴にきた。

めきり。身体強化をかけているはずなのに、内側から嫌な音が響く。その激痛に、息が止まりそうになった。

「ぐっ……！」

奥歯を噛《か》みしめて耐えきると、剣を構え直す。今の一撃で、肋《あばら》は確実に折れた。

「降参しますか？」

抑揚のない声に、ヴォルフは、いえ、と短く返した。

この痛みで戦うのは厳しい。勝てるとは到底思えない。

だが、降参することも膝をつくことも、今日はどうしてもしたくない。

粉々に崩れた赤い花が、どうにも瞼《まぶた》に残って――それに重なる者を思い出し、剣を握りしめる。

自分は何のためにヨナスに教えてもらっているのだ？　守りたい者を守れるようになりたいから、教わっているのではないか。

観《み》ろ、そして学べ。

自分は――二度と、負けられない。

歯を食いしばって視線を上げると、目の前の男の体勢、流す魔力がはっきり視《み》えた。

錆色の目は自分だけではなく周りも同時に見ている。肩は力が入っておらず、剣の握りはゆるく持っているように見えながら、いつでも角度を変えられる余裕がある。

膝のわずかな曲がりによる溜《た》めに、踵《かかと》のわずかな浮き――真似のできるところは同じく、できぬところは自分の形で、ヴォルフは身体強化をかけ直し、爪先を地面に食い込ませる。

そして一度視線を下げた後、ヨナスの錆色の目に向かい、一切の躊躇《ちゅうちょ》なく斬り込んだ。

剣先に肉の当たる感触と、脇腹に打撃を感じたのはほぼ同時。

なんとか数歩下がって剣を握り込んだが、ヨナスからの反撃はなかった。

「ヨナス先生……？」

立ち尽くす男の頬が深く裂け、だらりと血が流れる。

頬の赤はすぐその唇まで届いた。長い舌が赤を舐《な》め取ると、口元が裂けるように笑みを作る。

「あははは……！　続けようではないですか！」

上機嫌で笑った男の瞳孔が、縦に裂けた。

赤黒いそれに浮かぶ光は、人のものではなく、討伐で見る、爬虫類《はちゅうるい》系の魔物と同じ。

ヨナスが剣を構えると、ぶわりと強く熱い魔力の波が広がった。

髪の毛が根元から逆立つ感覚に、ヴォルフは思わず剣を握り直す。体勢は無意識に、魔物に向かうそれとなった。

互いにすでに間合いの内、ここから戦いの決着を——

「そこまでだ」

その声に、飛び込みかけた身をどうにか止めた。

声の主であるグイードが隣に来て、ヨナスに手のひらを向ける。そして、その右足を白く凍りつかせた。

短い舌打ちはあったが、ヨナスは目を閉じてうつむき、凍らされるがままになっていた。

「兄上!?」

「大怪我をする前にやめさせておきたいからね。悪く思わないでくれ」

どちらに言っているのかわからない台詞《せりふ》だが、無言のヨナスを目の前に、聞き返せなかった。

「戻せるかい、ヨナス？」

「問題ありません」

瞳孔を丸く戻すと、ヨナスは足を踏み込んで、膝の氷を力任せに砕く。そして、飛び散った氷と細かな赤に顔をしかめた。

氷で赤く切れた膝を見たグイードは、離れた場所にいる魔導師に声をかける。

「二人の治療を頼む」

その言葉に魔導師達が駆けてくる。自分には治癒魔法、ヨナスにはポーションがかけられた。

治療が終わると、ヴォルフはヨナスに歩み寄った。

「目を狙ってしまい、申し訳ありません、ヨナス先生」

「いえ、戦いでは当然のことです。剣筋が速く、読みづらくなりましたね。短期間でよく鍛錬なさったと思います」

「そろそろどうかな。少なくとも、ヨナスの表情《かお》を崩せたんだ、生徒から『後輩』ぐらいにはなったかと思うが？」

なぜか自慢げに言うグイードに、ヨナスがとても面倒そうな顔となった。

兄の護衛で忙しいところ、さらに手間をかけさせているのだ、本当に申し訳ないばかりである。

その想いを込めつつ彼を見れば、錆色の視線が揺れて――深くため息をつかれた。

「……坊ちゃん扱いはここまでだ。今日から生徒ではなく、『護衛者の後輩』として扱う。外部の者がいない場は『ヴォルフ』と呼ぶ。言葉も取り繕《つくろ》わん」

自分に対し、敬語が消えた。それがとてもうれしい。ヴォルフは思いきり笑顔で礼を述べた。

「ありがとうございます、ヨナス先生！」

「ヴォルフ、そこは敬意と親しみを込めて、『ヨナス先輩』ではないかな？」

兄の提案に迷う。先輩も意味としてはありだが、教わると考えると、先生呼びの方がしっくりくる気がする。

「『ヨナス先輩』、ですか？　敬意を込めるなら、やはり『ヨナス先生』の方がいいのではないでしょうか？」

「ヨナス先輩・ヨナス先生・ヨナス師匠・大先生・お師匠様……どれがいいだろうね。この際、『ヨナスお兄様』でもいいんじゃないかな？」

上機嫌の兄が、何か違う呼び名まで混ぜ合わせる。その青い目は悪戯《いたずら》っぽい光を帯びていた。

ヨナスの苦笑が、妙に整った微笑に切り替わるのはすぐだった。

「そういえばグイード様、ベルトの穴が一つずれられたとか。運動不足解消に、魔法使用なし、『剣技のみの模擬戦』を行いましょう」

お披露目の打診と臨時の魔導具師願い

「これで、全部です！」

商業ギルド内、ロセッティ商会で借りている部屋で、ダリヤは本日最後の羊皮紙に署名をした。

「お疲れ様でした、会長！」

イヴァーノは笑顔でそれを受け取ると、次々と赤茶の革箱に入れる。そして、同色の革紐《かわひも》を結び切り、きっちり封をして言った。

中身は、以前、各種スライムの実験をし、いろいろと素材を作り出した後、開発が決まったものの報告と利益契約書の写し、そして御礼《おんれい》の手紙である。

宛て先はスカルファロット家武具開発部門のヨナス、ベルニージ、そしてグイード。冒険者ギルドのアウグストにイデア。服飾ギルドのフォルトにルチア。

なお、商業ギルド長のレオーネの分は、すでにイヴァーノが手渡してきている。

「メーナ、馬場にいるマルチェラと一緒にこれを服飾ギルドへ、こちらは冒険者ギルドへ届けてください。それが終わったら今日は二人とも直帰でいいです」

「ありがとうございます。なんなら、そちらも今日のうちにスカルファロット家にお届けしてきましょうか？　まだそんなに遅い時間じゃないですから」

「いえ、スカルファロット家は俺がまとめて持っていくので大丈夫です」

「そうですか。じゃ、お先に失礼します！」

メーナは笑顔で挨拶をし、四つの革箱をしっかりと抱きかかえて部屋を出ていった。

それを見送ると、ダリヤはようやくほっとする。

ここ二日、ひたすらに書類を確認してサインをしていた。

正式な販売は来春以降になるそうだが、スライム関連魔導具はいろいろと進んだ。

イエロースライムの粉からできた『軽度防護布』『衝撃吸収材』、そして『砂丘泡《ドゥナボーラ》』。それぞれ、防御目的のベストやマント、ベッドマット、クッション、防具の裏、義手義足の内部など、用途は広範囲になった。

魔物討伐部隊が最優先で試し、良いものから取り入れる。その後に騎士団、国の警備兵へと回っていく予定だ。

ただし、開発関係者に関しては優先して回すことが決まっている。分担も決まった。

服飾ギルド所属、服飾魔導工房長であるルチアは、リアルな胸パッドや肩パッドを開発中だ。仕上がったものは優先的に服飾ギルドに回す。

レッドスライムの粉による『人肌保温材』は、ベルニージに任せた。今は神殿と地区の病院に一定数を無償提供し、乳幼児や病人の低体温防止パッドとして試してもらっている。

安全のためにクラーケン革で本体をカバーし、かつ、その上に布カバーをかぶせたが、最初は通気性の問題が出た。皮膚に密着すると、子供は汗疹《あせも》になりやすい。現在は、表面に凹凸をつける形で改良している。

残念ながら、量産するには値段がネックになっている。イデアによるレッドスライムの増産を待ちたいところだ。

ブルースライムの粉からの『冷却剤』は、スカルファロット魔導具制作工房が進めている。

こちらも、神殿と地区の病院に一部無償提供をして試してもらっているそうだ。氷嚢《ひょうのう》より長い間保《も》つので、重宝されているらしい。

この冷却剤は、魔物討伐部隊の鍛錬後の筋肉痛を冷やすのにも使われ始めたという。

ひどい筋肉痛なら治癒魔法をかければと思ったが、それでは身体が鍛えられないのだとヴォルフに聞いた。仕組みはわからないが、身体を鍛えるのはやはり大変なようだ。

グリーンスライムの八本脚馬《スレイプニル》の飼料は、グイードとベルニージ、薬草関係に詳しい家が進めるとのことで、全面的に任せたというか、名前ごと譲る形とした。

ただし、輸送が便利になるのはありがたいが、戦争になど使われたくはない――そうヨナスに話したところ、各所での神殿契約を申し出られ、慌てて断った。

貴族は間違いない約束として神殿契約を持ってくるものらしいが、お高い上に制約魔法はなんとなく怖い。そんなことを思い出しつつペンを片付けると、ノックの音が響いた。

「失礼します、本日午後分のお手紙です」

商業ギルド員からイヴァーノが手紙の束を受け取り、テーブルの上で分類していく。貴族や他商会からの挨拶、新規の取引、人材の売り込みなどが多いそうだが、そういったものをダリヤが開封することはない。

だが、今日は束の一番上、白に金の縁取りのあるそれを、イヴァーノが両手で渡してきた。

「ジルド様からですね……」

一際《ひときわ》白い封筒と宛て先の流麗な文字で、確認しなくても差出人がわかった。

びくびくしながら封を切ると、読み進めるにつれて顔がうつむき、背中が丸まっていく。

「男爵位授与前の、お披露目のお話です。二週間後に二十四組での舞踏会、四週間後に四十組での舞踏会のどちらがいいかと……」

「少ないのは日が近すぎますかね。参加者が多ければ顔が売れますが、緊張はしますよね」

お披露目をして頂く当人である。文句は言えぬ。

しかし、準備期間が長く、人数が少ないという選択肢があればとつい思ってしまう。

「ここに、『お茶会や晩餐《ばんさん》会は仕事が忙しいと言ってあるので断ってもよい』、って書いてあるんですが？」

手紙はロセッティ商会宛てでもあるので、そのままイヴァーノに手渡した。

「あー、これは、『お茶会や晩餐会の誘いがあったら断れ』って忠告ですね」

それならそうとストレートに書いてほしい。貴族の真意をくるんだ言葉はダリヤには難しい。

女性だけのお茶会ならば少しは緊張しないのでは――そう思いかけていたがやめることにする。

相手が全員貴族である。礼儀もルールもわからないのだ、参加しない方がいいだろう。

「舞踏会ということは、やっぱり私も踊らなきゃいけないんでしょうか？」

「そうなりますね。会長、基本三曲踊れます？」

「はい、一応ですが。高等学院で選択しましたので」

高等学院は必須教科に音楽がある。音感のないダリヤは楽器演奏と声楽を避けた。結果、ダンス以外に選択肢がなかった。

幸い基本三曲と呼ばれる定番は、小さい頃、メイドのソフィアから教わった。洗濯物を干した後の屋上で、二人でよく踊ったものだ。

遊びのついでではあったが、おかげでダンスの授業は苦労せずに済んだ。

「最初の曲は婚約者か恋人、もしくはご家族かご親戚、他家でのお披露目ならそこの当主、まあ、この場合はジルド様でしょうね」

ジルドとのダンスがまったく想像できない。ただし、足を踏みそうなのと、曲の後に謝罪することになりそうなことだけはわかる。

「お披露目の舞踏会は、最初の一曲を踊ったら、次の二、三曲はそれに準ずる形で、あとは踊っても歓談してもいいそうです。ジルド様が主催ですから、踊った後の歓談はジルド様か奥様が仕切ってくださるでしょう。ただ、会長は独身ですから、前もって踊る相手は決めておいた方がいいでしょうね」

「踊る相手と言われても……」

「ジルド様の次なら、お勧めはヴォルフ様、グイード様、グラート様、ベルニージ様ですね。どれも仕事つながりと言い切れます。誰が呼ばれるかによりけりですが」

踊るなら、ヴォルフがいい——よほど自分は弱気になっているらしい。浮かんだ考えを振り払い、ダリヤはイヴァーノに尋ねる。

「やっぱり、お披露目は舞踏会じゃなきゃいけないんでしょうか？」

晩餐会やお茶会でお披露目をする形もあると聞いた。そちらの方がハードルは低くないだろうか。

「舞踏会が一番いいと思いますよ。失礼ながら——会長、腹芸は苦手でしょう？」

「苦手というより、この先も無理ではないかと……話術もまるでだめですし」

イヴァーノに格好をつけても仕方がない。ダリヤは本音で答えた。

「舞踏会が一番、会話が短く浅く済むんですよ。晩餐会だと立食なら誰が近づいてくるか微妙ですし、こちらは相手の爵位や状況がわからないので、応対に非があるとまずいです。テーブル式での晩餐とお茶会は特定の相手と話す時間が長くなりがちですから、探りを入れられやすい上に、いらぬ言質《げんち》を取られる恐れがあります」

「あぁ……」

思わず納得の声が出た。貴族との商売をするようになったせいか、イヴァーノがとても詳しく知っている。いや、自分が勉強不足なのだろう。

しかし、貴族向けの礼儀の本は冊数だけは読んでいるが、こんな内容は一切なかった。

「俺、ジルド様とお話しする機会を時々頂いているんですけど、不慣れな若者が貴族の既婚女性のお茶会に参加した日には、胃痛じゃ済まないそうですから」

「そんなにですか？」

「ええ。あのジルド様でさえ、若い時分は茶会が終わってから転げ回るほどの気苦労があったとか……貴族の腹の探り合いは、『男は笑顔で陣地取り』『女は笑顔で背後取り』、そうおっしゃってました」

どんな怖い世界なのだ？　どちらも全力で遠慮したい。

その前に言葉の裏が読めぬ庶民の自分には、貴族の会話がまったく理解できそうにない。

「あと、お手紙に『ドレスはこちらで準備させて頂きたく』とあるんですが、ジルド様にそこまでして頂くわけには……」

「やっぱり侯爵家ですから格が必要なのと、奥様と色がかぶらないようにとか、いろいろあるんでしょう。会長、お願いしてしまった方がいいですよ」

笑顔で答えている途中、紺藍の目が手紙の一部でぴたりと止まった。

「あれ？　追伸に『財務部に一日お茶を飲みにいらして頂きたい』ってありますけど？」

一日お茶を飲むとは一体何だろう？　お腹が紅茶でたふたふになりそうだ。

もしや、先日、魔導具制作部で話した、先取りで素材をお得に買えるかもしれぬ方法の件だろうか。それとも、安全管理による費用対効果の件だろうか。

イヴァーノに少し説明をすると、深くうなずかれた。

「ああ、それは……あきらめて財務部へ講義をしに行くしかないですね。ドレスはその授業料として、堂々と受け取ればいいですよ」

「授業料、ですか……」

それでいいのかと思うが、お披露目会をして頂き、ドレスまでもらう以上、断る選択肢はない。

お披露目と財務部に行く日を共に想像し、つい、胃に手が伸びた。

「会長、これが今までで一番効いたので、よろしかったらどうぞ」

いい笑顔の部下がテーブルに置いたのは、薄紙に包まれた赤い粉が三包。

「えっと、これは？」

「レッドワイバーンの胆《きも》入りの胃薬です。お高いですけど、よく効きますよ」

⬢
⬢
⬢
⬢
⬢
⬢

緑の塔、ダリヤは機嫌のよい笑みを浮かべ、作業机の上を見ていた。

本日、王城の魔導具制作部のカルミネ副部長から、大型粉砕機の仕様書が届いた。

改良点は大きさ、材質、刃の構造と形、魔石を五つにしての魔導回路——どれも完璧であった。

試作ができあがり次第、ダリヤも見学と改良に加わる予定だ。だが、おそらく自分の出番はないだろう。

そしてもう一つ、『防水革』を目指し、革を小さくカットしたものに、防水布と同じくブルースライムの粉を付与する実験の報告書があった。

そのままでは耐久性が今一つであったらしい。このため、革に詳しい部員と共に、イエロースライムの粉や魔樹《まじゅ》の樹脂、その他の薬品を混ぜてみたところ形が崩れなくなったことが、本来、秘匿《ひとく》するはずの配合率と一緒に書かれていた。

短期間で仕様書を書ききり、ここまで実験結果を出すのだから、カルミネは付与の腕だけではなく開発力もすばらしい。何らかの形にできたら見せてくれるとのことなので、楽しみだ。

しかし、わずか数日でこの仕様書に実験、おそらくはウロスの代理で予算書の確認まで――カルミネの身体は大丈夫なのか。それが少々心配である。

そして今、机の上にあるのは、先日の御礼にと送られた細長い魔封箱。中は高級な菓子箱のように均一に区切られていた。

並ぶ素材は五色。白、赤、青、黄、緑の半透明、完全な半円のウロコがガラスケースに入れられている。きらきらと輝いていて、どれも美しい。

南の島の浅瀬にいる魔魚《まぎょ》のウロコを加工したものとのことで、魔力は少ないが、色合いに濁りがない。魔導ランプのガラスの色付けにも、魔導具の水晶ガラスに混ぜ込んでも使える素材である。

魔封箱を見たとき、とんでもなく高い素材だったらどうしようと思ったが、手の届く範囲のものであり、量もそれほど多くない。それに安心した。

何に使おうかと考えると、心が躍ってならなかった。

「あら……？」

ふと気がつけば、窓の外が青暗く日差しを落としていた。

今日はヴォルフが来る予定なので、そろそろスープを温め、酒と肴《さかな》の準備をしたいところだ。

仕様書と魔封箱を棚に片付けると、床のブルースライムの瓶を机に置き、本日のご飯である栄養水を与えようとする。

先日はヨナスに開けてもらったが、またも蓋《ふた》が動かない。蓋を引っ張ると容器まで持ち上がる。

広口のガラス瓶は蓋に小さな穴があり、スライムが逃げられぬ程度に空気が少しだけ通るようになっている。

だが、このガラス瓶は、口部分のクラーケンテープの巻きが少し多いのか、ぴったり閉まりすぎるのだ。

ダリヤは仕方なく腕まくりをし、左手で瓶を押さえ、右手で思いきり蓋を引っ張る。

必死になった十秒後、きゅぽん！　と高く音がした。

同時に、視界を右斜め上に向けてブルースライムが飛んでいった。

「ちょっと待って!?」

あわてて腕を伸ばしたところ、横に置いていた栄養水の瓶に当たって倒し、腰から下に派手にかぶった。

が、今は着替えどころではない。すぐスライムを捕まえなければ――即座に作業用手袋をつけ、左手にガラスの大瓶を持つ。

隔離し、狭い場所で育成しているブルースライムは、比較的動きが遅いことが多い。万が一攻撃されても重い火傷《やけど》はまずしないし、核を叩《たた》けば仕留められる。

作業場には父も使っていた銀の杖《つえ》が置いてある。視界の隅でそれを確認すると、ブルースライムに向き直った。

じりじり動くブルースライムを、壁際に追い込みつつ間合いをつめる。そして、勢いよく手袋越しにつかんだ。

「ＯＫ！」

一回で捕まえられたことに、思わず前世の言葉で喜びの声をあげてしまった。

すぐスライムを大瓶に入れ、机の上にある蓋を手早く閉める。

以前逃げられたときは、捕まえるのに何度も失敗した。転んで両膝を擦《す》りむいたこともあれば、父が仕留めてくれたこともある。

ヴォルフが来る前に捕まえられて、本当によかった。でないとまた彼に心配をかけてしまう。

ダリヤは安堵《あんど》して手袋を外すと、羽織っていた作業服を椅子の背に掛け、伸びをした。

運動神経も反射神経もないのは自覚しているが、今回に関しては自分を褒めたい。

そのとき、ちょうどドアのベルが鳴った。規則正しいこの鳴らし方は、きっとヴォルフである。

「こんばんは、ダリヤ」

いつものごとく差し入れと酒を持参してきた彼は、部屋に入るなり、黄金の目をじっと細めた。

「ダリヤ、後ろのそれは――？」

「え？　あ！」

振り返ると、いつの間にか這《は》い出していたスライムが、ダリヤの後ろをついてきていた。スカートから滴《したた》った栄養水を追ってきたのかもしれない。

急いでいたので、蓋が斜めだったのか――いや、まずは捕獲が先だ。

作業用手袋をつけようと机に向かうと、ブルースライムがぴょんと跳ね、ダリヤの赤茶のフレアースカートにぺたりとくっつく。

すぐ、布地から白い煙が上がった。お腹がすいていたのか、いきなり溶解液を出し始めたのだ。

「なんで!?」

お前のご飯は液体なのだから飲むだけでいいではないか、なぜスカートを溶かそうとするのだ？　この秋に買ったばかり、厚地の冬物で、まだ二度しか身につけていない。ヴォルフが来るから少しはお洒落《しゃれ》をと思ったのに――予想外すぎる事態に、頭は混乱するばかりだ。

しかし、ここで動いたらスカートが足に張り付き、火傷する可能性がある。

自分一人であれば、スカートを脱ぎ、文句を言いながらスライムを捕獲するところだが、目の前にはヴォルフがいる。スカートの裾を足にぶつからぬように少し持ち上げ、ただただ悩む。

「ダリヤ、そのスライム、殲滅《せんめつ》していい？」

「いえ、あの、これは観察対象なので！」

突然のヴォルフの提案に、納得するが了承できない。確かに核をつぶせば、スライムはスカートから外れるだろうが、元はといえば蓋をきちんと閉めなかった自分のミスである。

毎日、重量測定も行っているし、ちょっとは情もあるので、殲滅は避けたい。

「ええと、そこの棚にヴォルフ用の作業用手袋がありますので、それで捕まえて、あちらの瓶に入れてもらえればと。その後に着替えてきます」

「わかった」

ヴォルフはすぐに手袋をつけ、ブルースライムを引き剥《は》がそうとする。

ブルースライムは力もそれほどなく、通常、溶解力も弱めなので、油断した。

「きゃっ！」

ブルースライムは、スカートの布を裏地ともども、しっかり円形に剥ぎ取っていった。

その上、溶解液が薄く煙を立ててスカートをつたう。

「ダリヤ！」

スカートの切れた部分が膝に張り付くかと思えたとき、ヴォルフがブルースライムを投げ捨て、溶解液付きの部分が当たらぬよう、裾を持ち上げてくれた。

ダリヤは急いで背中側のリボンを引っ張り、スカートを床に脱ぎ落とした。

「大丈夫？　火傷はしてない!?」

「大丈夫です」

ほっとして答えた後――状況を把握して固まった。

作業着を取りに行くか、礼を言わなければと思うが、どうにも動けない。とりあえず上のセーターの裾を必死に下に引っ張る。

慌てまくる自分に対し、ヴォルフはすぐ背を向け、後ろ向きのまま上着を脱いでよこした。

「……風邪をひかないよう、着替えてきて。俺はその間に間違いなく奴を捕獲しておくから」

「す、すみません！　お願いします……」

渡された上着を腰に巻いて手で押さえ、ダリヤは急いで階段を駆け上る。足がもつれて二度ほど転びそうになった。

幸い、本日のセーターは腰をぎりぎり隠すほどには長く、冬用の長い靴下も膝上まである。それほど肌色の割合は高くない。

ヴォルフに見られたとしても一瞬だ、記憶になど残らないだろう。

自分の顔の赤さについても、気づかれていないことを祈りたい。

それにしても、すぐ後ろを向いて上着を渡してくるあたり、彼は本当に紳士である。一切動じないのは、やはり自分が恋愛対象に入っていないと同時に、女性として見られていないからだろう。

あのブルースライムに関しては、ヴォルフがいるうちに他の大瓶に移してもらおう——ダリヤはそう思いつつ、三階の自分の部屋に駆けていった。

ヴォルフはダリヤの足音が三階へ遠ざかったのを聞き、ようやく固めきっていた姿勢を解いた。

あたりを見渡すと、作業机の陰、床で大人しく食事をしていたブルースライムをつぶれんばかりにつかみ、大瓶に入れる。そして、上蓋をみりみりと音がするほどにきっちり閉めた。

ブルースライムは大瓶の底から斜めに伸び、赤茶の布を戦利品のように広げている。

「おのれ、ブルースライム……いや、それよりも俺だ……」

出しかけた威圧が、立ち消えた。

まったく、魔物討伐部隊、赤鎧《スカーレットアーマー》の自分が、目の前でスライムごときにダリヤの服を溶かさせるとは何事か。

彼女の後ろにいるブルースライムを見た瞬間、素手で捕まえて、この大瓶に叩き込めばよかったのだ。いや、どさくさに紛れて核を粉砕してもよかったかもしれない。

ダリヤが火傷をしなかったからよかったものの、何かあれば全力で核を踏みつぶしていたところだ。

あのきれいな白い脚に、わずかな傷でもつけていたら——ぴたりと動きを止めたヴォルフは、両手で顔を覆い隠し、低くつぶやきを落とす。

「……早く、記憶を殲滅しないと……」

大瓶の中、スライムはいまだダリヤのスカート、その切れ端を溶かし続けていた。


「……あれ？　お客さんか」

ヴォルフが記憶の抹消に苦悩しているところ、門のベルが鳴った。

ダリヤはまだ着替えの途中で出られないだろう。しかし、代わりに自分が対応するわけには——そう迷って窓を見ると、見えたのはスカルファロット家の馬車だった。

兄か武具部門の届け物だろう、そう思いつつ外に出る。

門を開けると、馬車を降りてきたのはヨナスだった。

錆《さび》色の髪の主は自分が出てきたことに驚く様子もなく、当たり前のように問いかけてきた。

「ヴォルフ様、ダリヤ先生はご在宅でしょうか？　少々急ぎのご相談がありまして」

「上の階にいますので、すぐ戻ると思います。ヨナス先生、一緒に待ちませんか？」

「では、そうさせて頂きます」

ヨナスは先日から自分には砕けた口調になってくれたのに、緑の塔は丁寧に話す場所らしい。

それがちょっと引っかかったが、彼と話していれば一人でろくでもないことを考えて頭が煮えることはなくなるだろう、そう思いつつ、作業場に入った。

「――失礼致しました、日を改めます」

自分の後ろ、塔に入りかけていたヨナスが、浅く一礼して帰ろうとする。

いきなりのことにとまどっていると、床の上、スライムに溶かされたスカートが目に入った。

いろいろと苦悩し、片付けることが頭から抜けていた。

「ヨナス先生っ！　待ってください！」

ヴォルフは遠征で魔物と遭遇したときよりあせりつつ、ヨナスの腕をつかむ。

「いえ、急ぎの用件ではありませんので、別日ということで」

こちらを一切振り返らず進もうとする彼を、全力で止める。

絶対にこのまま帰すわけにはいかない。さっき急ぎの相談と言っていたではないか。

「本当に待ってください！　あれはブルースライムが食べかけたもので、ダリヤは無事です！」

「無事？　ブルースライムが、食べる……？」

振り返ったヨナスに大変懐疑的な視線を向けられ、言葉につまる。

「その、ダリヤが飼っているブルースライムが、大瓶から逃げたようで。捕まえようとしたら、跳ねてあれにくっつき、俺が引っ張ったらこのようなことに……」

どうにも説明に苦慮する。正直、自分がこの状況から逃げたい。

「……ああ、あいつか、色艶《いろつや》のいい」

ヨナスの表情がほどけ、苦笑いと共にそう言われた。

「あいつ……？」

「前に王城からダリヤ先生をお送りしたとき、スライムの入った大瓶が開かないとおっしゃっていた。このところ、スライム養殖場でもクラーケンテープを溶かして脱走しようとする個体が出てきたし、瓶の中にいたのはイキのいい奴だったからな。丸瓶より外から栄養水が入れられる水槽型の方がいいだろう。明日にでも届けさせる」

いつの間にか、ヨナスもすっかりスライムに詳しくなっていた。

さすが、兄の右腕と言うべきか、それとも、スカルファロット家武具制作の長《おさ》と納得すべきか——とりあえず、正しく理解してもらえたことにほっとする。

だが、安堵する自分に向け、錆色の目が細められた。

「ところで、あれは服のようだが、ダリヤ先生は火傷をなさらなかったのか？」

「はい、大丈夫だと言っていました」

「気を使って言われたのではなく？　あの方はお前に心配させたくないからと隠しそうだ」

確かに、ダリヤは大丈夫だと言って隠しそうなところがある。

しかし、よく思い出しても、あの白い脚に火傷はなかったはずで——鮮明によみがえる記憶を、ヴォルフは全力で振り払う。

「だ、大丈夫だったと思います」

そこで言葉を区切ると、スカートを二つ折りに、金属の作業用バケツに入れた。そのままにしておくのはさすがに気が引けた。

幸い、床は無事だった。塔は石造り、床も石材だ。スライムの溶解液で溶けることはない。

「ヴォルフ、ダリヤ先生は『騎士』ではなく『魔導具師』だ」

「はい、わかっています」

「お前の上着がないところから見て、ダリヤ先生に渡したのだろうが、怪我《けが》の可能性があるなら必ずその場で確認しろ。少しでも怪我があればポーションを使わせ、落ち着くまでは歩かせるな。移動を希望するならお前が運べ。スライムとはいえ、魔物に襲われたのだ、眠っても悪夢にうなされることはありえる。魔導具師は騎士のように怪我慣れはしていない。まして、ダリヤ先生は女性だ」

「気をつけます……」

先生の言葉に、自分の行動を猛省する。確かにダリヤの安全確認が最優先だった。

それに、怪我についての感覚もそうだ。彼女は誰かが傷つくことをとても恐れていたではないか。

魔物討伐部隊の自分と魔導具師である彼女の感覚差、それに考えが及ばなかったことも情けない。

「今すぐポーションを持って確認しに行け。怪我があるようなら、治した上でしばらく動かさない方がいい。落ち着くまできっちり付き添い、そのまま降りてくるな。俺はここでスライムの瓶を確認し、日を改める。本当に、そこまで急な話ではない」

「……わかりました」

ヴォルフはヨナスに一礼すると、棚のポーションを持って二階へ上がった。


ヴォルフが階段を上がっていくのを見送ると、ヨナスはブルースライムの大瓶に近づいた。

緑の塔の居心地がいいものか、栄養水の量か、スカルファロット家にいるスライム達より青が少し濃く、艶がいい。

中のブルースライムは戦利品とばかりに赤茶の布を広げていたが、ヨナスがじっと見つめると、くるくると布を丸めて体内に隠した。もっとも、身体自体が半透明なので意味はないが。

「間の悪いところに来てしまったようだな……」

目の前のブルースライムが、斜め上に活躍していたらしい。

最初は完全に邪魔だと思い帰ろうとしたが、ヴォルフの違う方向への狼狽《ろうばい》ぶりに納得した。

先日の鍛錬で、枯れた赤い花を落とした後、彼は初めて自分に殺気を向けてきた。それまで一度も自分に向けられなかったそれは、なかなかに鋭く、ちりりと額に痛んだ。

先ほどのうろたえようを見ても、少しは己の想《おも》いを理解したのではないかと思える。

あとはダリヤ先生次第か。ヴォルフと共にいるときの笑顔を見れば、十分すぎるほど脈はありそうだが――仕事仲間であり、爵位の恩を受けた彼女に対して、自分が言えることはない。

ヨナスはブルースライムの瓶の大きさを確認し、水槽のサイズを考える。今後、分裂する可能性を考えると、イデアに相談する方がいいのかもしれない、そう思ったときだった。

「ヨナス先生、ダリヤが戻りました。本当になんともなかったので、二階へどうぞとのことです！」

ヴォルフが、階段の上から自分を呼ぶ。

少年めいたその笑顔に、ヨナスは悟った。今日はそのままダリヤ先生のそばにいるように――先ほどの言葉には、その意味合いを過分《かぶん》に込めたつもりだが、まるで通じていなかったらしい。

本当に、いろいろと、理解力が足りない生徒である。

いや、自分の言い方が悪かったのか、まだまだ、教育不足か。

「すぐ行く」

そう答えつつ、ヨナスは大瓶に振り返った。

「あの二人がそろったら、もう一度、飛びついてみないか？」

ヨナスは錆色の目を再びゆるめ、吐息交じりに言った。

声をかけられたのがわかるのか、赤茶の布を溶かしていたスライムが動きを止める。

「なあ、そこの青」

◆◆◆◆◆◆

ダリヤは自室で厚手の濃緑のワイドパンツを穿《は》き、上にエプロンを重ねた。

ブルースライムの脱走に慌てたが、時間としてはもう夕食にしてもいい頃合いだ。

急ぎ足で二階に下りると、ヴォルフがポーションを持って上がってきたところだった。

再び慌てかけた自分と違い、まっすぐなまなざしで、ただひたすら火傷を心配された。

本当になんともなかったと伝えると、ひどくほっとした表情《かお》になる。ヴォルフはとても心配症である。その後にヨナスの来訪を伝えられ、二階で話をすることにした。

「ダリヤ先生、先触れもなく申し訳ありません」

ヨナスは二階の居間に入ってくると、丁寧に一礼した。ソファーを勧めると、浅く腰掛ける。

先ほどのことは知るまいが、視線を合わせるとちょっと落ち着かない。

「今、飲み物を準備しますので……」

「いえ、おかまいなく。突然のご相談で恐縮ですが——王城の魔導具制作部に知り合いがおりまして、ウロス部長から氷龍《アイスドラゴン》のウロコを手に入れられたと伺ったのですが」

「はい、頂きました」

ヴォルフの父は、魔導具制作部のウロス部長に氷の魔石を融通していると聞いている。おそらくはそういったつながりで、グイードからヨナスへと伝わったのだろう。

「そちらはお使いになるご予定はありますでしょうか？」

「いえ、特にはありませんが、ヨナス先生がご入り用でしょうか？」

硬度を確認し、性質チェックをし、とは考えていたが、その先の使い道は決まっていない。

魔石の取り替えが少なくて済む冷蔵庫や、強力な氷風扇もできそうだと考えたのは内緒である。

炎龍《ファイヤードラゴン》の魔付きであるヨナスは、火魔法の使い手だそうだ。なんらかの中和効果などで欲しいのかもしれない。

「はい。もしお願いできますなら、そちらでダリヤ先生に、『氷蓮《ひょうれん》の短杖《スタッフ》』をお作り頂けないかと思い、ご相談にあがった次第です」

「『氷蓮《ひょうれん》の短杖《スタッフ》』、ですか……？」

ヨナスの急な相談に目を丸くしていると、ヴォルフが尋ねてくれた。

「兄上に、ですね？」

「はい、もし叶《かな》うならば、グイード様が侯爵になられるので、氷の出せる短杖《スタッフ》を祝いの品としたいのです。今まで頂くばかりで何もお返しができませんでしたので、この機会にと思いまして……金貨五十枚までででしたら即金で、足りぬようでしたら少々お時間を頂ければ、なんとかして参りますので」

親友同士、同じことを考えるものらしい。

じつは、グイードからヴォルフ経由で、ヨナス用の紅蓮《ぐれん》の魔剣を依頼されている。

今はグイードとヴォルフが土台となる剣を、ヨナスに内緒で探している最中だ。

ダリヤはヴォルフと顔をちょっとだけ見合わせ、それについては黙っていることにした。

「ええと……私が作れればそうしたいのですが、短杖《スタッフ》への付与を私はしたことがなく、不慣れです。あと、攻撃魔法向けでしたら魔力が多く必要なので、私では足りないかと思います」

魔導具師が作ることは少ない。魔法の相性があることと、制作にかなり魔力がいるためだ。

魔導師の使う魔法杖《ロッド》や短杖《スタッフ》の制作は、魔導師か錬金術師の領分だ。

「それに関しましては、魔法攻撃用の短杖《スタッフ》ではなく、紅蓮《ぐれん》の魔剣の短いものぐらいにお考え頂ければと。祝いの品ですし、攻撃力はそれほど求めません」

あくまで記念の祝いの品、それならばダリヤにもできそうだ。しかし、問題はある。

「それならできるかもしれませんが、氷の魔石では光りません。私が作れるとしたら、小さい氷の粒を出せるぐらいで、かなり地味かと……」

紅蓮《ぐれん》の魔剣は見た目がきれいだった。

しかし、ダリヤの作る氷蓮《ひょうれん》の短杖《スタッフ》では、たとえ氷龍《アイスドラゴン》のウロコを使っても、氷の結晶を降らせる、あるいは厚い氷を出すぐらいだろう。紅蓮《ぐれん》の魔剣と違って地味になりそうだ。

「はい、そちらで十分です。氷龍《アイスドラゴン》のウロコを使った短杖《スタッフ》となれば、叙爵の際の話題の一つにできましょう」

「なるほど、そういったこともあるのですね……」

「それに氷の結晶が出せるとしたら、グイード様が魔力を足せば、氷の礫《つぶて》ぐらいにはなりましょう。

護衛としては、目くらましになれば、あとは私が前に出られますので。もし可能であれば、短杖《スタッフ》本体が物理的にそれなりに硬く、攻撃を一度弾《はじ》ければいいのですが……」

「それなら、氷蓮《ひょうれん》の短杖《スタッフ》で氷の盾を出したらどうでしょう？　氷なのでずっとは無理ですけど、一撃ぐらいはそらせるかと」

氷龍《アイスドラゴン》なら、一度に少し大きい氷を出すぐらいの出力はあるだろう。

グイードも魔力は高いと聞いているので、それなりにいけるかもしれない。

自分がそんなことを考えていると、ヴォルフがヨナスに向き直った。

「ヨナス先生、兄なら氷壁《アイスウォール》が出せるのでは？」

「ヴォルフ様、そうなのですが、あれを馬車でやられると襲撃者はもちろん、護衛も凍る可能性があります。目くらまし程度に抑えて頂けるならその方がいいです」

「え、護衛の方も凍るほどの大きい氷ですか？」

「はい、それなりの大きさで、私も危うかったことがあります。とっさに範囲外に出ましたが、身が凍りかけました……」

珍しくひどく遠い目になったヨナスに、いろいろと不安を感じる。まるで護衛を守るための短杖《スタッフ》ではないか。氷龍《アイスドラゴン》のウロコより、グイード本人の攻撃力の方がすごそうだ。

「……あ、それって、襲撃してきた人は？」

襲撃者に同情するべきかどうかで混乱し、思わずそのまま尋ねてしまった。

ヨナスは自分を見ると、目を糸のように細くして笑う。

「私が火魔法ですぐ溶かしますから、何も問題はありませんよ」

凍らされた後、火にあぶられて溶かされる――想像するだけでも恐ろしい光景だ。

隣のヴォルフも想像したのか、何も言わなかった。

「ダリヤ先生、身勝手なお願いとは重々承知しておりますが、お考え願えませんでしょうか？」

「俺からもできればお願いしたい。素材で必要なものがあれば探してくるから……」

目の前のヨナスにはもちろん、グイードには貴族後見人としてもお世話になっている。

それに、グイードはヴォルフの兄である。恩返しの意味を込め、ダリヤは引き受けることにした。

「わかりました。うまくできるかどうかはわかりませんが、それでよろしければ……」

「ありがとうございます。すぐに持参致します。お試し頂けるだけでもかまいませんので、金額は必要なだけおっしゃってください。グイード様からは、工房にあるものは私も自由にしていいと言われておりますので、もし使えるものがあればご利用ください。取り寄せが必要なものがあればご遠慮なく」

ダリヤは了承しつつ考える。氷蓮《ひょうれん》の短杖《スタッフ》の魔導回路は、氷風扇の一部が流用できそうだ。ただ、剣と違って表面積はかなり少ないので、描くのは相当きつそうだ。

そして一番は、本体の素材である。

「短杖《スタッフ》本体を何にするかですが……」

「短杖《スタッフ》は木とか魔物の骨が多いとは聞くけど……世界樹の枝とか？」

「ヴォルフ様、それは有名ですが、氷魔法と世界樹の枝はあまり相性がよくないそうです」

魔力が多量に入るという世界樹の枝なら、短杖《スタッフ》には最高の素材だろう。

だが、世界樹は木だ。相性的に火・氷魔法は付与が難しいと本で読んだことがある。

「魔物の骨であれば、魔力の強い魔物で、魔法耐性があるものがいいと思いますが……」

一番に浮かぶ魔物はウロコと同じ氷龍《アイスドラゴン》。さすがに骨の入手は難しいだろう。

他に氷か水魔法の強い魔物を――そう思って記憶を掘り返していると、ヨナスが低く言った。

「魔物の骨……龍もどきの骨は使えますか？　太さと長さが足りるかわかりませんが……」

待て、言いながらなぜ、錆色の目で己の右腕をじっと見始めるのだ？

「絶対にだめです！」

「それはだめです！」

ヴォルフと二人、そろって声を大きくすると、ヨナスがくつくつと笑い出した。どうやらからかわれたらしい。

「ええと、大海蛇《シーサーペント》の骨はと思ったけど、あれは物理耐性が足りないかな。魔導具によく使われる魔物の骨って何なんだろう？」

ヨナスが口角を下げ切らぬ中、ヴォルフが話を切り換えてくれた。

「見かけることが多いのは一角獣《ユニコーン》、水魔馬《ケルピー》でしょうか」

「一角獣《ユニコーン》は氷魔法とあまり相性がよくなく、水魔馬《ケルピー》は水と氷魔法ともにいいのですが、それ以外の魔法耐性が低いです……」

帯に短し襷《たすき》に長しとはこのことか。聞く魔物、思いつく魔物、使えないことはないが、何かしら気になるところが出てくる。

記憶をたぐり寄せる中、不意に父の遺《のこ》した魔導書の一ページを思い出した。

「月狼《ハティ》の骨でしたら、物理耐性も魔法耐性も高いですし、水や氷魔法も入るとされています」

月狼《ハティ》は、天狼《スコル》に似た魔物と言われる。ただし、天狼《スコル》が漆黒の狼型で強い風魔法を持つのに対し、月狼《ハティ》は純白、そして風魔法と共に氷魔法を有しているとされる。

天狼《スコル》もめったに見られないが、月狼《ハティ》はさらに確認数が少ない。

「月狼《ハティ》の骨……確か、工房の保管庫に小さいものが二つあったかと」

「あるんですか……」

驚きに素でつぶやいてしまった。大変希少な素材であるはずなのだが、スカルファロット家の権力と財力を再確認した思いである。

だが、素材があったとしても、最大の問題が一つある。

「月狼《ハティ》の骨はとてもすごい素材ですが、『魔力喰《ぐ》い』と言われるくらいなので、私では魔力が足りません。十四以上の高い魔力で付与できる方でないと――」

天狼《スコル》の牙の付与ですら気絶した自分である。付与が無理なのは、魔導書の記述で理解した。

魔力十四以下の父がどうして月狼《ハティ》の骨について知っていたのか、祖父からの教えか、祖父にそれだけの魔力があったのかはわからないが。

なお、『十四以上』の文字の下、赤インクで二重線が引かれていたのは、父によるものか兄弟子によるものかちょっと気になるところである。

「例えば、ダリヤ先生に仕様を出して頂き、付与を別の方にお願いしてもよろしいでしょうか？内容的にご気分を害されるようでしたら、他の素材でかまいませんので」

「いえ、可能でしたらそちらの方がいいです」

スカルファロット武具工房には、十四以上の魔力持ち、ダリヤよりも一回りほど年上の魔導具師がいるはずだ。そういった方に付与をお願いできれば安心だ。

「スカルファロット武具工房や王城関係者では、グイード様に先に知られてしまいますね……」

ヨナスは、サプライズプレゼントにしたいらしい。

だが、関係者を除くと、魔力十四以上で付与に慣れた魔導具師は、ダリヤには心当たりがない。

ヴォルフも同じなのだろう。考え込んでいるが、名前は出てこない。

「少々高くつきますが、臨時で魔導具師になって頂けそうな方にご相談申し上げたいと思います」

「臨時で魔導具師になれる方、ですか？」

高名な魔導師が、時々、魔導具制作を引き受けているのだろうか？　そう思ったダリヤの前、ヨナスが右手を少し上げ、魔付きを隠す腕輪をわずかに見せた。

「この腕輪を作ってくださった方――レオーネ・ジェッダ様です」

◆◆◆◆◆◆

「ジルド様から舞踏会の参加予定者一覧を頂いてきました。明日には招待状が届くと思います」

商業ギルド、ロセッティ商会が借りている部屋で、イヴァーノが一枚の便箋《びんせん》を手にしていた。

綴《つづ》られているのは、侯爵から男爵までの貴族、二十三組。ジルドからの手紙にあった数に一組足りないのは、ダリヤの名前を書いていないからである。

「二週間前の招待状だと、返事も確認も慌ただしそうです」

「こういった招待状は返事がいらないんです。先に出席するかしないかを確認して、その後で招待状を出すんだそうですよ。高位貴族の方は顔でわかるでしょうが、入るときの身分証明みたいなものですね」

「そうなんですか。ジルド様はいつからご準備なさっていたんでしょうか？」

「一ヶ月以上前でしょうね。でも、定期的に開いている会ですから、会長はそう気負わなくてもいいと思いますよ」

笑顔の部下から便箋を受け取ると、休みで商会に来てくれているヴォルフと共に見る。当たり前だが全員が貴族、過半数は知らぬ名だ。

本日、いつもは隣に座るヴォルフが、イヴァーノの横、ダリヤの斜め前に座っている。

来たときにダリヤが目一杯仕様書を広げていたため、気を使ってくれたらしい。

なお、先日のブルースライムの件についてはあれから一切ふれてこない。やはり紳士である。

「ジルド様、かなり気を使ってくださったと思いますよ。グラート様、レオーネ様、アウグスト様、オズヴァルド先生、フォルトがご夫妻で参加だそうなので、二桁は知り合いがいるということになります」

「ありがたいです……」

ダリヤはほっと胸をなでおろす。緊張はするだろうが、それでも知っている方が多いのはとても心強い。

「イヴァーノ、仕事でも『フォルト』呼びになったんだ」

ヴォルフがそこを拾って尋ねると、イヴァーノは苦笑した。

「ええ。フォルトに呼び捨ての許可をもらってはいましたが、服飾ギルドに行ったときはさすがにまずいだろうと思って様付けしていて。そしたら、『気持ち悪いからやめてくれ』と言われ、完全にあきらめました……」

「本当に仲良くなられたんですね……」

最初に聞いたとき、イヴァーノが服飾ギルド長で子爵家のフォルトを呼び捨てにするのは、不敬と言われるのではと心配してしまった。

自分もヴォルフを呼び捨てにしているので、言えることではないのだが。

その後に、『貴族側である相手から提案され、親しい友人と双方が認めている場合は許される』、そう聞いて納得した。

商業ギルド長のレオーネ、副ギルド長のガブリエラを除けば、イヴァーノが最初に親しくなった貴族はフォルトだったように思う。その他にも、ヴォルフの兄グイードとお茶を飲み、財務部長のジルドと夕食を共にすることもあると聞いている。

きっと、イヴァーノの人柄のなせる業だろう。

「まあ、それなりの仲です。あの顔で酒癖が悪いんですよ。先週もうちに来て夜中まで飲んでたんですが、結構なからみ酒で……」

「え？　フォルト様がからむんですか？」

「ええ。最近忙しくて、服のデザインをする時間があまり取れないらしくて。ここで俺と飲んでないでデザインに打ち込めばいいと言ったら、からまれました」

「イヴァーノ、それはかわいそうかもしれない……」

友らしく容赦のない正論だが、ヴォルフの言う通り、ちょっとかわいそうでもある。

「あと、ベルニージ様は今回、奥様ではなく、分家のお嬢様をお連れになるそうです。今まで北の地方にお住まいで、来年高等学院に入られる予定だとか。王都の貴族に慣れさせるため、見学させたいとおっしゃっていました」

むしろ自分こそこっそり見学し、貴族と舞踏会に慣れる機会が欲しかった。

最初に参加する舞踏会が自分のお披露目、一番目立つ役とは胃にくる。

幸い、イヴァーノからもらったワイバーンの胃薬のおかげで、痛みは欠片《かけら》もないが。

「で、会長のパートナー役は貴族後見人のグイード様にと思っていたんですが、その日は別の会に呼ばれ、もう参加の返事をなさっているんだそうです。それで、代理としてヴォルフ様に願えないかと。ああ、面倒事を避けるため、お名前は当日までグイード様にしておくそうです。ジルド様にも了解頂いていますので、ヴォルフ様、当日お願いできませんか？」

「ああ、もちろん。喜んで」

「ありがとうございます……」

イヴァーノの話とヴォルフの笑顔に、心から安堵した。

言い方は失礼になるが、グイードにエスコートされるよりは緊張しなくて済みそうだ。

「じゃ、ダンスの二曲目はお二人だと思うので、練習しておいてくださいね」

「え？」

「は？」

同時に聞き返すと、イヴァーノが紺藍の目を細め、にこりと笑う。

「ダンスの一曲目は主催のジルド様でしょう？　で、二曲目は会長の貴族後見人のグイード様でしょうけど、その代理ですから、ヴォルフ様じゃないですか」

「そうか、そういうことになるのか……」

イヴァーノの言葉に、ヴォルフが考え込みつつ返事をする。

もはや、どちらが貴族かわからない会話である。

「会長、ダンスは大丈夫そうです？」

「ガブリエラにお願いして、習い直しに行くことにはなっていますので……」

ジルドにお披露目の返事をしてすぐ、ガブリエラに相談した。『娘が習っているダンスの講師を紹介する』と言われ、二週間で四度の練習をすることになっている。それでなんとか形になることを祈りたい。

「ガブリエラさんのところなら安心ですね。ダンス前の挨拶や会話のコツなんかも教えてもらえると思いますし」

「がんばってきます……」

ダンスの他、確認しなければいけないことに、礼儀作法と会話術がある。ダンス前後のやりとりも覚えておかなければならないだろう。本を読みはしたが、知識だけでは限界がある。

「そうか、ダンスでもそこまで考えなきゃいけないんだった……」

ヴォルフもいろいろと思い当たったらしい。黄金の目を伏せ、額を手で押さえている。

魔物討伐部隊に長く勤める彼は、貴族の会話が苦手だと言っていた。それに、既婚とはいえ貴族女性も一定数参加するのだ。負担をかけてしまうことになるかもしれない。

「あの、ヴォルフ、無理はしなくても――」

「いや、ここは俺も気合いを入れて覚えないと……！」

「お二人とも大丈夫ですよ。いざとなれば、ジルド様にグラート様、参加の皆さんが助けてくださいますから。ダンスの三曲目はグラート様あたりにお願いできればいいですね。どなたもダンスは慣れていらっしゃるかと思います」

確かにそうかもしれないが、知っている方々でも気は抜けない。誰と踊るにも緊張しそうだ。足を踏んだらどうしよう。

「一応、俺も基本三曲はなんとか踊れますから、練習相手が必要なら声をかけてください。もっとも、俺は初心者なんで、手取り足取りお教え頂く側になりかねませんが」

イヴァーノが踊れるということに驚いた。さすが、有能で器用な部下である。

「いや、練習相手は俺が——俺も踊れるようになっておかないといけないし」

あせって答えているヴォルフだが、やはり侯爵家の舞踏会となると緊張するのだろう。

当日を考えるなら、やはりヴォルフと踊る練習をしておきたいところだ。

「ヴォルフ、すみませんが、合わせられるように練習に付き合ってください」

「ああ、俺が足を引っ張らないように努力する……！」

決意と悲壮感を漂わせつつ見つめ合う。ダンスをする話なのに、優雅さは皆無である。

「会長、ヴォルフ様、そろそろ時間じゃないですか？　レオーネ様にお話があるんでしたよね？」

イヴァーノの声にはっとした。

今日は商業ギルド長のレオーネに面談の予約を取っている。ヨナスの手紙を持って、『臨時の魔導具師』役のお願いをするためだ。

「はい。ちょっとギルド長室へ伺ってきます」

商業ギルド長は多忙である。いい返事がもらえるといいのだが——そう思いつつ、再度、鞄《かばん》に手紙を入れたか確かめた。

目の前のヴォルフは、シャツの一番上のボタンをていねいに留めている。

二人そろって、ちょっと緊張しつつ部屋を出た。

部屋に残ったイヴァーノは、上着の内ポケットから、黒革の手帳を取り出した。

上司であるダリヤ・ロセッティ会長のお披露目が決まった。

場所はディールス侯爵家。当主であるジルドが用意するのだ、完全な場だろう。

そろう貴族はロセッティ商会びいきが多く交ざる。その他の貴族の情報もほぼ手元にそろえたが、今のところ不安はなさそうだ。

「さて、ここまではうまくいった、と……」

グイードの提案で、お披露目のパートナーはヴォルフとなった。ヴォルフもダリヤも当たり前にこれを受け入れたが、これがきっかけになるかどうか——

兄の外堀の埋めっぷりは、土魔法で街道を整えるがごとき見事さだが、その応援を活かすかどうかは、弟次第である。

ダンスの練習相手を名乗り出たイヴァーノに、即座に自分がやると言い切った。

それに、何があったか知らないが、本日、ヴォルフが妙にダリヤに視線を合わせていない。珍しく彼女の隣ではなく、自分の隣に座っていたが、喧嘩《けんか》をしたというわけでもないらしい。

ダリヤの方がそわそわしているのは、同じ理由かお披露目のせいかは見当がつかない。

天秤《てんびん》が傾く兆《きざ》しであればと少々祈りたくはあるが、口にするのは野暮だろう。

それに自分には、ロセッティ商会の副会長としての仕事がある。

ダリヤのお披露目に参加するイヴァーノにも、貴族の皆様からのお声はきっとかかる。

それを利とするか負とするか、商人が舞台に上がる以上、算盤《そろばん》を弾《はじ》かぬわけにはいかぬ。

「さて、俺もいろいろとがんばらないと——踊るより、踊らせる方が楽しいですからね」

◆◆◆◆◆◆

商業ギルド長の部屋、ダリヤとヴォルフはレオーネに向かい合う形でソファーに座っていた。

レオーネは従者に封を切らせた手紙に目を通すと、ダリヤに声をかけてきた。

「ヨナス殿の依頼か——私は近しい者でも料金はきっちり取る、あと、それなりに高いぞ」

「はい、高魔力の付与であれば当然だと思います。お見積もりをお願いできればと」

氷龍《アイスドラゴン》のウロコを月狼《ハティ》の骨に付与する——それは高い魔力を持つ者にしかできない付与だ、高くて当然だろう。

「素材すべてと、魔導回路は基本図面をそちらで準備。そこに付与のみで金貨四枚」

「わかりました。どうぞお願い致します」

「安い依頼ではないと思うが、私の『腕試し』はいらないかね？」

「必要ありません。ヨナス先生の腕輪をお作りになったと伺いましたので」

「確かにあれは私が作った。もう十年ほど前になるか……」

レオーネの眉間に深く皺《しわ》が寄る。自慢ではなく、あまり思い出したくないという感じだ。高魔力が必要だし、大変な制作だったのかもしれない。

軽く頭を振って切り替えたらしい彼が、机を二度、人差し指で叩いた。

「——そうだな、来年の『ロセッティ男爵』の叙爵で、女性の付添人にガブリエラを指名してくれるならば、金貨一枚で受けよう」

「女性の付添人、ですか？」

「ああ。叙爵のときは貴族籍の家族か親しい同性が付き添いとして広間に入ることになっている。新しいドレスを贈る口実が欲しいので、年が明けたら指名してくれ」

なんだかすごい理由なのだが、自分に女性付添人はおらず、準備もしていなかった。

「お願いできるならありがたいかぎりですが……普段ご参加になる舞踏会などで、新しいドレスをお勧めにならないのですか？」

「旧知の舞踏会だと、すでにたくさんある、もったいないなどと言って、新しいドレスを仕立てさせてくれん。靴も貴金属も贈らせてくれんのだ。ダリヤ会長の叙爵の付き添いは受けるだろうから、これを機会に一式新しいものを贈りたい」

妻に新しいドレスや靴を贈るのを拒否されるので、贈る理由付けのために受注仕事の値を下げる——なかなか聞かない話である。

横のヴォルフは相槌《あいづち》すら打てずに固まっている。

そういえば以前イヴァーノが遠い目で言っていた。『愛妻家も度をすぎると、奥様が大変です』と。

こういうことかと納得した。

「わかりました。年明けにお願いしてみます……」

「ああ、ガブリエラにはしばらく内緒にしておいてくれ。年末までに候補を吟味しておきたい」

「はい……」

ガブリエラは勘が鋭い方だ。自分は気合いを入れて秘密にせねばならないだろう。

「――ガブリエラに問われたら、私から内緒にしろと言われたことがあると答えていいぞ」

「あの、そんなに顔に出ますか、私？」

レオーネが自分からそっと視線をずらしたので、思わず尋《たず》ねてしまった。

「……まあ、多少な」

「ダリヤ……人には得手不得手があるよ」

二人とも容赦なかった。そこはちょっとだけでもオブラートに包んでほしかった。

なお、レオーネの背後、無表情で控えている従者と目が合った瞬間、こちらもそっとそらされた。

冷静な表情《かお》を作る方法を記した本はないものか、魔導具で利用できるものはないのか、本気で探してみようと思う。

「そういえば、ジルド様のところでのお披露目は二週間後だと聞いた。準備もあるだろう。終わってからの付与でかまわないか？」

レオーネが話を切り換えてくれたので、乗ることにした。

「はい、かまいません」

「氷龍《アイスドラゴン》のウロコと、月狼《ハティ》の骨はそろっているのか？」

「はい、氷龍《アイスドラゴン》のウロコが一枚と、月狼《ハティ》の短い骨が二本あります。お試し用に、ウロコの予備は必要でしょうか？」

「それなら若い時分に二桁は使ったので問題ない。今でも失敗はせんだろう」

さらりと答えられたが、氷龍《アイスドラゴン》のウロコを二桁とは、どんな付与をしたのか。

「あの、失礼ですが、よろしければ何に付与をしたか伺《うかが》ってもよろしいでしょうか？」

「盾と鎧《よろい》と靴への防熱付与だ。火山の探索装備だな」

火山の探索装備など、ダリヤは見たことも聞いたこともない。

十四以上であろう高い魔力、高等学院時代は父と同じ魔導具科で、魔導具研究会にも在籍していたという。

正直、このレオーネを商業ギルド長にしておくのは、魔導具業界として大きな損失ではないか。

今、商業ギルド長として大変にご活躍なさっているのはわかるが、現役の魔導具師であったなら教えを乞いたいほどだ。ついその顔をまじまじと見てしまう。

「私は魔導具師ではないぞ。あくまで臨時だ。高等学院時代、文官科のついでに魔導具科に入ったのも、稼ぐためだったからな」

自分の考えは、やはりレオーネに筒抜けらしい。納得したくないが。

「それでも、高魔力の魔導具が作れるのはすごいことだと思います」

ダリヤにはできぬ付与、作れぬ魔導具だ。憧れと共に、とてもうらやましくもある。

ヴォルフが外部魔法に憧れる気持ちと同じかもしれない。

「すごいこと、か……昔、生活のために、作りたくないものを作ったことがある」

「え？」

「覚えておくといい。魔導具師が作りたくない魔導具を作るのは――地獄だぞ」

その黒い目を、ひどく昏《くら》いものがよぎった気がした。

ダリヤが返事につまっていると、レオーネは再び手紙に目を落とす。

「短杖《スタッフ》の付与ができるようになりたくはないか？」

「憧れはしますが、私では魔力が足りませんので」

「何もグイード殿の分でなくてもいいだろう。せっかくだ、魔導回路が引けたなら別素材で試しておけ。短杖《スタッフ》回路の基本設計と、水魔馬《ケルピー》の骨の短杖《スタッフ》を一ダース、塔に届けさせる。短杖《スタッフ》に刻む魔導回路はかなり細かくなるはずだ。氷の魔石を使って練習するといい。当日、付与ついでに教えよう」

「あの、よろしいのですか？」

「私は小型の魔導回路への付与が苦手でな、魔導具研究会でカルロに教わったのだ。おかげでこの程度までなら引けるようになった」

自分の金の腕輪を外したレオーネが、裏側を見せてきた。埋め込まれた宝石は五つ、魔導回路が内側にぐるりと刻まれている。規則正しい回路には、強い魔力が流れているのがわかった。

腕に戻した途端、魔力が感じられなくなるのは、隠蔽《いんぺい》効果もあるのかもしれない。

「すごいです……」

「すばらしいです……」

ヴォルフと二人、感嘆の声しか出ない。

ダリヤの身につけているオズヴァルドが制作した腕輪に、勝るとも劣らぬ付与だ。

「これより細かいものになるなら、こちらで助手を用意する。仕様書ができたら回してくれ」

「わかりました。あの、お忙しい中、お引き受け頂き、ありがとうございます」

年末に向けて多忙だというのに、本業ではない魔導具制作をお願いするのだ。

しかも難度の高い作業で、グイードに隠して進めなければならない。そこに金額は抑えてもらい、自分への教授まで入るとは、申し訳ないほどだ。

「見合う対価をもらうのだ、気に負うな。ところで——別の方からも少々前に手紙を受け取っている。『丈夫で熱に強く、付与の入っていない、取り回しのいい剣』を希望された。ヴォルフレード殿、今日のご相談は同じでは？」

「はい。そちらの手紙はうちの兄からですね？」

レオーネはヴォルフを見ると、口角を吊《つ》り上げた。

「本日、砂漠の国イシュラナよりミスリルと紅金《こうきん》を合わせた片手剣が届いた。これに炎龍《ファイヤードラゴン》のウロコを付与するとしたら、それなりの魔力と技術が必要になる。依頼主からは『必要があれば助力を』とも書かれている」

どこぞの主従は、どこまで同じことを考えるものか。

そして、どうやらこちらも、臨時の魔導具師のお力添えを願わねばならぬらしい。

「お見積もりを頂ければ、私がお支払いを」

そう答えたヴォルフに対し、レオーネは黒い目を細める。

「一度の話し合いで二度の見積もりはしないことにしている。代わりに、娘の嫁ぎ先が貴金属を扱っているので、店でアクセサリーの一つもご購入願いたい」

「アクセサリーですか？　……わかりました」

ヴォルフがちょっと考え込みつつも受けた。

彼はピアスをしていない。指輪も剣の握りが変わるからと避けている。天狼《スコル》の腕輪を外すこともなさそうだ。新しく購入するとしたら、カフスボタンか襟の飾りピンあたりだろうか——そんなことを考えていると、レオーネが黒い目で自分を見つめているのに気づいた。

もしかすると、自分もそのお店で何か買うべきだろうか？　口を開きかけたとき、レオーネはヴォルフに向き直り、少しだけ身を乗り出した。

「銀よりは金が似合うと思うが、どうかね、ヴォルフレード殿？」

「あ……はい！　俺もそう思います！」

ヴォルフが納得したらしい、笑顔で大きくうなずいている。

確かに、彼ならば銀より金の方が似合うだろう。あのきれいな黄金の目には金のアクセサリーも霞《かす》みそうだけれど。

何を購入することになるかはわからないが、ヴォルフの気に入ったものが見つかればいい——ダリヤは、そうこっそり願う。

後に金の装飾品を贈られるのが己だとは、露《つゆ》ほども思わなかった。

⬢⬢⬢⬢⬢⬢

笑顔の二人が出ていくのを見送ると、レオーネは浅く息をつく。

金のアクセサリーについて、ヴォルフには通じたが、ダリヤは一切気づいていなかった。できれば二人揃《そろ》って見に行くよう勧めたいと思ったが、まだ早いらしい。

それにしても、自分に魔導具制作の仕事を持ってくるのが、あの二人だとは思わなかった。

グイードの短杖《スタッフ》と、ヨナスの片手剣。短杖《スタッフ》は月狼《ハティ》の骨に氷龍《アイスドラゴン》のウロコ、片手剣はミスリルと紅《こう》金《きん》の合わせに炎龍《ファイヤードラゴン》の——本人のウロコだ。

希少素材を扱える上、組み合わせとしても面白い。魔導具師としては滾《たぎ》らないわけがない。

こんな仕様を教えたら、すぐ飛んできたであろう緑の目の持ち主を思い出し、眉間を揉《も》むフリで目を閉じた。

ダリヤの父、彼女と同じ明るい緑の目をした魔導具師、カルロ・ロセッティ。

自分の高等学院の後輩で、親しい友人でもあった。魔導具制作に対する情熱は深く、付与に関しては正確で繊細な魔力制御に舌を巻いた。

レオーネは魔導具科ではあったが、カルロほど魔導具への情熱はなかった。魔導具研究会に入っていたのも、売れる魔導具を作るか、誰かに作らせて仲介し、生活費の足しにするためだ。

子爵家の肩書きがあったところで、金がなければ傾く。無能の父を見限り、当時の自分は金策に忙しかった。文官科と魔導具科の二科で学び、学校が終われば商売へ向かい、息抜きのように魔導具研究会へ通った。

だが、人の縁には恵まれていたらしい。魔導具研究会でできた友人達は、手を差し伸べてくれることはあったが、自分を馬鹿にすることも、同情がすぎることもなかった。

魔力の使い方と制御を教えてもらう代わりに、店でのまとめ買いと値切りの方法を教えた。

くだらない話で笑い合い、度のすぎた魔導具の実験で怒られ、誰かの恋話で盛り上がった。

魔導具研究会は、レオーネにとっては数少ない、子供時代の楽しい思い出となった。

卒業後、商人と商業ギルド員、そして時々の魔導具師、三足を履いて駆け出した自分は、とても忙しかった。

友人達ともゆっくりは会えぬ中、カルロは一番身近にいた。彼は魔導具師として、商業ギルドによく出入りしていたからである。

そのカルロの紹介で最愛の妻を得ることができたのだから、これ以上の幸運はない。

ガブリエラを紹介してもらった礼として、世界樹の枝と砂漠龍《デザートドラゴン》の牙を贈ろうとしたら全力で断られた。前から見てみたいと言っていた素材なのに、だ。

交際の天秤を傾けたくないと主張した自分に対し、友人に天秤はいらない、そう教えてくれたのもカルロだった。

『どうしても気になるなら貸しで！　何かあったら頼みますよ、レオ先輩！』、そう言われた。

貸し倒れさせる気が丸わかりの笑顔だった。

カルロは庶民だからこういった付き合いが基本で、気軽な親切ができるのだろう――自分は頭のどこかでそう思っていた。

だが、カルロは男爵となっても、まるで変わることがなかった。

魔導具師仲間を助け、業者でトラブルがあれば損得なしで間《あいだ》に入り、商業ギルド内で誰かが困れば相談に乗っていた。中には相手に利用されているのがみえみえで、レオーネが止めたこともある。

お人好《ひとよ》しがすぎると叱《しか》ったこともあった。

それでも彼はやめることはなく、時に巻き込まれ、時に損をかぶる側になることもあり――商業ギルド内では、自分が目を配り、助けがいりそうなら先に声をかけるようになっていた。

カルロより自分に相談がくるようになり、ほっとしたのは内緒である。

人より金貨を優先させる冷血漢、損得を最優先にする守銭奴《しゅせんど》子爵――陰でそう呼ばれ続けてきたレオーネは、気がつけば、商業ギルド長として高い評価と人望を得ていた。

貴族会で前商業ギルド長や先輩方に褒められたときは、正直、釈然としなかった。

商業ギルド長として高評価を得られたことで、王城に意見を求めて招かれることが多くなり、国対国の取引に同席を求められることも増えた。

商業ギルドは、副ギルド長となった妻のガブリエラに任せても問題はない。彼女は有能でギルド員からも商人達からも信頼されている。共に過ごせる時間が減ったのは非常に残念だったが。

自分達がより忙しくなっても、カルロは相変わらずであった。

十年近く前、とある子爵当主に、商業ギルドの受付が抗議をされたことがある。隣国から届いている荷物の仕分けが遅い、そう苛立《いらだ》ってのことだ。

嵐で船が遅れ、荷物そのものが遅れた、長雨と一気に届いたことで、荷物の仕分けも遅れている、受付はそう型通りに説明し、どうにもならないことを告げた。

その子爵は荷を受け取れぬあせりからか、受付の態度が失礼だ、名乗れと言い始めた。

叱責《しっせき》された受付は庶民だ。子爵家当主にこのようなことで名前を覚えられては、今後に差し支えるかもしれない、と名乗るに名乗れずにいたところ、間に滑り込んだのは、カルロだった。

「お久しぶりです、子爵！　あ、もしかしてお話し中でしたか、申し訳ありません。お見かけしたので、ついお声がけを――」

流れるように割り込むと、子爵は眉をひそめた。

「君、名乗りを」

「カルロ・ロセッティと申します。以前、貴族会で一度ご挨拶させて頂きました」

カルロは男爵とはいえ、給湯器の開発で名前はかなり知られている。子爵が軽く挨拶を返すと、カルロは何かあったのかと尋ね始めた。

急ぎの荷が仕分けされていないこと、受付の説明が悪いと聞いて、カルロは二度うなずいた。

「大事な荷物なのですね。外から見て中身がすぐわかればいいのですが、大切に運ばれる荷物は布掛けされるので、外からは何が入っているかわかりづらいんです」

船便は規定の箱に詰められ、港からみっちり船に積まれる。箱の側面に書かれている中身は、雨になると、雨除《よ》けの布を外さないと見えない。大切に運ばれ、見えづらいということに嘘《うそ》はない。

「こう長雨だと、皆、あせってまして――問い合わせも多いので、どうしても説明は一本調子になります。そんなときに、子爵に直接お尋ね頂いたら、受付は緊張して当然かと」

受付の態度はあなたに対しての緊張だ、そうすり替えると、子爵の不満そうな表情が緩んだ。

「せっかくお目にかかれたのです。荷分けが終わるまで、お時間を頂けませんか？　貴族のワインは詳しくありませんが、このあたりのエールであればそれなりに知っております。雑談の種にはなるかと」

結局は酒に持ち込むのがカルロである、そう思ったギルド員は複数いたらしい。

だが、その誘いを受け、午後遅くに戻ってきた子爵の顔は酔いで赤かった。ギルド員に礼まで言い、上機嫌で荷を引き取っていったそうだ。

残念ながら、このときレオーネは外交官と共に隣国に行っていた。

この一部始終を教えてくれたのは、カルロに先を越され、その後ろで出番のなくなったイヴァーノである。『笑顔で外に出す方法を、一等席で学ばせてもらいました』と笑っていた。

なお、その子爵に関しては、このときレオーネが留守なのを知っていながら、ガブリエラを二度夕食に誘ったそうだ。

現在は子爵当主でもなく、王都にもいないので、別段記憶しておく存在でもないが。

「凍《こお》れる短杖《スタッフ》に、燃える魔剣、か……」

グイードとヨナス。受け取り手も二人なら、贈り手も二人。互いに陰で贈ろうとして重なるとは、面白いことになったものだ。

彼らとは、ヨナスの幻惑の腕輪――炎　龍《ファイヤードラゴン》のウロコを隠す腕輪を制作したときから縁がある。

魔導具師としては退いていたので、もう仕事としては受けるつもりはなかった。だが、友であり、スカルファロット家の当主であるレナートからも願われ、内密に受けた。

今回は腕輪ではなく武具である。手紙の内容とダリヤの話から判断する限り、高魔力での付与はなんとかなるだろう。しかし、細かい魔導回路を引くとなれば、自分では無理である。

願えば手伝ってくれそうな銀髪の主を思い浮かべ、レオーネは渋い表情《かお》になった。仲違《なかたが》いしているつもりはないのだが、このところ少しばかり距離がある。

いいや、これを機会に声をかけておくべきだろう。何かあったときを考えれば、手を伸ばし合えた方がいい。

握りしめた拳《こぶし》を執務机に置き、レオーネは思い返す。

『レオ先輩、ガブリエラを、ご家族を大切に。あとご自身も』

ある日、カルロが珍しく自分からギルド長室に来て、共に紅茶を飲んだ。飲み終えたときに唐突に言われた言葉がそれだった。

直前までギルド員達の残業の話をしていたので、そのせいだと思った。わかっている、と自分はおざなりに答え、翌日の会議のことを考えていた。

後輩の声は、いつもの軽さで、いつもの笑顔で——けれど、なぜ自分はそこで気がついてやれなかったのか。

それがカルロから自分への、最後の言葉となった。

彼が商業ギルドの階下で倒れ、そのまま亡くなったと聞いたとき、悪い冗談だと思った。

カルロの名が刻まれた墓を見ても、『レオ先輩！』、そう明るく後ろから声をかけられそうな気がしてならなかった。

高等学院からの友人、大人になってからは仕事仲間としてもそれなりに親しいという自負があった。ここ数年、弟子の育成に忙しいと言って、話をする時間も少なくなっていたが、年代的にそういうものだろうと思っていた。

けれど、カルロが亡くなってしばらく後、自分はいつの間にか距離を置かれていたのではないか、と引っかかった。

彼の急逝も気にかかり、確認し始めたところで、上の家から丁寧なご回答を頂いた。『ポーションによる魔力の上げすぎ』だと。

カルロは確かに学生時代から魔力を欲しがっていた。しかし、愛娘《まなむすめ》を残してあちらに渡るような馬鹿な上げ方はすまい。

万が一、何らかのミスでそんなことになったとしても、自分に相談してくれれば、助けられずとも延命ぐらいはできたはずだ。カルロが、そのことに思い当たらなかったはずがない。

それなのに一言もなかったのは、信頼しておらず——いいや、そうではない。

彼は自分を、魔導具研究会の仲間達を間違いなく
カルロが自分に相談しなかったのは、『何か』に巻き込まないためではないか。

では、子爵当主である自分を巻き込みたくない相手は誰だ？　思い当たるところなど二つしかない。高位貴族か、国の上層部だ。

優れた魔導具師は、そういった者達から駒《こま》として望まれることがある。

カルロに昏い手が伸びていたであろうと思えても、もはや、レオーネにできることはなかった。

だが、その縁は切れてはいなかったらしい。

カルロの娘であるダリヤが、魔導具師として、そして商会長として花開いた。その上、花の盛りはまだこれからとばかりに、各ギルドに魔物討伐部隊にと、あちこちを結びつけながら広がり続けている。

その彼女が自分に願ってきたのは、武具としての魔導具。危ないものを作るのに、自分の腕と名が使えるならばちょうどいい。

ダリヤがそのうちにスカルファロット家に名を連ねれば安泰だ。それまで、雨除けの傘ぐらいにはなってやろう。

ガブリエラを紹介してもらった恩を、後輩に貸し倒れさせるのは癪《しゃく》である。その娘に返すのも悪くはない。

それにしても――ダリヤはますますカルロそっくりになってきた。

魔導具と素材に目を輝かせ、開発に全力でのめりこみ、利にうとく、情に弱い。

イヴァーノが片腕となっていなければ、その危うさに自分が囲い込んでいたかもしれない。

カルロは人を助けるのは得意な男だったが、人に助けられるのは下手な男だった。

レオーネは空《から》のソファーを見つめ、声にならぬつぶやきを落とす。

「カルロ……お前の娘は、似てほしくないところが似てきたぞ」

水ギョウザと氷

ダリヤはヴォルフと共に緑の塔に戻った。一階の作業場に入ると、彼の視線が壁際に流れる。

「スライムの瓶、ガラスケースになったんだ」

ブルースライムは、前の二倍はある四角いガラスケースに入れられている。その丈夫さは折り紙付き、ダリヤが乗っても壊れないそうだ。

「はい、このケースだと、蓋《ふた》を閉めたまま、外からスポイトで栄養水があげられるので」

「もしかして、ヨナス先生が入れ替えを？」

「いえ、イデアさんが来てくださって、取り換えてくれました」

「ええと、大丈夫だった？」

主語をぼかし、視線をずらして尋ねてくれるのはありがたい。ブルースライムの脱走は、思い出すだけでいろいろと恥ずかしい。

「はい、イデアさんは身体強化が少しあるみたいで、簡単に開けて、ブルースライムを片手でつかんで入れてくれました。ブルースライムもとても大人しくて、まったく動きませんでしたよ」

「安全でよかった。やっぱり日頃の慣れなんだろうか？」

「私のときはあんなに跳ねてたのに、人を見るんでしょうか？」

二人の視線がそろって、ガラスケースへ向いた。

ブルースライムは広くなった家を満喫しているらしい。中央で丸い身体を平らにしている。その体内、核と共に薄く赤いものが見えた。

「このスライム、まだ持ってるのか……」

「何がです？」

「いや、スライムの中の、赤いのって、その……」

「違いますよ！　あれは今朝あげたリンゴの皮です！」

つい声が大きくなってしまった。

赤い破片は先日のスカートの切れ端ではない。正真正銘、今朝食べたリンゴの皮である。

栄養水だけでは食べごたえがないから、先日、スカートを溶かしたのかもしれない――そう思ってちょっとずつ野菜や果物の切れ端を与えているのだ。

それにスライムの溶解液は、意外に強い。一日あれば取り込んだ分はまず消化するほどだ。

だが、ヴォルフはスライムの生態に詳しいわけではない。勘違いされても仕方がないだろう。

「ええと、ダンスを合わせるお話でしたよね！」

話題を切り換えようと、ダリヤはわざと明るい声を出した。ヴォルフも軽く咳《せき》をする。

「あ、ああ、そうだね」

「うちでダンスができる広さとなると、庭か屋上しかないんですが」

塔は階段がある関係で床面積が少なめだ。広いのは屋上と庭だが、どちらも屋外である。この時期、ちょっと寒い。

「二人きりでダンスの練習……ええと、一応、第三者に立ち会ってもらった方がいいと思う」

「あ、そうですよね。自分達が踊っているのは見えないので、きちんと踊れているかわからないですし……」

合わせるだけなら塔でも問題ないかと思ったが、踊る姿勢などは自分達では見えないのだ。わかる人が一緒の方がいいだろう。いろいろと考えてくれているらしいヴォルフに納得した。

「うちの屋敷で、見てくれる人をお願いしておくよ。ダリヤの予定になるべく合わせる」

「それなら、先に私が一度か二度、ガブリエラに紹介して頂いた先生に習ってきます。ええと、ヴォルフはアルテア様と踊っていて、慣れてるんですよね？」

「ああ、一応。最近は行くことが減っているけど」

今年の初夏から、ヴォルフはダリヤとの予定が合えば、緑の塔に来ている。結果、彼がアルテアと踊る回数が減っているという。

もっとも、高等学院卒業後、ダンスをまったくしたことがなかったダリヤとの差は明白だ。

「やっぱり先に私が少し練習してきます。なので、今日はのんびり、と言いたいところですが、夕食がギョウザなので、包むのを手伝ってください」

「喜んで。今度は具の入れすぎで破裂させないようにするよ」

話しながら二階に上がると、温熱座卓の上、銀の箱とスケッチブックが出しっぱなしだった。

「それは魔封箱？　新しい魔導具とか？」

「いえ、魔魚《まぎょ》のウロコです。カルミネ副部長から頂きました」

蓋を開けて中身を見せる。白、赤、青、黄、緑の半透明、半円のウロコがガラスケースの中で光っている。どう使おうかと考えて、テーブルの上に置いたままにしていた。

「……宝石みたいだ」

ウロコはきらきらと輝いて、どれも美しい。確かに宝石を削ったもののようにも見える。

「そうですね。魔導ランプや手鏡の背なんかに合わせると、きれいに仕上がりそうです」

魔導ランプのかさに、磨《す》りガラスと共に入れ込めば、色とりどりのやわらかな光になるだろう。

手鏡の背には、黒地に埋め込んで小花を描いてみるのもいいかもしれない。

想像をふくらませてうっとりしていると、ヴォルフが微妙な表情《かお》をしていた。

「ヴォルフ、調子が悪いですか？　それとも、疲れてますか？」

「いや、別に――」

「無理はしないで休んでください。作るのは一人でもできますから」

「違うんだ、昨日、ちょっとよく眠れなかっただけで――その、兵舎はにぎやかだったりすることもあるから」

兵舎に住むのは独身の者達だ、にぎやかになることもあるだろう。騒音で寝付きが悪く、疲れがたまっているのかもしれない。

そこでふと思い出した。王城で作られていた仮眠ランタン、あれをヴォルフ用に作ればいいのではないだろうか。

幸い、王城魔導具制作部長であるウロスの薬液レシピ、そして、月光蝶《げっこうちょう》の翅《はね》などの材料もある。ウロスからは『ご自身とご友人に作る分は研究用としてかまわぬ』とのお言葉ももらっている。

今世にクリスマスはない。だが、冬祭りの頃には、家族や恋人、親しい友人に贈り物をすることがある。友人には、縫いとりのあるハンカチや手袋、髪留めなどが多いが、自分は魔導具師だ。

こっそりと仮眠ランタンを作り、ヴォルフに贈るのもいいかもしれない――思いつきに口元がゆるむのに気づき、慌てて止める。

これに関しては内緒にし、渡す日にヴォルフを驚かせたい。ここからは表情筋との戦いになりそうだ。

「じゃあ、夕食の準備を――ギョウザのタネは作ってあるので、皮包みをお願いします」

ダリヤはヴォルフを伴い、台所へ進んだ。

「こっちは皮が薄いね」

とても薄い皮と普通のギョウザ用の皮、二種類を手にするヴォルフが、怪訝《けげん》な顔をする。

「はい、今日は『水ギョウザ』ですから」

「水ギョウザ……皮が二種類あるんだけど？」

「こちらはスープで、こちらは主食ですね」

「水ギョウザで水ギョウザを食べるの？」

目を丸くしているヴォルフに、くすりと笑う。本日の自分は確信犯である。

「はい、ひたすらに水ギョウザです」

ボウルに入ったタネは二種、中身によって皮が違う。

ちなみに、包む小麦の皮については、中央区の食料品店で購入した。サイズは少し大きめだが、角形・丸形ともあり、とても便利だ。

そこからは、二人横並びで雑談をしつつ包む作業となった。

高く重なっている皮でタネを少なめに包み、トレイに並べていく。

ひたすらに作り続けた結果、大きなトレイ二つがいっぱいになった。

そこからはまた居間に戻る。

温熱座卓の天板の上、見慣れた小型魔導コンロが二台。それぞれお湯とスープの鍋を載せて温める。トレイを横に置き、作り置きのおかずと酒を並べれば、夕食準備は完了である。

「ライ麦のウイスキーですが、あまり辛くない銘柄だそうです。マルチェラさんからもらいました」

マルチェラは遠い親戚から数本もらったそうだが、最近、酒を控えているからと分けてくれた。

『たぶん、ヴォルフが好きな味だ』と言われたのは、なんとなく言いづらくて内緒にしておく。

今日も忙しく、ここまでで少々の疲れと喉の渇きがある。

食前酒となるので、最初のグラスには氷は一つだけ、水多めでかなり薄くした。

「ダンスで失敗しませんように、乾杯」

「きっと大丈夫、ロセッティ商会の発展に、乾杯」

後ろ向きな乾杯の言葉に、ヴォルフが笑顔で応えてくれた。

ライ麦のウイスキーは初めてだが、薄めすぎたか――そう思いつつ口に含むと、きりりとした味わいが広がった。ライ麦の味なのだろう、独特な強さと苦みを感じる。

喉を通りすぎる酒にほっと息をつけば、柔らかく華やかな香りが抜けた。

「おいしい酒だ……」

黄金の目は細められ、じっと酒瓶を確認している。

マルチェラの予想は当たったらしい。食後はこれを水で割らず、氷多めで出すことにした。

鍋がぐつぐつと音を立て始めたので、こちらも食べることにする。

右の鍋は鶏《とり》の水ギョウザ。鶏挽肉《ひきにく》と軽く蒸した刻み野菜を多めに、これを通常の皮で包んだ。できあがったものは、お湯で煮て、好みのタレをつけて食べる。

左の鍋が豚の水ギョウザ。豚挽肉と細かく刻んだ長ネギ、これを薄い皮で包み、味噌《みそ》味のスープと共に頂く。

ヴォルフには二つとも水ギョウザと説明したが、こちらは前世の味噌ワンタンに近い。

最初に二人が箸をつけたのは、鶏の水ギョウザ。

タレはおろし生姜《しょうが》、すりゴマ、刻みトマトに塩胡椒《こしょう》、酢、香油、魚醤《ぎょしょう》から好みで合わせてもらう。

鶏肉は新鮮で脂身が少ないものを選んだ。パサパサしそうだが、そこは白菜やニラを刻み、片栗粉《かたくりこ》を少し入れてまとめてある。

多少食べすぎても問題ない。最近のウエストを考慮した、健康的な一品である。

二つに割って白い湯気を吐いたところに、おろし生姜をちょっとだけのせて口に入れる。

熱と共に広がるのは、とても素直な鶏肉と野菜の味だ。はふはふと噛《か》んでいくと、生姜が別の味を告げてくる。素直な味は飽きにくいので、数が進みそうだ。

ヴォルフは最初の一個を何もつけずに食べたらしい。目を閉じ、丁寧に咀嚼《そしゃく》するのは、おいしいものを楽しむときの彼の定番だ。おそらくは気に入ってくれたのだろう。

だが、ダリヤには一つの予想があった。それを確かめるために、左の鍋から深皿に水ギョウザとスープを入れ、そっとヴォルフの前に置く。

「ギョウザもおいしいけど、水ギョウザもおいしい……」

「そうですね。では、スープ付きの水ギョウザもどうぞ」

タネの豚挽肉は脂身のしっかり入ったもの、ネギは辛みが強いものを選んだ。

スープはネギの青いところや野菜の余り、そして豚の脂を少し入れて出汁《だし》とし、味噌で仕上げた。

そこに浮かぶ、ぷっくりとふくらんだ水ギョウザは、視覚的にもおいしそうだ。

ワンタンに近い形で小さめに仕上げたため、つるりと口に飛び込んで小気味よい。

噛めばふんだんな汁気がうまみと共に広がり、脂の甘さまでがわかる。

次にスープを飲んでみたが、少し強めの味噌味で、なかなかよく仕上がっていた。

おそらく、鶏の水ギョウザよりもこちらの方がヴォルフの好みである。

予想が当たったか確認したくて、そっと視線を向けてみる。彼は珍しく咀嚼が少なく、つるりつるりと水ギョウザを食べていた。

すべて食べ終えると、深皿を両手で持ち、丁寧にスープを飲み干す。

無言で深い息をついた後、黄金の目がうるりと揺れて自分を見た。

「これは罠《わな》だ……」

言いがかりも大概《たいがい》である。料理に罠とは、まるで犯罪ではないか。

「何の罠なんですか？」

「俺が、緑の塔から出られなくなるという……」

本来、ヴォルフを捕まえる罠など、よほど大型で丈夫なものでないと無理だろう。それが味噌スープの水ギョウザで済むなら、ずいぶん安上がりだ。

彼が片手で額と目を押さえて苦悩しているうち、その深皿にスープと水ギョウザを山と盛る。

「そのときは貴重な労働力として、魔導具制作の助手をお願いしますね。食事は三食出しますから」

「なんという高待遇……！」

真顔で答えるヴォルフに、吹き出してしまった。

なのに、次に彼に勢いで問うた言葉は、自分でも少し驚いた。

「ヴォルフは、いつまで赤鎧《スカーレットアーマー》を続けるんですか？」

「決めてないけど、隊では三十から三十五歳くらいまでが多いかな」

「……大変なお仕事ですからね」

「先輩方は『膝と肩にくる』って言ってた。俺も『お前は飛んだり跳ねたりしてるから、早く膝にくるぞ』って脅されてる」

それならば、鶏の軟骨スープなどをこまめに摂《と》れば――そう言おうとして、やめた。

膝関節にくるようになったら、ヴォルフは危ない赤鎧《スカーレットアーマー》を、魔物討伐部隊を辞めるのが早くなるのではないか。そうすればもう遠征に行くことはなく、王都にいて、いつでも会えて――

「ダリヤ？」

「え、あ、すみません、ちょっとお酒でぼうっとして……」

どうやら、空腹だったせいで、少ない酒でも回ったらしい。

だが、酔っているとはいえ、ずいぶん失礼なことを考えてしまった。ヴォルフの能力の高さも任務に対する真摯《しんし》さも知っているのに――お披露目で不安になっている、自分の甘えかもしれない。

「ダリヤの方こそ疲れてない？　ここのところかなり忙しそうだから」

「大丈夫ですよ、休むときはちゃんと休んでますから。さあ、冷めないうちにしっかり食べましょう！」

ヴォルフに心配をかけたくはない。

ダリヤは笑顔で答えると、今度は自分の深皿に水ギョウザを盛る。

この後、トレイに山と盛られた水ギョウザは、すべて二人の胃袋に収まった。

満腹になりすぎた食後、一息入れようとグラスを傾ける。口に含んだ酒は、思いのほかぬるくなっていた。

氷を入れてもすぐ冷えるわけではない。氷で酒の温度が変わっていく、その違いも味わいと言えるけれど――そう思いつつ、氷と酒を注《つ》ぎ、マドラーでかき混ぜる。

すぐに冷やせるよう、いっそマドラーに氷魔法の付与ができればと思ってしまった。

「どうかした？」

「氷で冷えるまで時間がかかるので、マドラーに氷魔法をつけて、お酒をすぐに冷やせればいいかなと思ったんです。でも、マドラーの素材と付与材料を考えると、製品として売れない値段になりますね……」

「貴族向けならいけるかもしれないよ」

確かに、貴族の金銭感覚は庶民とはゼロが一つ以上違う。案外、珍しがられるかもしれない。

それに、試作して自分達だけで使うのもいいだろう。

「コップ自体を冷やすというのはどうだろう？」

「それもありですね。ちなみに、父が挑戦してみたところコップの中身ごと凍らせたそうです。氷の魔石をいきなりつけるとか、酔った勢いだったらしいですけど」

「それは……溶けるまで飲めないよね」

凍傷寸前、手のひらを真っ赤にして帰宅した父に、問答無用でポーションをかけたのは口にしないことにする。似た者親子とは思われたくない。

「魔導具だと『冷却盆』がありますが、ヴォルフは使ったことがありませんか？」

「ああ、深めのトレイみたいなもので、グラスを入れるへこみがあるものだよね？」

「ええ、そうです。お盆の中に氷の魔石を入れて、置いたグラスを下から冷やす魔導具です」

「隊にあったんだけど、皆ペースが速いから、冷える前に飲みきってしまって。しまいこんでそれっきりになってる……」

「それだと、お酒を冷やしたいときはどうしてるんですか？」

「大きい盥《たらい》に水を入れて、氷の魔石で氷をざくざく入れて、そこに酒瓶を入れてる。それでも追いつかないことがあるけど」

「消費量がよくわかりました……」

さすが、魔物討伐部隊員と言うべきか。酒に関しては、ウワバミならぬ、王蛇《キングスネーク》と大海蛇《シーサーペント》しかいないらしい。冷却盆の存在意義がない。

「ああ、氷といえば、ダリヤは氷の結晶模様は好き？」

「ええ、好きです。ヴォルフはどうですか？」

「きれいだから、好きだな。小さい頃、母が窓ガラスに氷魔法で結晶模様をつけてくれて、溶けるまで眺めていたことがあるよ」

目を少しだけ伏せ、ヴォルフが記憶をたどっている。氷の結晶は、彼の大切な思い出なのだろう。

しばらく二人で黙っていると、グラスの雫《しずく》が指を濡《ぬ》らした。

「ダリヤ、お披露目って、やっぱり緊張する？」

「はい、正直、できるだけ目立ちたくないです……性格的に向いていません……」

「白状すると、俺もできることなら眼鏡をかけて出席したい。女性からは遠ざかりたいし、君に余計な迷惑をかけたくない……」

ヴォルフと共に本音がこぼれまくる。

間違いなく、自分よりヴォルフの方が目立つ。その上、女性にからまれる可能性もある。

「すみません、ヴォルフを巻き込んでしまって」

「いや、俺もある意味、お披露目のようなものだし。今まで舞踏会も晩餐《ばんさん》会も避けてて、そろそろ場を覚えなきゃと思っていたところだから」

ヴォルフも貴族の一員だ。しかも、兄であるグイードが間もなく侯爵になるのだ。いろいろと準備しなければならないことがあるのだろう。

だが、叙爵に向け、最初に踏み出す場がヴォルフと一緒なのは、本当にうれしい。

「じゃあ、二人のお披露目みたいなものですね」

「……『二人のお披露目』……」

数秒の沈黙の後、カランと音が響いた。アイスペールの最後の氷が溶け、底で滑ったらしい。

「あ、氷が少なくなったので持ってきます。ヴォルフは飲んでてください」

「ああ、ありがとう」

台所に向かうダリヤの背を見送った後、ヴォルフはグラスの残りを干す。

視界にふと入ったのは、壁際の棚に移された銀色の魔封箱。カルミネから贈られたという、宝石のごとき魔魚《まぎょ》のウロコが入っている。

ダリヤが蓋を開けたとき、もしや腕輪につける石かと思い、咄嗟《とっさ》にカルミネの墨色《すみいろ》と藍鼠《あいねず》色を探してしまった。

どちらもなかったが、彼女はもしその色が入っていても、想《おも》いを告げているとは気づかぬだろう。

そして、先ほどのダリヤの言葉。貴族が『二人のお披露目』と言えば、婚約を周囲に知らせる意味合いが強い――その指摘がどうしてもできなかった。

ダリヤには髪の毛一本ほどもその意図はないだろうが、貴族の言い方に慣れぬせいで、どうにも危うい。自分だからよかったようなものの、受け取り違いをする者がいたらどうするのか。

面倒だと逃げていた貴族社会だが、ここから学ばなくてはいけないだろう。

その身の護衛だけではなく、少しでも彼女の手助けができるようになりたい。

それに、彼女の話がよりわかるように、魔導具の勉強ももっとしたいところだ。

そしていつか、ダリヤの魔導具づくりの助手ができるようになれば、その隣で――

「ずっと三食付き……いや、酔いすぎだろう、俺！」

黒髪の青年は、己を本気で責めつつ、天板に突っ伏した。

スライム成形の靴と見習い騎士

薄曇りの中、ダリヤは護衛役のマルチェラと共に、王城の魔導具制作部棟、二課を訪れていた。

本日、ヴォルフを含めた隊員の多くは、演習場で第二騎士団との合同演習である。このところ、第二騎士団は魔物討伐のときにも一定数が同行しているそうだ。

過去には国境沿いに九頭大蛇《ヒュドラ》が出たこともある。有事に備えた訓練でもあるのだろう。

「おお、ダリヤ先生にマルチェラではないか！」

会議室に向かう途中、聞き知った声が響いてきた。

廊下を早足でやってきたのは、鎧姿《よろい》のベルニージだ。その後ろ、先日魔導具制作部で会った中年の騎士、そして、初めて会う白髪の騎士が続いている。

ダリヤが挨拶《あいさつ》するよりも早く、ベルニージはその戦闘靴を軽く叩《たた》いた。

「これはカルミネ殿が試作してくれた、スライム成形の靴だ。足型に合わせて作ってもらったが、軽くて動きやすいぞ！」

濃灰の艶《つや》やかな靴は、どこにも継ぎ目がない。前世の合革の長靴を連想させる。

カルミネに試作品ができたと手紙をもらっていたが、もうここまで機能的になっていたのかと驚いた。

さすが、王城魔導具制作部の副部長である。

「失礼、ご挨拶をさせて頂きたく――」

ベルニージが説明を続けようとする中、肩を割り込ませるように白髪の騎士が前に出た。

肉付きはそれほどでもないが、とても背が高く肩幅がある老人だ。魔物と戦ったときのものか、深い傷が額から閉じた左目、そして頬《ほお》に流れていた。その傷のない方の碧《あお》の目が、じっと自分を見る。

先に名乗るべきだろうか、そう思ったとき、騎士はダリヤの前で左膝をついた。

「レオンツィオ・ランツァと申します。ロセッティ先生、心より御礼《おんれい》申し上げます」

初対面の彼にお礼を言われる覚えがない。聞き返そうとしたとき、彼はその目をゆるませた。

「二度と槍《やり》を振るえぬと嘆《なげ》いておりましたが、魔導義手『風掴《かぜつか》み』のおかげで、再びこの手に持つことができました。そして――初めて、孫を抱き上げられました」

一度握りしめられ、その後に開かれる空色の義手。

その仕組みは、スカルファロット武具工房と王城の魔導具師達、そして職人達の努力の結晶だ。

大きく笑ったこの騎士の顔を、彼らにも見せてあげたい、そう強く思った。

「本当によかったです。私は制作のお手伝いだけですので、ぜひそのお言葉を、魔導義手、魔導義足制作の魔導具師、職人にお伝えくださいませ。とても喜ぶと思います」

「わかりました。これから各所にご挨拶に参ります。そして、この老体、皆様への御礼として、これまでの不甲斐《ふがい》なさを減し、魔物と戦って死すときまで、魔物討伐部隊員でありましょう！」

待ってほしい、いきなり魔物と戦って死ぬ話にしないで頂きたい。孫を抱き上げられると言ったばかりではないか。

ダリヤがどう止めていいか慌《あわ》てていると、その横にいるベルニージが白い髭《ひげ》を押さえた。

「隊員にはなりたいが、グラートが試験で合格させてくれればだからのう……」

「え、試験ですか？」

「何人か復隊希望がいてな。一度引退しておるので、入隊試験からやり直しになるやもしれん。それに、試験が免除になっても再入隊から半年は見習いだからな」

「見習い、ですか……？」

むしろ『指導役』の間違いではないのかと思うが、微妙に言いづらい。

「筆記試験さえなければ、なんとでもなりますとも！」

魔導義手をつけたゴッフレードが、先日会ったときと同じく、豪快に笑う。

魔物討伐部隊の筆記試験は、高等学院の騎士科の成績が半分。あとは王国の法律と地理、魔物の知識だとヴォルフが言っていた。

近年、オルディネ王国に出現する魔物の種類は増えているそうだが、そういった内容は加味されるのだろうか。覚えるのはなかなか大変そうである。

「なに、筆記試験がわからぬときは、現役隊員に教師役を乞えばよかろう」

「いっそグラートに頼めばよいのではないか？」

本日、魔物討伐部隊員が誰も同行していないのは、幸運なのか不運なのか。グラート隊長は立場的にどうなのか、真面目に心配になる。

斜め後ろを振り返れば、マルチェラも神妙な顔をしていた。

そういえば、彼は初等学院の書き取りで、癖字のため、赤点だったことがあると言っていた。

ダリヤとて振り返れば、筆記試験では解答欄を一段ずらし、魔導具の実技試験では気がつけば指定品以外のものができあがっていたりしたことがある。

誰でも試験には困った思い出の一つや二つ――いや十や二十はあるものだ、きっと。

なお、このしばらく後――ベルニージ達に対する魔物討伐部隊員達の言葉は、これに尽きた。

『こんな見習いがいてたまるか！』

「ようこそおいでくださいました、ロセッティ会長！」

会議室に入ってすぐ、赤茶の目の青年が駆け寄ってきた。

前回、魔導具制作部一課で会った、革の加工をしていた魔導具師だ。

「本日いらっしゃると伺《うかが》ったので、ブラックワイバーンの鎧を準備しておきました！」

壁際に飾られているのは、一見、鎧とは言いがたい防具だった。

廊下からそのまま一緒に来た騎士達も、目を丸くしている。

丈夫そうな厚手の黒革で作られた、兜《かぶと》、全身鎧、戦闘靴までの一式。

しかし、これは本当に鎧と呼んでいいのか、迷いが生まれる形状だ。

ゆるくワイバーンの形に似せてはいるが、頭から背中にかけ、トゲトゲしたものをやたらに足したのはなぜなのか。あと、飾りであろう翼が小さめなのはわかるとして、尻尾がギザギザで長めなのは、戦うときに邪魔にはならないのか。後ろに人がいたら踏まれそうだ。

「ご提案頂いたように、ブラックワイバーンの部位をできるだけそのまま使って作ってみました！　強度もなかなかですが、見た目も強そうだと思いませんか？」

「そ、そうですね。確かに強そうです……」

すばらしくいい笑顔の魔導具師に、表情筋を整えて答えた。

まさに着ぐるみ、『鎧というより前世の怪獣に近い見た目です』、とは、口が裂けても言えない。

「最近の鎧は斬新だな！　なかなかかっこいいではないか！」

ベルニージは興味津々らしい。魔導具師に許可を得ると、肩や背中の翼を触って確かめ始めた。

「確かに、なかなか、見ない形ですな……」

碧眼《へきがん》の騎士は言葉と表情を濁《にご》している。確かにこれは形容しがたいだろう。

「鎧はかなり強化の魔法をかけていますが、手袋と戦闘靴は特に丈夫にしました。指先に付与があると気になる方や、戦闘では邪魔になる方もあると伺いましたので、手袋は甲の部分に、戦闘靴は爪先に、ワイバーンの爪を使って魔法を付与しました。通常の岩ぐらいなら砕けます！」

防御機能も攻撃力も高いらしい。この際、尻尾などは動きやすいように改良し、赤く塗って赤鎧《スカーレットアーマー》に着てもらうのはどうだろうか。

いや、それでもワイバーンが寄ってくる可能性があるならだめだが。

「でも、グラート隊長はお忙しいそうで、まだ一度も着て頂けないのです……これならきっと他のワイバーンを引き寄せられると思うのですが」

先日のジルドの提案通り、本当にグラートのサイズで作ったらしい。

目の前の魔導具師は大変残念そうに言うが、隊長の気持ちもわかる気がする。

ダリヤとしては、これを着て囮《おとり》になりたいとは絶対に思わない。

「なかなか迫力のある良い鎧ではないか。サイズが合えば私も着てみたいのだがなぁ」

「隊長のように灰手《アッシュハンド》は持っておりませんから、我々ではワイバーンの迎撃はできませんぞ」

「この際、灰手《アッシュハンド》のようなかっこいい剣を、魔導具で作れぬものだろうか？　いや、ここはワイバーンが落とせるほどに我が身を鍛えねば……」

魔導義手をつけた騎士二人が、鎧と剣と己に関して話し合っている。ここにヴォルフがいれば、魔剣の話に参加できたかもしれない。

残念ながら、ダリヤには本物の魔剣――灰手《アッシュハンド》のような高魔力の魔導具制作は無理である。

先日、ヴォルフに作った紅蓮《ぐれん》の魔剣はがんばってはみたが、火魔法の照明的付与にしかならなかった。

次にヨナスに作るものは、剣自体がより適したもので、付与は商業ギルド長であるレオーネに頼んである。

ヴォルフのためにもっと威力のある魔剣を作りたいのだが、自分の知識と魔力では、まだまだ遠いらしい。魔導具師として研鑽《けんさん》あるのみだろう。

ふと気がつき、自分の斜め後ろ、従者兼護衛として無言だったマルチェラを振り返る。

初めて来た魔導具制作部棟、周囲は初対面の者ばかりで、さぞ緊張しているだろうと思いきや、彼はじっと黒革の鎧に顔を向けていた。その鳶《とび》色の視線の先、ベルニージがひどく真剣な顔で長い尻尾を引っ張って確認している。

「ええと……マルチェラ、どう思いますか？」

こっそりと尋ねると、いい笑顔と共に、ささやきになりきれぬ強い声が返ってきた。

「滅茶苦茶《めちゃくちゃ》かっこいい……です！」


「皆様、ようこそお越しくださいました」

ブラックワイバーンの鎧を見学していると、会議室にカルミネが入ってきた。

「ダリヤ会長、こちらが先日お知らせしたスライム成形した靴です。廃棄革にブルースライム、イエロースライム、各種薬品を合わせています」

テーブルの上に載せられたのは濃灰の戦闘靴と、靴にする前の同色の革だ。

「どうぞ、手に取ってご覧になってください」

笑顔のカルミネに、遠慮なく見せてもらうことにした。

指で触れた表面はほんの少しざらりとし、それでいて引っかかりはない。革らしい艶《つや》があり、底以外に継ぎ目は見当たらなかった。

持ち上げると、思いのほか、軽い。魔物討伐部隊の戦闘靴の半分以下ではないだろうか。

ひっくり返すと、靴底だけは通常のものに近かった。

「防水性に優れ、火にも一定の防御力があります。形を変えても元に戻りやすく、革のように変形して切れるということは少ないようです」

「すばらしいです！　撥水性《はっすい》とこの軽さは、隊員の皆様にとても喜ばれると思います」

「ありがとうございます。耐久と劣化についてはまだ確認中ですが、一部の隊員の方に鍛錬時にお使い頂いています。あとは繰り返し洗いをかけて実験中です。ただ、防水性が上がった代わりに、どうしても内部が蒸れますので、乾燥中敷きが必須になりました」

ダリヤの開発した乾燥中敷きは、この靴と抱き合わせ販売になるかもしれない。

イヴァーノのいい笑顔が脳裏に浮かんだ。

「こちらが材料表と組み合わせの結果一覧です。写しですので、よろしければお持ちください」

分厚い書類には、事細かに実験結果が記されていた。一体何種類をどれぐらいの割合差で試したのか――自分も魔導具開発ではそれなりにパターンを組むことがあるが、これほどの組み合わせは経験がない。

王城の魔導具制作部ならではの数量なのかもしれない。各種スライムの粉の配合、そして使用薬液の内容がとても興味深い。

「残念ながら、廃棄の革で一部、元の素材名がわからなくなっているものがあり、均一に仕上がるとは言いがたいのですが……」

「今のところは、下方を基準とするしかないでしょう」

革を持つ魔導具師の残念そうな声に、カルミネが一枚の用紙を抜き出した。

そこに並ぶのは、戦闘靴の強度確認の数字だ。実際に使う場合に要求される強度はわからないが、違いは一割ちょっとのようだ。

意外に強度が揃《そろ》っていると思えるのは、自分が戦闘靴に関して素人だからかもしれないが。

「じゃが、この靴は良いぞ。なんといっても軽く、水が浸《し》みない。それにずれぬ」

ベルニージが靴の踵《かかと》を床にカツンと打ち鳴らす。軽く響くその音に、その場の者達はそろって笑みを浮かべてしまう。

「本人に合わせた一体成形ですから、今の靴よりもずれは少なくなるかと」

「私としては、もう少しゆるみが欲しい。遠征では足がむくむことも多いのでな」

「むくみですか……できればむくんだ状態の数値があればいいのですが」

「夕方に測定するのに加え、成形時に少し厚い靴下を履いて頂くというのはどうでしょう？」

「なるほど、そうですね。あとは中敷きで調整できないかも考えて参りましょう」

ずれもむくみも切実な問題だ。それぞれに意見を出し、カルミネがメモを取りつつまとめていく。

「耐久性があれば、隊の全員に欲しいところだが、この靴はさぞかし高かろうな」

「今の靴はおいくらぐらいなのでしょうか？　不勉強ながら、今まで靴の値段を気にしたことがなく……」

「通常のもので大銀貨八枚ほどだとグラートが言っていた。大柄な者や加工を入れた者は、もう少しいくだろうが」

カルミネの問いに、碧目の騎士が答える。

やはりそれなりのお値段だった。だが、厚手の革を使い、耐久性を上げる付与も入っているのだ、当然だろう。

「一足は、どれぐらいの期間使えるものでしょうか？」

「個人でかなり違うが、私が赤鎧《スカーレットアーマー》の頃は年単位だった。裂けや水浸みがあっても、修理をして使っていた」

「儂《わし》の若い頃は、魔物を蹴ってよく靴底を剥《は》がしてな。先輩に修理代のかからぬ戦い方をしろと怒られたぞ」

ベルニージが笑いながら、とてもせつない話をしてくれた。

命懸けで魔物と戦う上に、予算とまで戦ってほしくないと切実に思う。

ロセッティ商会からは多数の魔導具を納めさせてもらっているのだ、もう少し値段を考えた方がいいのかもしれない。

「あの、今後のご予算につきましては――」

「何でしたら、私の方からも少し話を――」

切り出す声が、完全にカルミネと重なった。思わず彼を見ると、丸くなった藍鼠《あいねず》の目がすでに自分を見ていた。

「ダリヤ先生、カルミネ殿、気持ちはありがたいが、予算は気にせずともよいのだ。秋からは追加予算も出たと聞く。それに、魔物討伐部隊は元々、倒した魔物をある程度自由に使う権利があるが、最近は素材の持ち帰りが増えておる」

「ベルニージ様のおっしゃる通りだ。馬車いっぱいに持ち帰った森大蛇《フォレストラスネイク》も、いい値になったと聞いたぞ。あれは四十肩にもよく効いて……」

「隊員達と話したが、森大蛇《フォレストラスネイク》の名を出すと、ヨダレをたらしそうな者もいたな。『緑の王』も不《ふ》憫《びん》な時代になったものよ」

皆の話にほっとする。

隊員達は森大蛇《フォレストラスネイク》に甘ダレが合うと語っていた。ダリヤもヴォルフがくれたその干し肉をスープに入れたことがある。なかなか深みのあるいい味になった。

大変不憫ではあるのだが——森大蛇《フォレストラスネイク》は高級食材の一つになりつつあるらしい。

「ところでカルミネ殿、新しい靴は実際、いくらぐらいかかるのだ？」

「おおよそ半額でしょうか。廃棄の革が使えますので、材料費は安くなります。あとは今と同じ型で靴にし、その後は魔導具制作部の研修に組み込めば、付与も加工もそうかからないでしょう。耐久性や使用感次第ですが、うまく進めば、現在の工房から順次引き上げていくことになるかと」

「え……？」

さらさらと言われた内容が、不意に引っかかる。どうにもまずい気がしてならない。

「あの、カルミネ副部長、そこは開発と作業を共同にして頂けないでしょうか？」

「もちろん、ダリヤ会長から案を頂いたのですから、開発にお名前は入れさせて頂きますし、正規の報酬を——」

「いえ、私の方は案だけですので結構です。そうではなく、現在靴を制作している工房と、開発と作業を共になさって頂けませんか？」

「なぜです？　すべて王城内で可能になれば納期も短く、予算も浮きます。魔物討伐部隊としてはいいのではないですか？」

カルミネがひどく不思議そうに自分を見た。周囲の者も何も言わない。

もしかすると、王城、そして魔物討伐部隊の相談役として、間違ったことを言うことになるかもしれない。それでも、ダリヤは心を決めて口を開いた。

「いま引き受けて頂いている工房は、仕事が急に少なくなったら、いろいろと大変になります」

魔物討伐部隊の丈夫な戦闘靴を作るには、革の加工と縫いの技術を持つ職人が要る。まして、今まで王城と取引をしていた工房だ、それなりに人数もいるだろう。

その家族、その工房に関わる者の生活もある。いきなり上の都合で切られるのはたまらない。

それに、技術の問題がある。

「長く靴を作っている職人なら、スライム成形の靴に対し、今の革と比較しての意見がもらえると思います。制作にあたっても、改善方法や別の形を生み出してくれるかもしれません。経験の長い職人には、これまでに培《つちか》った知識と技術があります。その技術を途絶えさせるのは大きな損失だと思います。職人と協力して制作した方が、より良いものができるのではないでしょうか」

専門特化の職人ほど、仕事につぶしは利かないのだ。

そして、一度積み上げた専門技術が途絶えたら、後で復活させるのは至難の業だ。たとえ仕様書があっても、職人としての腕が追いつかぬ可能性も高い。

職人達の頭脳と腕をスライム成形の革と靴でも活かせるよう、工房との取引をそのまま存続させてほしい――そういったことを、カルミネに、そして周囲の者達へ必死に説明する。

残念ながら賛同の声は誰からもなく、視線が自分に集まるのだけがわかった。

自分の考えが甘いと思われているのか、説明が下手で通じないのかもしれない――話し終えても緊張を解けずにいると、カルミネが口を開いた。

「ダリヤ会長、貴重なご意見をありがとうございます。開発に気がはやり、大切なことを見落とすところでした……」

「私からはお詫《わ》びを。革のことならば己が詳しいとうぬぼれておりました。無駄な矜持《きょうじ》を捨てて学びたいと思います……」

「いえ、ええと……？」

カルミネには礼を言われ、革担当の魔導具師には詫びられている。

工房関係者の生活にまで目が向かなかったということでいいのか、革のことは靴職人に確認するということでいいのか、いや、二人の言葉的になんだか違う意味合いがある気がする。

迷いが深まる自分の横、ベルニージが深くうなずいた。

「より良いものを作るためには、爵位も売り買いの立場も関係なく、その道に深い者に教えを乞うべきか……なるほど、見事な考え方だ」

待って頂きたい、そんな高尚なことを言った覚えはない。

確かに職人から意見をもらい、共に仕事ができたらと、今の仕事をなくさぬようにとは思ったが――ぐるぐる回る思考を無理に束ね、ダリヤは言う。

「いえ、私は、互いに意見が言えて、共に作れる『仲間』が増えればと……」

『仲間』――わかりました。靴工房から職人を招き、スライム成形の革に関して話し合いましょう。その後に、関わる者達すべて『平ら』に意見交換をし、共に制作を進めて参りましょう」

カルミネが大変いい感じにまとめてくれたので、ダリヤは思わず笑顔になる。

それが伝染したかのように各々《おのおの》が表情を崩し、話はまた靴と鎧の話へと戻っていく。その中で、靴工房の職人を招いての話し合いがもたれることで決まった。

きっと魔物討伐部隊のより良い戦闘靴ができるに違いない、そう思えた。

閑話　靴工房と職人の女神

「親方っ！」

工房の作業場、ドアを開けるのももどかしいとばかりに、弟子の一人が飛び込んできた。

「今度はなんだ？　革の値上がりか、どこぞの職人が腰でもやったか」

ここダレッシオ工房では、曾祖父《そうそふ》の代から王城騎士団、魔物討伐部隊の戦闘靴を主に作ってきた。

だが、ここのところ、あまりよくない知らせが続いている。

革の値上がりに職人仲間が無理な納期で倒れた、大手の下請けになって工房の看板を下ろしたなどもよく聞く話だ。

華美な靴が売れ、大きい商会や工房が幅を利かせる、それも時代の流れか——そんなことを考えていると、息を切らした弟子がようやくに続けた。

「そ、それが王城から人が来て、親方宛ての手紙を！　外で届け人が待ってて……」

「わかった、すぐ行く」

脂のついた指を手拭きで拭《ぬぐ》いつつ、そのまま工房入り口へ向かう。そこには、黒服の使者が赤い布の上、大きめの封筒を持っていた。

「お仕事中に失礼致します。王城魔物討伐部隊、王城魔導具制作部より、サンソル・ダレッシオ様へのお手紙です。ご確認の上、お返事をお待ち致します」

「ご足労ありがとうございます。拝見致します」

白に金の縁取りがある豪華な封筒は、いつもの発注書とはわけが違う。背筋を伸ばし、両手で受け取った。

差出人は魔物討伐部隊長グラート・バルトローネと、王城魔導具制作副部長カルミネ・ザナルディの連名。そうそうたる名前と共に、王城への招きが記されていた。

『三つの日付で都合のよいものを』とあるが、王城でも上の役持ち、しかも貴族が、庶民の工房にそんな都合のいい話はしないだろう。

いつかくるかもしれぬと覚悟はしていた。予想よりは早かったが――サンソルは精一杯表情《かお》を整え、黒服の使者に答える。

「王城へのお招き、ありがたくお受け致します。一番日付の早い日でお伺《うかが》い致します」

使者は『一番日付の早い日』と復唱し、定型の挨拶《あいさつ》をして戻っていった。

「親方、あの、なんかあったんですか？」

使者を見送ると、自分を呼んだ弟子が心配そうに尋《たず》ねてきた。

「どうってことねえよ。王城に呼ばれただけだ」

「王城って、うちの靴に何か？　もしかして、この前、俺が縫った靴に何か不具合があったとか？」

「それはねえよ。俺が全部確認しただろ。まあ、挨拶かもしれんし、行ってみないとわからんさ。

後で貸し服店に行ってこないと……」

そう言いながらサンソルは工房のドアの上、古びた看板を見上げた。

濃緑の目に映るのは、かすれかかった『ダレッシオ工房』の名と、紐《ひも》ありの長靴マークだ。

子供の頃から見上げていたそれを、自分が下ろすことになるのかもしれない――その思いが胸の奥、ぎりりと痛んだ。


サンソルは子供の頃からこの工房に出入りしていた。

祖父や父だけではなく、職人達全員が師匠だ。靴職人を目指す者としては、とても恵まれた環境だったろう。

だが、自分は、『靴職人の家になど生まれなければよかった』と、何十回、いや、何百回も思った。

靴づくりは、特に魔物討伐部隊の戦闘靴は、一足に対し、やることが多くある。

隊員の木型を確認した後、紙型を作り、革の部位や大きさ、厚さを確認して写す。そして裁断、足の甲側を縫い、形を整え、底をつける。大雑把に説明すればこうなるが、木型づくり、革が均一になるようなめし直し、仕上げの磨きなどの腕が要る。

また、作るだけではない。隊員の戦い方や好みによる変更もある。

木型から変え、サイズ確認の仮靴を作り、革を合わせて補強、破損したものはできる限り直す――その工程と作業を、サンソルは一つ一つ覚えさせられた。

物覚えがあまりいい方ではないので、どれもこれも苦労した。怒られることばかりで、褒《ほ》められることはろくにない。自分の作るものは、不良品かやり直しの方が多かった。

もっとも、これは仕方がないだろう。ダレッシオ工房では、適当な仕事、曖昧《あいまい》な出来は一切許されなかったからだ。

魔物と命懸けで戦う隊員達の戦闘靴は、完全でなければいけない。わずかなゆるみや綻《ほころ》びで、万が一のことがあってはならない。

そして、消耗も激しい。長期遠征の後などは、山のように修理品が持ち込まれる。

職人達は、一足一足をただ実直に作り、修理をする。毎日がその繰り返しだった。

まだ少年だった自分は、明日の己が見えるそれに辟易《へきえき》した。『王都に仕事は多くある、辞めて違う道を探そうか』、そう思い始めていた。

そんなある日、珍しく父と二人だけで買い物に出かけた。

横切るはずだった通り道は人があふれ、その間を長い葬列が過ぎていった。

馬車の横に描かれているのは、龍の前に交差する剣――魔物討伐部隊員の紋章だった。

葬列は魔物討伐部隊員の合同葬。何台も続く馬車の上、花に囲まれた黒い棺《ひつぎ》は十以上あった。

その後ろに続くのは、魔物討伐部隊の馬と遺族の馬車。ほとんどの窓は閉まっているか、開いていても目にハンカチを当てる者、手で顔を覆う者しかいなかった。

最後の一台、母であろう女性の胸に抱かれ、無邪気に笑う幼子が一瞬見えた。親戚の一番小さな子よりも、ずっと小さかった。

魔物と戦って亡くなった隊員達は、ひどい怪我《けが》を負っていることが多い。多くの棺は釘《くぎ》で打ち付けられ、遺族ですら顔を見ることができない。いや、そもそも遠征先から遺体が戻ってこないことも多いのだと、横の男達が話すのが聞こえた。

馬車が過ぎた後、花束を持つ者達の長い行列が続いた。ある者は泣き、ある者はお礼を繰り返し、ある者は冥福を祈っていた。

人を襲う赤熊《レッドベア》を退治してもらった村人達、小鬼《ゴブリン》の群れから取り返された街の者達、父母を呑《の》んだ森大蛇《フォレストラスネイク》を討伐してもらったという兄弟、息子を氷漬けにした二角獣《バイコーン》を倒してもらい、巣にあった亡骸《なきがら》を墓に入れてやれたという両親など、様々な声が時雨《しぐれ》のようににじんで聞こえる。

父とサンソルは、行列の最後の一人が目の前を過ぎ、周囲の人波が消えるまでそこにいた。

父は何も言わなかった。自分は何も言えなかった。

サンソルにとって、魔物討伐部隊と魔物は、話に聞くことはあっても遠いものだった。実際に目にするわけでもなく、聞こえるものでもなかった。

今日とて近く感じたわけではない。けれど、目にしたものも、耳にしたものも、とてもとても嫌いだった。

けれどそのおかげで、己の進むべき道が、靴紐の太さほどには見えた。

棺を載せた馬車、続く馬車の葬列、花束を持つ者達の行列——自分は『次の彼ら』を一人でも減らしたい。そのために魔物討伐部隊員達の足を守る、丈夫な戦闘靴を作りたい。

魔物に向かえぬサンソルの、ささやかな戦いの始まりだった。

不器用な自分が、靴づくり二百五十の工程をすべて手に馴染《なじ》ませたのは二十九のとき。

その十数年後、ダレッシオ工房長の名も継いだ。

工房長になって最初の年、サンソルは全工房員を連れ、魔物討伐部隊員の合同葬を見送った。

そして、いつもとそう変わらぬ数日が過ぎ、本日は王城行きである。朝から髪を二度梳《くしけず》られ、髭《ひげ》の剃《そ》り残しがある、襟が曲がっていると、妻に大変厳しいチェックを受けた。

「せっかくなんだから王城をしっかり見学してきて。行ってらっしゃい」

「おう、行ってくる」

身につけているのは、貸し服店の上下揃《そろ》い。織りの細かい濃灰のそれは、どうも自分には似合わぬ気がする。

「親父《おやじ》――いや、親方！　磨いといたから」

とっておきの自作の革靴は、紅　牛《クリムゾンキャトル》の革を三度濃茶に染めたもの。艶《つや》やかなそれは、貴族のものにもひけをとらない自負がある。

それを鏡のように磨き上げたのは息子――いや、一番弟子だった。

「ありがとよ。王城で自慢してくるぜ！」

サンソルは片手を上げ、笑顔で馬車に乗り込んだ。

馬車の揺れに身を任せてしばらく、王城の巨大な石門をくぐる。

そうして案内されたのは、魔物討伐部隊棟の会議室だ。

ここに来たのは何年前だったか――そう考えて思い出す。亡くなった親父が、次の工房長だと紹介するため自分をここに連れてきたとき以来だ。変わらぬ部屋だが、あの頃のように胸は高鳴らない。

自分は、一番弟子を――次のダレッシオ工房長を、ここに連れてくることができなかった。

「ようこそ、魔物討伐部隊へ。久しぶりだな、ダレッシオ工房長、いつも世話になっている」

魔剣灰手《アッシュハンド》の使い手で、魔物を灰にする強さから、『灰の魔人』と謳《うた》われるグラート・バルトローネ隊長にねぎらわれた。テーブルの向かいの彼に、もったいないお言葉です、と返しながら、その赤い目をまっすぐ見返すことができなかった。

「はじめまして、王城魔導具制作部、副部長のカルミネ・ザナルディと申します」

そこから魔物討伐部隊副隊長、王城魔導具制作部の革担当、書記の魔物討伐部隊員と挨拶が続く。

香り高い紅茶が出されたことで、納めた靴の不満ではないと判断できたが、味などわかるわけがない。

「今回お招きしたのは、新しい戦闘靴に関するお話です」

テーブルに置かれた艶《つや》やかな靴となめされた革。魔物討伐部隊の戦闘靴である。

そして渡された仕様書に、サンソルは思いきり眉を寄せた。

スライム成形の靴――廃棄予定の革とスライムを合わせ、魔法を付与した戦闘靴。

ふざけるな、廃棄革で魔物討伐部隊員の靴を作ろうなど、低価格を目指すにもやっていいことと悪いことがあるだろう。だが、その憤りは、仕様書を読み、戦闘靴を手にしたことで消《はじ》えていった。

より軽く、希望によって金属を入れて重くもできる、スライムを混ぜた革は水を弾き、衝撃に強く、メンテナンスも少なく済む。価格を削るための廃棄革だとばかり思ったが、工程や付与を考えれば一足あたりは今より高くなるだろう。

純粋に隊員の安全と快適さを考えての切り替えだ、そう理解できた。

魔物討伐部隊員達は、曾祖父の代に比べて大柄になり、靴のサイズも上がっている。使う革の量も縫いの量も増え、それでも値上げは最小限でやってきた。

努力が評価されるとは限らない。それでも、靴職人の矜持《きょうじ》を曲げずにここまできた。残念さはあるが後悔はない。この新しい靴であれば、遠征も戦闘もきっと楽になる。個人的には先端の補強金属の形状が気になるが——交替の時期がきたのだろう。

「ダレッシオ工房長に、お詫《わ》びを申し上げます」

立ち上がったザナルディ副部長に、まっすぐな声で言われた。

取引停止の申し出だろう。サンソルは凪《な》いだ気持ちで続く言葉を待った。

「私は浅はかにも、王城内でこの戦闘靴の量産体制が組めれば、そちらの工房とのお取引は縮小できるのではないかと考えました。王城内で制作が可能になれば納期も短くなり、予算も浮くと」

「は……？」

予想外の話に、つい間抜けな声を出してしまった。

王城内でより安く、納期を短くできるなら当たり前のことではないか。今後は取引を減らす、あるいは打ち切ると詫びられるならわかるが、なぜ己を浅はかだと言っているのかが理解できない。

そもそも魔導具に近い戦闘靴では自分の工房では制作ができない。

言葉を返せずにいると、藍鼠《あいねず》の目がじっと自分を見た。

「魔物討伐部隊には相談役魔導具師である、ダリヤ・ロセッティ殿という方がおられます。その方に、現在、靴を制作している工房と、開発と作業を共にするよう強く勧められたのです」

「うちと、開発と作業を共に、ですか？」

「はい。経験の長い職人には、これまでに培《つちか》った知識と技術があり、その技術を途絶えさせるのは大きな損失だと。職人と協力して制作した方が、より良いものができると」

そうですか、と相槌《あいづち》を打とうとしたが、声が出ない。

工房代々、自分達の知識と技術をつぎ込んで、ただ懸命に愚直に魔物討伐部隊の靴を作ってきた。

それをわかってくれる者がいた。そのなんとうれしいことか——！

「本当にその通りだと思いました。私は今まで、過去の仕様書を読み、王城内にあるものだけを見て満足しておりました。魔導具に多少の知識や経験はあっても、靴や革に対するそれは足りません。ダレッシオ工房の皆様に力を貸して頂きたいのです」

そう請われてはっとした。

方向は違えども、自分も同じではないか。いい革を選び、堅牢《けんろう》な靴を作り続けてはきた。

だが、より新しいものを生み出そうとしたことはなかった。

「ザナルディ副部長、私こそ、先を見ておりませんでした。丈夫さを目指して参りましたが、より良い改良につなげられたことはなく……どうぞ遠慮なくご命令を。新しい靴づくりを、ダレッシオ工房全員、全力でお手伝い致します」

そう願った自分に、カルミネは首を横に振る。

「いいえ。どうか、身分も区分もなく、ただより良い靴を作ることを目指す『仲間』となってください」

サンソルは、全力で了承した。

魔物討伐部隊長のグラートは、打ち合わせの終わり、笑顔で王城出入りの許可証をくれた。

すでに自分の名が入っていたそれに、声をつまらせずに礼を言うのが精一杯だった。

制作関係者は、翌日から王城魔導具制作部の一室に集まることになった。

ダレッシオ工房からは自分と一番弟子、王城魔導具制作部からは副部長のカルミネと革担当の魔導具師、防御素材と加工に詳しい武具職人。皆、やる気にあふれまくっていた。

初回打ち合わせ後、まず使用者の声を聞くべきだと、魔物討伐部隊員に聞き取りを行った。

「軽くて歩きやすい靴がいいです！　あと防水がきっちりしているとうれしいです」

「丈夫なのがよい。蹴りの攻撃力を落としたくないので、今ぐらいの重さは欲しい」

「衝撃から足を守るような靴がいいですね。そろそろ膝にくる年なので……」

靴に関する希望はそれぞれであった。無茶とも思えるそれらを、一同は一定の体系化と個別対応で叶《かな》えるしかないと結論づけた。

王城の者達と工房員達は立場も経歴も違う。最初はとても気を使った。

だが、会うたびに人は慣れるものだ。こちらが靴と革の知識を説明すれば、あちらは魔導具や魔法の付与について教えてくれる。

質問は互いに山とあるが、それを一つずつつぶしながら、開発と試作に明け暮れた。

何度目かの集まりで、戦闘靴の底部分について、厚さと強度とクッション性と魔法の付与に関し、侃々諤々《かんかんがくがく》の議論となった。靴の作り手として譲れないところ、魔導具師として譲れないところにハマってしまった形である。

しかし、互いの視点の違いがわかってくると、面白い提案が次々となされた。

夜通し続いた議論の後、関係者同士が名前で呼び合う仲になったのは、当然かもしれない。

今までの革とスライム成形の革を合わせ、重量軽減・防水性・衝撃耐性を改良、縫いを工夫し、動きやすさと丈夫さを確保、さらに魔法の付与により耐久性を強化――魔物討伐部隊の新しい戦闘靴開発は着々と進んでいった。

そんな中、サンソルはようやく魔物討伐部隊の相談役と会った。

ダリヤ・ロセッティ――新進気鋭の魔導具師で、立てたばかりの商会をすぐに王城出入りとしたやり手の商会長。噂《うわさ》でそう聞いていたので、勝手にきつそうな女性を思い浮かべていた。

だが、緊張が一目でわかる笑顔で挨拶をしてきたのは、優しく大人しそうな女性だった。

男爵叙爵が決まっているとはいえ、立場はまだ庶民。見た感じ、王城のお偉いさんに向かって意見をするような者にはとても見えない。

どうにも不思議に思えたが、仕事の話になって納得した。

自分が靴の爪先の金属形状と摩耗の話を始めると、初対面の緊張もどこへやら、前のめりでメモを取り始める。

革担当の魔導具師が魔法の付与に関する説明を続けると、目を輝かせて質問を続けていた。

尋ねるときは少しだけ早口になり、その緑の目はめまぐるしく明度を変える。

けれど、その奥にずっとある熱は変わらない。

貴族や良家の者達というのは、自分とはまるで違う人間のように思っていた。

けれど、そうでもないらしい。

この部屋にそろうのは、内に作り手の熱を持つ者ばかり。物づくりが好きで、子供のように夢中になっている。

自分が夢中なのは今も昔も靴と革だが、各自、それを魔導具とか革とか魔物素材とかに入れ替えたら、大して変わりがなさそうだ。

サンソルはようやく肩の力が抜けた気がした。


「カルミネ様、ちょっとご相談なんですが」

魔導具制作部の会議室、カルミネの向かいで、サンソルは意を決して切り出した。

本日は打ち合わせ日。改良戦闘靴の第一弾、その量産の目処《めど》が立ったことを、皆で喜んだところである。そこで声を改めた自分に、周囲が一斉に目を向けた。

「魔物討伐部隊相談役の、ロセッティ会長の靴型などはご存じでしょうか？」

「私は存じ上げませんが、魔物討伐部隊であれば入手は可能かと」

不思議そうな目を向けられ、サンソルは隠すことをあきらめた。

「ロセッティ会長へ、試作品を、いえ、完成品をお贈りさせて頂けないでしょうか？　もちろん、かかる費用はうちの工房で出しますので」

「なるほど、いいご報告になりますね。サンソル殿、こちらで費用は持ちますので。かまいませんね、ウロス部長？」

「もちろんだとも。せっかくだ、黒ではなく、ロセッティに似合いの色がいいだろう」

最近、気がつけば打ち合わせと制作に交ざっている王城魔導具制作部長がうなずく。本来の仕事はいいのかという疑問は、とりあえず脇に置いている。

「では合わせ革の制作は私が！　ワイバーンの割合多めで作りますので、厚さの指定と選別をお願いします。それが終わったら色提案で、染料のご相談をしたいです。すぐ皮素材を確保したいので、カルミネ副部長……」

「許可します。倉庫で合うものを見つけたら、その場で希望を出してかまいません」

「行ってきます！」

革好きの魔導具師がそう答えたときは、すでに背中しか見えなかった。

じつに行動力のある若者である。自分も負けてはいられない。

「では、選別とカットはうちの職人で、縫いと底付けは俺がやります」

「あ、ずるい、親父、じゃなかった、親方！　俺にも縫わせてくださいよ！」

横から切実な声で上着の袖を引かれた。分担に関しては工房内で話し合いが必要になりそうだ。

一番縫いは絶対に譲るつもりはないが。

「では、私が付与を――」

カルミネが言いかけたとき、横からその肩に伸びる手が見えた。

「靴底の付与は私にさせてくれ。最後の全体付与はカルミネに任せるから」

「……わかりました、ウロス部長」

王城魔導具制作部長の言葉に、副部長がちょっと仕方なさそうにうなずいた。

この流れというか、つながりは何なのか、サンソルは喉で笑いを止める。

魔導具師であるロセッティ会長が戦闘に加わることはないだろうが、とても高性能な靴ができそうだ。

今の自分のできる全力で、いいや、自分達の今の最上を、ぜひその手にしてもらいたい。

そんなことを考えていたら、結局、喉の笑いを止めることができず――いつの間にか、仲間達と共に笑っていた。

翌年の春間近、魔物討伐部隊には、隊員の戦闘靴一式と共に、美しい紅《くれない》の長紐靴が届く。

その靴底と靴の縫い合わせの間、サンソルが小さく刻んだ文字は『職人の女神』――

制作関係者だけの秘密である。

友の仮眠ランタン

昨日、ダリヤは王城魔導具制作部でスライム成形の靴に関する経過を聞いた。

今まで魔物討伐部隊の戦闘靴を作っていたダレッシオ工房との共同開発・制作になるそうだ。

王城に招く技術者として手当もきちんと出すとのことで、ほっとした。

ダレッシオ工房長であるサンソルは、自分にも丁寧な挨拶《あいさつ》をしてくれた。革だけではなく、金属にも詳しく、摩耗に関する説明は魔剣の参考になりそうだった。

靴の話の後、大型粉砕機の試作品を見学した。しっかりした出力と見事な動きで、滑らかな野菜ジュースができる、前世のミキサーに遜色《そんしょく》ないものが仕上がっていた。

カルミネは安全管理も完璧であった。蓋《ふた》を閉めないと動かない上、清掃や移動のときは動力である風の魔石をはめ込んだユニットを取り外す注意書きを、本体表面に彫り込んでいた。

その上、かき混ぜるブレードの掃除で怪我《けが》をせぬよう、特殊な革の手袋と大猪《ビッグワイルドボア》の毛によるブラシまでそろっていた。

この革の手袋とブラシは、革担当の魔導具師と、靴工房の工房長のアイデアによるものだという。『ダレッシオ工房からは、革、毛皮、金属補強など、様々なことを教えてもらい、とても勉強になっています』、そう話すカルミネを尊敬した。

爵位も立場も関係なく学ぼうとする姿勢はすばらしい。自分もそうありたいと思った。

いい魔導具を見た後というのは、制作への熱が上がる気がする。

ダリヤは夜、寝付けずに画用紙を並べていた。作業机の上、ペンを片手に考えるのは、ヴォルフに贈ろうと決めた仮眠ランタンだ。

基本のランタン台はできるだけきれいな金色を、カバーのガラスは指にも優しい柔らかな曲線を選ぼう。カバーには、カルミネからもらった魔魚《まぎょ》のウロコを使うのもいいかもしれない。

色ガラスを決まった形にきっちり刻むのはなかなか骨が折れる。だが、これは刻み器で一気に細かくするわけにもいかない。外注には出したくないので、毎日少しずつ作ることにしよう。

カバーは魔魚《まぎょ》の白いウロコを刻み、雪の結晶の模様をつけてみたい。灯《あか》りを点《とも》したら、その雪の結晶が天井や壁にふうわりと映るように。

月光蝶《げっこうちょう》の翅《はね》で催眠効果を付与すれば、薄青く染まる。冬空のようなそれに、雪の結晶模様はきっと合うに違いない。

考えながら開けた魔封箱の底、月光蝶《げっこうちょう》の翅の結晶は、淡く青い輝きを放っている。

ヴォルフが子供の頃の悪夢を繰り返すことなく、日々の疲れも忘れてもらえるよう、精一杯の付与をしよう。

母の腕に抱かれるように、穏やかな眠りを――気がつけば、ダリヤは拳《こぶし》を握っていた。

「力んでうまくいくものじゃないのに……あ、先に自分のを作ってみようかしら」

仮眠ランタンは、先日王城で初めて作った。残念ながら皆がきれいな青の中、一つだけ薄青という残念さであったが、なんとか仕上げられた。

そんな一度だけの制作でヴォルフの仮眠ランタンを作るのは、ちょっと気になる。

幸い、月光蝶《げっこうちょう》の翅は複数の仮眠ランタンが作れる量がある。それに失敗しても、商会で仕入れればいい。

同型のランタンに同じ付与をした、ヴォルフとお揃《そろ》いの仮眠ランタンを作ろう――いや、そうではない。お揃いとして作るのではなく、あくまで揃いのものになるだけで――ダリヤは言い訳めいてきた考えを切り換える。

「ランタンの弦《つる》にも装飾があった方がいいかしら？　父さんのランタンが参考になるかも」

ふと思い出し、父が亡くなるまで使っていた妖精結晶のランタンを箱から出す。

小さめで金色のランタンは、片手で楽に持てる重さである。その持ち手は、美しい蝶と蔓草《つるくさ》の彫金で飾られている。

父が作るのは実用向けの魔導ランタンがほとんどだったので、このランタンは特別なものだったのかもしれない。

母のものだったのか、あるいは母を想《おも》って作ったのか、ダリヤにそれを確かめるすべはない。

このランタンは久しぶりに動かすので、一応、火の魔石を入れ替えた。そっとつまみを回すと、ふわりと光が放たれる。

淡い虹色の光を十分堪能した後、妖精結晶のランタンのつまみをもう一段まわす。そうするとランタンの横、空中に丸い円が浮かび上がる。

中に見えるのは、晴れ渡った青空と、色とりどりの花畑。花はすべて大輪のダリアであり、白い蝶が遊ぶように間を舞っているのがわかる。じっと見ていると、青空には白い雲が流れていくのも見えた。

それを見ながら、ダリヤは気づかずに吐息をついていた。ランタン表面ではなく、その横の空中に映像を結ぶ付与は、自分にはまだできない。

この鮮やかな情景は、花を揺らす風の音までも聞こえそうな気がする。

今世は、前世のように録画できる機材はない。なのに、どうしてここまで揺るがぬイメージを付与できるのか――繊細な付与をされたそれに、父の魔導具師としての腕をつくづく感じる。

自分がそこに到達できるのは、果てしなく先のことだろう。

なお、トビアスに写してもらった魔導書には、妖精結晶のランタンの作り方も書いてあった。

父の文章そのままに写してくれたのだろうが、作り方の解説文の下に書かれた一言は赤インクの太字で、『しっかり付与する！』。

これがコツとかワンポイントアドバイスだとか言うつもりなら大間違いである。

生きていたなら父に思いきり抗議し、隣で付与を見せてもらいたかった。

「だめね、つい……」

父の魔導書を手にしたのはうれしいことなのに、直接教わりたかったという思いの方が強くなってしまう。

子供の頃は、この映像を見てもわからなかった。絵のようにどこでもない場所かと思っていた。

だが、これは実際の風景、王都の外、ある宿場街にあるダリヤ園らしい。宿場街紹介の本に、これと似た挿絵があった。

自分の名と音は違うが同じ花。一本の花はダリアだが、同じ場所で複数咲く形になると、ダリヤ園と呼ばれるのだという。

自分は一人しかいないのに、なぜ『ダリア』ではなく『ダリヤ』なのかと思ったこともある。

それは一人で生きるのではなく、共にいる者が多いようにという父の願いであったらしい。

以前は自分に合わぬと思えたが、今はその名に少し近づけた気がする。

大切な友人、たくさんの仲間、頼りになる先輩と先生方――自分はもう一人ではない。つながる人々を得て、こうして明るく幸せに過ごしている。

残念なのは、それを父にも、前世の父母にも伝えられぬことだけ。


それにしても、ダリヤという名を持ちながらも、自分は一度もダリヤ園に行ったことがない。

場所は本で知っている。王都から馬で半日ちょっとの宿場街だ。そう遠いところではない。

妖精結晶のランタンの光の中、揺れる花々に、ダリヤは小さくつぶやく。

「ダリヤ園、いつか行ってみたいな……」

ダリアの花が咲くのは夏。来年、ヴォルフを誘ったら、一緒に行ってくれるだろうか？

付き合いのいい彼のことだ、おそらくうなずいてくれる気がする。

しかし、自分の名前と同じ花園に誘うのは、ちょっとだけ恥ずかしいかもしれない。そんなこと

を考えつつ、はっとした。

「ヴォルフはダリヤ園をそんなに楽しめないわよね。きれいな庭園めぐりをしても飽きそうだって言ってたし……」

以前の会話を思い出しつつ、ダリヤは本棚に目を向ける。

「宿場街だから、おいしい食事のできるところとか、珍しい食材やお酒を買ってこられるところがありそうだけど、観光向けの本にならら載っているかしら？」

持っている植物の図鑑や本には、そういった情報はない。

せっかく出かけるなら、二人でおいしいものを満喫し、おみやげも買ってきたい。

先にヴォルフと行かなければいけないのは、王都の書店になりそうだ。

ダリヤは笑顔で次のお出かけコースを考え始めた。


草花より飲食に重きを置く二人が、恋の大輪を咲かせるのはいずれのことか――

ランタンは花園へ招くかのように、灯りを揺らめかせ続けていた。

番外編　父と娘の魔導具開発記録～食材刻み器～

「痛っ……」

「どうした、ダリヤ!?」

台所の娘の声に、カルロは居間で並べていたカトラリーを放り出して駆けつけた。

「人参《にんじん》を刻んでたら、ちょっと包丁が当たっちゃっただけ。たいしたことないわ」

娘の人差し指から、わずかに血が滲《にじ》んでいる。カルロは咄嗟《とっさ》に階下へ下りようとする。

「今、ポーションを取ってくる！」

「父さん、このくらいでポーションなんてやめて、もったいない！」

「もったいなくない！　怪我《けが》がひどくなったらどうする？」

「布を巻いておけば明日には治るもの。ポーションの代金分、父さんと食事に行く方がいいわ」

「う、うむ……わかった……」

カルロはうなずかざるを得なかった。うちの娘さんは、じつに的確に父の攻略をなさる。

そして思い出す。包丁の練習にならないからまだ使わないと言われ、仕舞い込んでいた魔導具『食材刻み器』。その箱を作業場から取ってきた。

台所に戻ると、再び料理をしようとしていたダリヤから包丁を取り上げる。本日はここからシェフの交代である。

「人参は俺が刻む、この『食材刻み器』で！」

「あ、それ、見た覚えがあるわ！　包丁の使い方を覚えられるように使わないようにしてた――『食材刻み器』っていうのね」

一応、父の代表的魔導具の一つなので覚えておいて頂きたい。

食材刻み器は、ガラス製の小さめなボウルと蓋《ふた》だけ。ぱっと見、ただの保存容器にも見える。違うのは、蓋の内側には魔導回路が組まれ、その先の草刈り鎌のような金属ブレードにつながっていることだ。

蓋を取り外すと、ダリヤは興味津々で見入っていた。

「父さん、これって誰かの依頼で作ったの？」

「いや——屋台をやってる友人に使ってもらおうと思って作ったんだ。だいぶ時間がかかってしまったがな」

「そうなの。友達を手助けするために作ったのね……」

しみじみとした声で言われると、つい一言足したくなった。

「その友達に、ツケがあってな」

「そう……」

言うべきではなかったか、娘の自分への尊敬度が一段下がった気がする。

「さて、刻むか！」

大きめに切った人参をボウルに入れ、蓋を閉める。風の魔石を使った食材刻み器は、スイッチ一つでくるくると小気味よくブレードが回る。

人参はあっという間に細かくなったので、スープの具材として鍋に入れた。

人参の次はじゃがいも。こちらはすでに皮を剥《む》かれているので、大きめにざくざく切った後、食材刻み器に入れる。あっという間に細切れになる様は、気持ちがいいものだ。

ダリヤは真横に張り付き、緑の目をきらきらと輝かせていた。包丁を使っているわけではないが、ちょっと距離が近すぎる。

「父さん、それ、とても便利ね！　次から絶対に使うわ！」

娘がこぼれんばかりの笑みを自分に向ける。

何度見てもこの笑顔はいいものだ。自分はこれを見るために魔導具師になったのだ——そんなふうに思ってしまう自分は、間違いなく親馬鹿だろう。自重するつもりはまったくないが。

「ちょっと見ていい？　父さん、この魔導回路はどこから引いてあるの？」

「ああ、いいとも。蓋のここを外して、ここが魔導回路の始点で……」

スープが煮え、夕食が終わるまで、娘への『食材刻み器』説明の授業となった。

「なるほど……よくわかったわ、父さん！」

なお、夕食後、最大量を入れて試そうとし、稼働時間の耐久性チェックを考え始めた娘に、少しばかり背に汗をかいたのは内緒である。それが父の作った魔導具にすることとか。

いや、機能や耐久性に対する心配ではなく、魔導具師としての好奇心であることはわかるのだが——うちの娘の中には、もう一人職人がいるのかもしれない。しかも、うんと凝り性の。

ただし、カルロがもしそう言ったならば、仕事仲間は口をそろえて言っただろう。

『ダリヤちゃんは、お前にそっくりだ』と。

カルロが『食材刻み器』を制作し始めたのは、高等学院の頃だ。

『食材刻み器』は友人の屋台向けに、野菜と肉を粗く刻むものだった。その友人が商業ギルドのレオーネ・ジェッダであることは、ダリヤにも他の者にも内緒である。

高等学院生で文官科と魔導具科の二科在籍で多忙の中、彼は商売もこなしていた。その商売の一つが屋台だ。子爵家の彼がなぜと思ったが、貴族は急な出費も多いのだと濁《にご》されていた。

ある日、間もなく卒業する先輩のレオーネを、意外な場で見かけた。

王都の南区、名と髪の色を変えた彼は、クレスペッレの屋台を切り盛りしていた。それをたまたま見かけた自分は、気づかぬふりで通り過ぎようとしたが、演技力が足らずに捕まった。

「持っていけ、口止め料だ」

無表情にそうささやき、まだ熱いクレスペッレを木の葉で包み、押しつけるように渡してきた。

レオーネの作っていたクレスペッレは、少し厚めのクレープのような皮に、具は細かく切った野菜と肉を炒めたものだった。味はシンプルに塩コショウだけ。

焦げのあるクレスペッレは、ちょっとだけ中身の大きさが不ぞろいで——それでもうまかった。

レオーネは、屋台で働くのは初めてではないのだろう。クレスペッレを焼く手つきは慣れていた。隣の屋台の者には『ネオ』と呼ばれ、庶民のような口調で材料高騰について話していた。

カルロはそのまま立ち去ることができず、遠目で見える位置で屋台を眺めていた。

客には営業用の笑顔で対応するレオーネは、とても大人に見えた。

魔導具師の父のような魔法の付与ができず、ふてくされた気分で歩き回っていた自分とは大違いである。

しばらくすると、人波が増えてきた。南区には大きな港がある。どうやら船団が入ってきたらしい。屋台も大盛況となった。

しかし、他の屋台は二、三人体制となったのに、レオーネのところは彼一人だけだ。その上、具材が足りなくなったらしい。レオーネの顔にあせりがにじんだ。

「『ネオさん』、さっきの、ツケにしといてください！」

気がつけば、カルロは屋台の裏に滑り込んでいた。

願われるがままに樽《たる》の水で手を洗い、食材刻みを手伝う。青菜はよかったが、人参はなかなか細かくならず、多めの玉ネギに涙した。

ひたすら刻み、ひたすら炒め、ひたすら焼いて、できたクレスペッレが飛ぶように売れていく。めまぐるしい数時間の後、材料をすべて使いきって屋台を閉めることとなった。

仕事を終えると、レオーネは近くの民家まで屋台を引き、そこで着替え、髪の色を戻して出てきた。そして、今日手伝ってもらった分だと、自分に銀貨一枚を渡してきた。

互いの顔もよくわからぬ夕闇を歩きながら、レオーネはぽつぽつと話した。

妹が病気であること、薬代のために働いていること。家があてにできぬのは、子爵当主の息子である彼が、馬車も使わずにいることで知れた。

幸い、妹はかなり回復しており、レオーネが就職すれば薬代も問題ない、そう聞けてほっとした。

レオ先輩がとても大人びている理由を、カルロは初めて理解した。

それでも、学院卒業直前の今、レオーネに余裕はないだろう、そう思って、もらった銀貨を返そうとする。彼は受け取ると見せかけて、自分の額をぴしりと指で弾《はじ》いてきた。

「覚えておけ、カルロ。貴族に代価のない助力と願いはない」

レオーネは、どんな格好をしていても、何をしていようとも貴族であった。

ちょっとかっこいいと思ってしまったのは内緒である。

緑の塔に帰ってからも、カルロは屋台裏が思い出されてならなかった。

一番手間がかかったのは食材を刻むことだ。具材はそれなりの種類があり、量が多い。

ボウルの中でブレードを回したら、刻めるのではないか、刻んだ具材が飛ばないよう、蓋があった方がいい——その思いつきで図面を引き、成形し、風の魔石で動かそうとした。

が、試作は困難を極めた。回転の揺れで蓋が飛ぶ、二枚のブレードが折れる、ろくに刻めない、
刻めたと思ったら、今度は真ん中だけで、周りにに大きい具材が残る。

これでは駄目だと出力を上げてみたら、玉ネギが即、液体化した。涙目になりながら作業場の掃除をし、魔導回路を描き直した。


なかなかうまくいかず、高等学院の試験などで休止期間をはさみ、長く制作することになってしまった。

一度だけ、父に『手伝うか？』と聞かれたが断った。

これを手伝ってもらったら、自分がいつまでも子供のままに思えたからだ。

のたうち回りながらブレードを修正していたある日のこと、真冬なのに、父が草刈り鎌を向かいで磨き出した。

丈の長い草を刈る大きめの鎌と、短い草を切る小さな鎌——無口な父は、教える際も言葉が少なかった。いや、手伝いはいらぬと言った息子の顔を立ててくれたのかもしれないが。

カルロはブレードを大きさ違いの三枚とし、ボウルの形状を変え、魔導回路も引き直した。

そうしてできあがった魔導具が、『食材刻み器』だ。

残念ながら、完成したのは自分が高等学院卒業後、それなりに時間が経《た》ってからである。それでも、カルロは完成品を持って、レオーネに会いに行った。

「ツケを払いにきましたー！」

そう言って食材刻み器を渡すと、彼はとても驚いた表情をしていた。先輩を驚かせることができたと内心喜んでいると、真顔で言われた。

「カルロ、自分に販路を任せてくれ」

当時、レオーネはすでに商業ギルド員だった。少しでも仕事のプラスになれば――カルロはそう思って了承した。

その場で仕様書を書かされ、レオーネが利益契約書と取引契約書をさらさらと綴《つづ》り、すぐ商業ギルドに提出した。そして、彼が大々的に売り出しをかけ、自分はひたすら作ることとなった。

食材刻み器は屋台関係者を皮切りに、その後は調理業務関係、家庭用にと幅広く売れた。気がつけば、カルロの方が予想外の金貨を受け取る形になっていた。

しかし、それに礼を言えたことはない。言いかけた自分に対し、先輩が笑顔で釘《くぎ》を刺したからだ。

「礼は必要ないぞ。正当な対価と、ツケの釣り銭だからな」

これでよかったよかったと終わりたいところだが、続きがある。

カルロには、それなりに大きな商会の跡取りである親友、テオドーロ・オルランドがいた。

食材刻み器をレオーネに渡したことで、親友には大変嘆かれ、取引契約書をひったくって確認された。

「まあ、妥当な金額だな……」

ため息と共にうなずいた横顔は、すでに商人だった。

テオドーロも自分よりずっと大人びている気がして、カルロは少しだけあせりを覚えた。

その後、『お前が最初に登録する魔導具は、俺が扱いたかったのに！』という嘆きを、飲みの度に聞かされることになったが。

◆◆◆◆◆◆

「カルロ、今日は紅茶に砂糖を入れるのね」

商業ギルド、副ギルド長の執務室で、ガブリエラに不思議そうに言われた。

「……ああ。今日はそういう気分でな」

答えは一拍遅れた。本当はこれで少しでも頭を動かしたい。

ソファーに座っても薄く目眩《めまい》がしている。今日はちょっと調子が悪いらしい。

廊下で会ったガブリエラに紅茶をねだったら、ちょうど空き時間だからと執務室に招かれた。

このローテーブルで向かい合って紅茶を飲むのも久しぶりだ。もっとも、二人きりではない。室内には気配を消した護衛がいる。

最初の頃、四六時中護衛がいるのは落ち着かないと言っていた彼女だが、今は気にならなそうだ。

自分がガブリエラと出会ったのは、レオーネよりも前。多忙の彼が書類を書ける人員を探していたので、筆記師である彼女を紹介した。

貴族と庶民の壁はあったが、二人は乗り越えるというより粉砕して結婚、今も夫婦であり続けている。それがカルロには、うれしくもうらやましくもあり――ちょっとだけまぶしい。

それにしても、艶《あで》やかな紺の絹のドレス、耳元に揺れる濃い青のイヤリング、銀色のネックレスにちりばめられたきらめく青い石。すべてレオーネの贈り物であろうそれらは、少々重そうだ。

ガブリエラもすっかり子爵夫人が板についた、そう思ったとき、当人がため息をこぼした。

「夫は、またエリルキアなの。愚痴《ぐち》りながら出かけたわ」

レオーネは一昨日から隣国へ。オルディネ王国外交官の相談役という肩書きだそうだ。

商業関係は国内外とも強い彼のことだ。国の上層部から当てにされているのだろう。
一、二度だけだったはずの同行はすでに二桁。本人は妻との時間が減ると大変ご不満である。
出世もさらなる金貨の山も、強度の愛妻家には魅力がないらしい。

しかし、本日ここにレオーネがいなくてよかった。彼であれば自分の不調に気づいただろう。

魔力値を上げすぎたことで、この身体は壊れつつある。いつも通りをどこまで続けられるかは、あやしいものだ。

この機会を逃すまいと、カルロはガブリエラへ話しかける。

「レオ先輩の筆記師の仕事を紹介したとき、『貸し』にしておくって言ったのを覚えてるか？」

「ええ、覚えてるわ。夫婦とも、紹介してもらった『借り』ですもの。あなたが口止めをしなかったら、とってもお世話になったとふれ回ったのに」

「俺は結婚紹介所になりたくなかったんでな」

思わず苦笑してしまった。

レオーネとの婚約が決まったとき、周囲から馴《な》れ初《そ》めを尋《たず》ねられまくっているガブリエラの耳元、ささやくように願った。『皆が、玉の輿《こし》を狙って自分に頼ると困るから、俺が死ぬまで黙っていてくれ、頼む！』、と。

本気の願いだったのだが、彼女はカルロが控えめだと受け取ったらしい。招かれた結婚披露パーティも、席を貴族居並ぶテーブルにされかけ、全力で変更を願った記憶がある。

「その『貸し』なんだが——もし、ダリヤが魔導具師か女として困りそうなことがあったなら、アドバイスしてやってくれ。特になかったら、死ぬまで内緒にしてくれ」

「カルロ、何かあった？　厄介ごとならちゃんと教えてちょうだい」

ガブリエラは勘がいい。その紺色の目をまっすぐ自分に向けてきた。

答えるわけにはいかない。レオーネは先輩で友人、ガブリエラはその妻で仕事仲間。二人には愛する子供達がいる。自分よりも守らなければならない者は多いのだ。

だからカルロは、全力で表情《かお》を整え、明るい声を返す。

「いや、うちには女性がいないんでな、ダリヤが俺に聞きづらいこともあると思うんだ。教えてやれないことも多いしな」

「それなら『魔導具師』の単語を抜いてくれないかしら。そのうちにいなくなるかもしれないような言い方はやめてくれる？」

まだ引っかかるところがあるのか、容赦ない言葉が返ってきた。けれど、その目には心配がにじんでいて――思えばいつの間にか、ガブリエラも自分の友人だった。

「いや、魔導具師としてもだ。腕はそれなりになったが、ダリヤは俺に似て、商売っ気と利益関係はからっきしでな」

「自慢するところじゃないでしょう？　だから、私が何度もロセッティ商会を立ち上げろと言ったじゃない。営業も経理も紹介するからと」

「うちの魔導具はオルランド商会に任せられるからいいんだ。いろいろとやりとりが増える方が俺には面倒なんだよ」

「まあ、オルランド商会のイレネオもそれなりにしっかりしてきたけれど……」

親友の長男は、まだまだガブリエラと競える商人ではない。

あと十年はイレネオをしっかり育てたい、そう言っていたテオドーロは、呆気《あっけ》なく先に逝った。

そこに自分も続くであろうこと、だからダリヤを頼むと言えぬ自分を、どうか許してほしい。

指先が震え、紅茶のカップがずれかかる。それをなんとか両手で持ち、喉に流し込んだ。

「ま、うちのダリヤなら、借りを作っても自分で返すだろうがな！」

思いきり、そう笑顔で言った。

できることなら、このまま貸し倒れになってほしい、そう思いながら。

ガブリエラは一度目を丸くし、その後に大きく笑んだ。

「ありそうね。ダリヤさんは、カルロにそっくりですもの」

「カルロさん！」

商業ギルドの馬場、緑の塔へ帰ろうとする自分を、聞き慣れた声が呼んだ。

振り返れば、友人のドミニクが息を切らせていた。見かけて走ってきたらしい。真隣まで来ると、声をひそめて言われた。

「カルロ、今日こそ付き合ってくれ！」

ドミニクとは一回り近く年が違うが、親しい友人の一人である。

ただ、彼の仕事は公証人――国が定めた各種の取り決め、商売関連の契約時の見届けや確認、そして証明を行っている。公平を重視しなければいけない立場なので、友人として会うとき以外は、互いにさん付けで呼び合っていた。

それが商業ギルドの馬場で呼び捨てとは、何かあったのだろうか、それとも、しばらく食事の誘いを断っていたので、不調を気づかれたか、そう構えたら、にっこり笑って言われた。

「やっと、孫達の肖像画ができあがったんだ！」

ひそめていたはずの声が一段高い。これは自慢話を聞く覚悟をし、酒を奢《おご》ってもらいに行くべきだろう。本日二度目の友人との語らいになりそうだ。

カルロは久しぶりに、ドミニクの家を訪れることにした。

公証人になる前、ドミニクは緑の塔近くに住んでいた。近所付き合いがあり、自分が試験で赤点を取ったときは、家庭教師をしてもらったこともある。公証人見習いとして専門機関へ入る際は、カルロの父が保証人を引き受けた。

頭が良く、いつも優しい、面倒見のいい近所のお兄さん――ドミニクは一人っ子のカルロにとって、そんな存在だった。

彼と再び交遊を深めることになったのは、商業ギルドに出入りをするようになってからだ。

そうしてわかったのは、お互いの食事と酒の好みがよく似ていること。

それぞれ父と同じ仕事をし、超えられそうに思えず、のたうち回っていること。

互いの仕事は違うのに、悩みも愚痴も手に取るようにわかるのがおかしかった。

ドミニクの父は若くして公証人となったが、激務で早世していた。このため、酒の好みは似ていても、飲みすぎるときっちり注意された。

近所のお兄さんがまた戻ってきたようで、叱《しか》られてもちょっとうれしかったが。

「見ろ、カルロ、かわいいだろう！」

そんな元近所のお兄さんも今や白髪の老紳士。目を線のようにして見ているのは小さな肖像画だ。

「こりゃあかわいい……飾っておきたくなるわけだ」

テーブルに並ぶ絵は三枚、かわいい赤子から幼児まで五人。彼の孫達である。

長い娘自慢と孫自慢を聞きながら、料理とワインをご馳走《ちそう》になった。

酒がそれなりに回った頃、水のグラスを渡された。酔いに水を差すのは真面目な話をする前触れだ。深い濃茶の目が自分を見た。

「カルロ、ダリヤさんももう大人だ。そろそろ母親のことを教えておくべきじゃないか？」

妻テリーザとのことをほぼ知っているドミニクに、そう問われた。

「いや、教えるつもりはない。今までもこれからも、付き合いはないからな」

「だが、ランベルティ家からいきなり接触があったら、ダリヤさんは混乱すると思うぞ」

「それはない。あの家はうちと完全に縁を切っている。王都民名簿に履歴も残っていない」

妻テリーザと自分の結婚は抹消されている。ダリヤの母の欄も空欄だ。

つながる過去をすべて消したのは、テリーザの実家であるランベルティ伯爵家。家を守るためだとしても、結果的には娘を守ることにもなっている。

「それに、もしダリヤが全部知ったら、俺や親しい者に何かあったとき、ランベルティ家を頼ろうとするかもしれない。自分を犠牲にしても、な」

「カルロ、それはどういう意味だ？」

ドミニクの声が一段厳しくなった。『お兄さん』に対し、ここで洗い浚《ざら》い喋《しゃべ》って泣きたい思いもある。だが、話さなければいけないのは別のことだ。

「ドミニク、絶対に他言なしで聞いてくれるか？」

「――ああ、友に誓って聞こう」

「ダリヤはおそらく、『天の愛《いと》し子』だ」

「それは――親の欲目ではなくか？」

これまでの自分の親馬鹿ぶりを見ていれば、そう言われても仕方がない。だが、違うのだ。

「ダリヤはおそらく、ドライヤーと似たものを知っていた。あの子はまだ字も読めぬ頃、画《え》を描いたことがある。空を飛ぶ金属の鳥、海を駆ける帆のない船、床が動いて人を運ぶ建物――童話の本でも見たことのないそれを、仕組みまで俺に説明しようとした」

「それは、お前の影響だろう。物心ついたときから魔導具関係に魔物の本まで、床に積み重ねていたじゃないか」

「俺がただの親馬鹿ならかまわない。でも、もしそうではなかったら？」

「もし、本当にダリヤさんが『天の愛し子』なら、国に大切にされるだろう。それこそ、ランベルティ家に声をかけられても心配はなくなるじゃないか」

自分もそう思ったことがあった。だがそれ以上に、娘を失うかもしれぬ不安に苛《さいな》まれた。

「ドミニク、この国で『天の愛し子』と呼ばれてきた者達が、どんな人生を歩んだか知ってるか？」

「貴族との婚姻や養子縁組の話か？　お前がダリヤさんを手放したくないのはわかるが……」

自分はオルディネ王国の男爵となった。

貴族の端くれでも、『天の愛し子』と呼ばれた者達の記録を少しは調べることができた。

「空を自由に飛べるほどの風魔法を持った者は、騎士団の遠征訓練中、魔物にさらわれた。その年、そこの地域では一度も目撃情報のないワイバーンだったそうだ」

「それは――だが、偶然ということもあるだろう？」

「四属性の高い魔力を持つ者は、高等学院卒業後に高位貴族の子息の四番目の妻になった。元の家族とは一度も会うことのないまま、三人の幼子を残して病死した。船の帆の形状変更と、海で正しい方向を知らせる道具――あの有名な『羅針盤《らしんばん》』を生み出した者は、海に出て戻らなかった。船団のうち、彼が乗っていた船だけがクラーケンに襲われたとかでな」

『天の愛し子』と呼ばれた者はそう多くない。

だがそれ以上に、平穏な一生を送りきったという記録は少ない。

幸せに生きたといわれる者達とて、高位貴族の家に入った、王城で活躍した、国に貢献した――その人生が本当に幸せであったと、誰が言い切れるのか。

絶句するドミニクに向かい、カルロは声を低くする。

「ドミニク、俺はダリヤを守るためなら、人を見殺しにすることにも耐えられる。だが、ダリヤは自分が作る魔導具で誰かを助けられると言われたら、きっと危ないものでも作ってしまうだろう。だから俺は、生活関係の魔導具しか教えなかった。危ういと思える魔導具開発もすべて止めた。だが、安全だと思って見守った防水布ですら、あの広がりようだ」

「カルロ、ダリヤさんの開発した防水布が、すべてオルランド商会経由なのは……」

「ああ、オルランド商会が傘になってくれるからだ。この先もし、危なそうなことがあれば、エリルキアやイシュラナへ行かせることもできる。俺の弟子二人は、魔導具師として食いっぱぐれがないぐらいには育てた。魔導ランタンの灯《とも》る所であれば、どこの国でも生きていける」

「そこまで危ういと思えるなら、今後はダリヤさんに魔導具から離れてもらえばいい。間もなく結婚だ、家にいさせることだってできるじゃないか」

「ダリヤは物づくりが、魔導具が心底好きだ。俺には――いいや、誰もそれを取り上げることはできない」

娘は幼子の頃から、魔導具に夢中だった。

それに、同じ職人で、同じ魔導具師だからわかる。

自分達から物づくりを取り上げるのは、鳥から翼を奪うようなものだ。

自分は、取り上げずとも娘の片翼を動かぬように押さえてきたが。

「天の愛し子なんかじゃなく、ただの魔導具師のまま――授かった才を削っても、ダリヤには平穏に、幸せに生きてほしい。そう願う俺は、きっと身勝手な父で、最低な師匠だろうさ」

父としては力不足で、娘を守りきる力も腕の長さもない。

魔導具師の師匠としては弟子の可能性を狭め、周囲に殻を張るような真似をするのは、許されることではない。

どちらもわかっていながら、自分は娘にこの方法を押しつけた。

「わかった。私はこれに関してもう何も言わない。だがな……」

何も言わないと言いながら、きっちり耳の痛いことを告げるのだろう。

この友は穏やかで落ち着いた見た目に対し、なかなかに口が悪い。

つい構えていると、その濃茶の目が自分に向けてゆるめられた。

「カルロ、お前は最高の父親だ。私が保証する」

「……そうありたいもんだ」

目の奥の痛みにそっと顔をそむけた。照れ隠しのように鼻をこすると、ようやく願いを口にする。

「ドミニク、頼む。もし、ダリヤに困ったことがあったら、力を貸してやってくれ」

「馬鹿を言うな、カルロ。ものには順序があるだろう。私の方が年上なんだ、お前が自分で守れ」

ドミニクにそう言われ、喉の奥が引きつる。

それがもうできないであろうから、頼れる友達に願っているのだ。

だが、ここでそう言えば、公証人でもあるドミニクだ。貴族を絡めた無理をしないとも限らない。

友人思いの友だからこそ、余計に言いたくはない。

「それでも頼むよ。こう——花嫁の父ってのは、心細くなるものだろう？」

「まあな……わかったよ。お前に万が一、いや、億が一あったら、力になるさ」

三人の娘を持つドミニクは、それぞれの結婚前、とても感傷的になっていた。全員が王都内に嫁ぎ、長女に至っては同じ地区でもそれである。

今は、孫達の結婚問題について気にかけているという。心配症の上に気が早すぎる。

けれど、孫達のこの肖像画を見れば、ちょっとは納得できた。

自分が絶対に描いてもらうことのできぬそれは、少しばかりにじんで見え――眉間を揉《も》んでいると、ドミニクに声をかけられた。

「カルロ、もしかして、調子が悪いのか？」

「ただの老眼だ。かわいい肖像画に目がきっちり合わなくてな……」

「それならゆっくり見ていってくれ。ああ、もう一本、ワインはどうだ？」

「じゃあ、甘口の赤で頼む」

「よし、とっておきを開けよう！」

グラスに注がれたワインは、とても深い赤だった。

友と笑って乾杯し、その一口に祈りを込める。

自分は本当に良い友と仲間、そして伴侶に恵まれた。

願わくば、娘ダリヤもそうであるよう――

一輪だけの花として咲くのではなく、周囲の者と共に、幸せを永く咲かせられるように。

赤い酒の味はもう、にじんでわからなかった。

MFブックス

魔《ま》導《どう》具《ぐ》師《し》ダリヤはうつむかない
～今日《きょう》から自由《じゆう》な職人《しょくにん》ライフ～ 9

2023年12月25日　初版第一刷発行
2024年 6 月 5 日　第三刷発行

著者　甘岸久弥
発行者　山下直久
発行　株式会社KADOKAWA
〒102-8177　東京都千代田区富士見2-13-3
0570-002-301（ナビダイヤル）
印刷・製本　株式会社広済堂ネクスト
ISBN 978-4-04-681932-1 C0093

企画　株式会社フロンティアワークス
担当編集　河口紘美（株式会社フロンティアワークス）
ブックデザイン　鈴木 勉（BELL'S GRAPHICS）
デザインフォーマット　AFTERGLOW
イラスト　駒田ハチ
キャラクター原案　景

本シリーズは「小説家になろう」（https://syosetu.com/）初出の作品を加筆の上書籍化したものです。

この作品はフィクションです。実在の人物・団体・事件・地名・名称等とは一切関係ありません。